AF399654

Janka Friedrich lebt mit ihrem Mann und ihren drei Kindern in der Nähe des Edersees. Sie schreibt romantische Liebesgeschichten und genießt es, mit ihren Protagonisten zu lieben, zu leiden und sie zu einem gefühlvollen Happy End zu begleiten. Ihre Ideen entstehen meist bei ausgedehnten Spaziergängen in der Natur, oder sie holt sie sich aus dem wirklichen Leben.

JANKA FRIEDRICH

Fürstliche Weihnachten

Erstausgabe November 2024

Copyright © 2024 dp Verlag, ein Imprint der
dp DIGITAL PUBLISHERS GmbH
Made in Stuttgart with ♥
Alle Rechte vorbehalten

Fürstliche Weihnachten

ISBN 978-3-98998-546-9
E-Book-ISBN 978-3-98998-544-5

Covergestaltung: Verena Kern
Umschlaggestaltung: ARTC.ore Design
Unter Verwendung von Abbildungen von
shutterstock.com: © Nordic Moonlight,:© Didecs,
© VIKTOR KHYMYCH, © Sunward Art © Svetlana Zhukova,
© Veranika848, © Tanya Sid
Lektorat: Mareike Westphal
Satz: dp DIGITAL PUBLISHERS GmbH
Druck und Bindung: Books on Demand GmbH, Norderstedt

Kapitel 1

Emily

Emily zog die Decke bis zu ihrer Brust, nachdem sie die Heizung um zwei Stufen runtergedreht hatte. Ihr Laptop ruhte auf ihrem Schoß, während ihre Augen sich mit Tränen füllten, unfähig zu begreifen, wie hoch die Schulden waren, die ihr Ex-Verlobter ihr hinterlassen hatte. Es hatte sie Wochen gekostet, die Einnahmen und Ausgaben in eine Excel-Tabelle einzupflegen, was eigentlich Saschas Aufgabe gewesen wäre.

Seufzend strich sie sich eine rote Locke aus der Stirn, die gleich darauf wieder in dieselbe Position sprang. Sie mochte ihre Haarfarbe, auch wenn sie in der Schulzeit deswegen oft gehänselt worden war. Ihre Sommersprossen auf Nase und Wangen störten sie manchmal, weswegen sie den Winter liebte, wenn sie fast unsichtbar wurden. Emily klappte den Laptop zu und stellte sich an das Fenster. Draußen war es schon dunkel, und das Licht der Straßenlaternen und der mit Lichterketten geschmückten Fenster spiegelte sich in den Regenpfützen auf der Straße. Für Anfang Dezember war es viel zu mild, das redete sie sich jedenfalls ein, wenn sie wehmütig an ihre unbeschwerte Kindheit zurückdachte, und an Schlittenfahrten und heißen Kakao. Sie hatte stets ein gutes Verhältnis zu ihren Eltern gehabt, die viel zu früh wegen eines tragischen Unfalls von ihr gegangen waren. Die Narben waren noch frisch gewesen, als Sascha in ihr Leben getreten war und sie mit seinem Aussehen und seinem Charme für sich eingenommen hatte. Für ihn war es leicht gewesen, sie um den Finger zu wickeln. Jetzt war sie dreiunddreißig und entschlossen, es nicht noch einmal so weit kommen zu lassen.

Traurig wandte sie sich von der trostlosen Aussicht auf den nassgrauen Asphalt ab und kroch wieder unter die Decke. Sie hatte sich doch nur nach Liebe gesehnt, nach einer Schulter zum Anlehnen. Stattdessen war sie auf das Übelste betrogen und ausgenutzt worden.

Als Emily an ihren Laptop zurückkehrte, wurde ihr wieder einmal bewusst, dass sie sich von Sascha und seinen Visionen hatte blenden lassen. Von der Vorstellung eines besseren, finanziell unabhängigen Lebens. Träume, die er auf ihre Kosten verwirklicht hatte. Als Inhaberin einer Eventagentur hatte Emily die Mittel bereitgestellt, bis er sich in einer nächtlichen Aktion auf Nimmerwiedersehen abgesetzt hatte. Sie schloss die Augen.

Es war sowohl zu spät, über ihr insolventes Geschäft nachzudenken, als auch für einen kitschigen Weihnachtsfilm. Die liefen doch immer gleich ab. Erst mochten die Hauptdarsteller sich nicht und am Ende ... Happy End. Nein, sie hielt solche Filme für unrealistisch.

Gerade als Emily den Laptop ausschalten wollte, ging eine E-Mail ein. Ein ungutes Grummeln zog sich durch ihren Bauch. Bestimmt handelte es sich wieder um eine Zahlungserinnerung, trotzdem klickte sie auf Öffnen. Der Name in der Empfängerleiste weckte ihre Neugier.

»Fürstin Cecilia von Hohenlich«, las sie leise vor sich hin. An einen derart auffälligen Namen erinnerte sie sich gar nicht. Sie lehnte sich etwas näher an den Bildschirm und kniff die Lider zusammen, überflog die wenigen Textzeilen, in denen gefragt wurde, wann sie am Samstag mit ihrem Erscheinen rechnen könne.

Emily ließ sich in das Kissen hinter ihr sinken. Ihr Herz klopfte aufgeregt in ihrem Brustkorb. Auweia. Sie war sich sicher gewesen, alle offenen und bereits angenommenen Aufträge abgesagt zu haben, rechtzeitig, damit sie endlich mit der Eventgeschichte abschließen und wieder in ihrem eigentlichen Beruf in der Kinderbetreuung arbeiten konnte. Zutiefst sehnte sie sich nach den kleinen Geschöpfen, die mit großen, neugierigen Augen darauf warteten, die Welt erklärt zu bekommen. Ja, das war ihre Bestimmung. Mit viel Liebe und Geduld gemeinsam ein Weihnachtsgeschenk für die Eltern zu basteln, oder den kleinen Rackern bei gemütlichem Licht eine Weihnachtsgeschichte vorzulesen oder Plätzchen zu backen. Sie roch regelrecht den Vanilleduft und sah die leuchtenden Augen und geröteten Wangen der Kinder. Der Hoffnungsschimmer gab ihr Kraft. Nächstes Jahr würde sie wieder in ihrem Job arbeiten. Die Zusage hatte sie letzte Woche im Briefkasten gehabt, und Emily war mehr als erleichtert über diese glückliche Fügung. Zwar würde sie nur eine Teilzeitstelle bekommen, aber es war ein Anfang, um der

Schuldenspirale zu entkommen. Vielleicht könnte sie sich irgendwann einen bescheidenen Urlaub leisten. Sie brauchte nicht viel und war doch mit wenig sehr zufrieden. Das war schon immer so gewesen – warum Sascha es geschafft hatte, ihr das auszureden, war ihr bis heute ein Rätsel.

Mit wenigen Klicks verfolgte sie den Mailverkehr und musste mit Entsetzen feststellen, dass sie diesen Auftrag tatsächlich übersehen hatte. Den musste Sascha angenommen haben. Eine andere Erklärung gab es nicht. Allerdings konnte sie ihn nicht fragen. Er war wie vom Erdboden verschluckt. Also musste sie wohl oder übel bei Janine, ihrer ehemaligen Mitarbeiterin, nachhaken. Entschlossen wählte sie Janines Kontakt, die das Gespräch prompt entgegennahm.

»Hallo, Emily«, meldete sie sich mit rauer Stimme.

»Tut mir leid, Liebes. Ich habe gar nicht auf die Uhr geguckt. Hab ich dich geweckt?«

»Nein, nicht wirklich. Ich bin vor dem Fernseher eingeschlafen. Was hast du denn auf dem Herzen, dass du jetzt noch anrufst?«

»Sagt dir der Name Fürstin Cecilia von Hohenlich etwas?«

»Nein, wer soll das sein?«, fragte sie nun interessiert. Es schien, als wäre ihre Müdigkeit wie weggeblasen.

Dann hatte wohl Sascha der Organisation zugestimmt. »Ich habe eine Erinnerungsmail von ihr wegen der anstehenden Familienfeier bekommen. Das Treffen ist schon am Samstag und das Fest am vierten Advent. Also eine Woche vor Weihnachten. Keine Ahnung, wie es passieren konnte, dass ich verpennt habe, ihr rechtzeitig abzusagen.«

»Oh, kurzfristig zu canceln, so wenige Wochen vor Weihnachten, da möchte ich nicht in deiner Haut stecken.«

»Vielen Dank auch, Freundin«, fügte Emily ironisch hinzu, um zu betonen, dass sie eigentlich nicht zum Scherzen aufgelegt war.

Janine lachte leise im Hintergrund. »Wenn du aus der Nummer ohne finanziellen Verlust rauskommen willst, dann musst du dich um Ersatz kümmern, das wird keine leichte Aufgabe. Mittlerweile beauftragt jede Firma und jede Arztpraxis, egal wie klein, jemanden mit der Organisation ihrer Weihnachtsfeier.«

Emily hätte heulen können. Denn sie wusste, dass Janine recht hatte. Vor allem, was den finanziellen Schaden anbelangte. Die Allgemeinen Geschäftsbedingungen kannte sie auswendig. Als Veranstalterin kam sie nicht grundlos und so zeitnah aus dem Vertrag heraus, ohne zusätzliche Kosten zu tragen.

»Wenn du Fragen hast, kannst du jederzeit auf mich bauen.«

»Du meinst, ich soll den Auftrag annehmen? Wie stellst du dir das vor? Mit der Planung und Ausführung hatte ich nie etwas am Hut. Ich habe keine Ahnung, wie das funktioniert.« Sie war vielmehr für die Kinderbetreuung zuständig gewesen, die oft und gern von den Kunden angenommen worden war.

»Du hast doch von einem Familienfest gesprochen. Solche Feiern haben maximal dreißig Gäste, von denen allein zehn Kinder sind. Das sieht bei großen Events ganz anders aus.«

»Hört sich gar nicht so schlimm an«, murmelte sie und zupfte an einem Faden ihrer Decke. Zwanzig Erwachsene und zehn Kinder waren doch eine überschaubare Anzahl, redete Emily sich gut zu. Galt das denn auch bei Adelsfamilien? »Ich überlege es mir.«

»Hey, du schaffst das. Du hast schon ganz andere Sachen durchgestanden. Und wenn etwas unklar ist, rufst du mich an.«

»Danke, Janine. Das bedeutet mir wirklich sehr viel. Nicht jeder hätte so viel Verständnis wie du.« Emily brach ab. Tränen stiegen ihr hinter den Lidern auf, wie so oft, wenn sie an die Sache dachte. Viele Freunde hatte sie nicht, dafür konnte sie auf jeden einzelnen zählen. Insbesondere auf Janine.

»Du kannst ja nichts für deinen Ex.«

»Ich melde mich. Gute Nacht.«

»Gute Nacht.«

Damit beendeten sie das Gespräch.

Mit einem tiefen Seufzer verweilte sie im Schneidersitz auf dem Sofa und spielte in Gedanken durch, wie sie mit den Caterern verhandelte, sich um die Tischdekoration bemühte und sich anderen Aufgaben widmete, von denen sie wenig verstand.

Nein. Es ging nicht. Sie musste die Feier absagen. In Windeseile verfasste sie eine freundliche Absage, in der beschrieben stand, wie sehr sie es bedauerte.

Unschlüssig verharrte ihr Finger über der Enter-Taste. Brachte sie es womöglich doch nicht übers Herz? Der finanzielle Verlust machte den Kohl auch nicht mehr fett. Aus dem Mailverlauf wusste sie, dass es sich um ein traditionelles Familienfest handelte, bei dem strikte Routinen eingehalten werden mussten, die keine Abweichungen zuließen.

Ein Familienfest, geisterte es Emily durch den Kopf. Sie fragte sich, wie viel Zeit verstrichen war, seit sie zuletzt an einem festlich gedeckten Weihnachtstisch gesessen hatte, ein Glas Wein in der Hand, und die erwartungsvollen, geröteten Gesichter der Kinder beobachtet hatte, die darauf brannten, ihre Geschenke endlich öffnen zu dürfen. Augenrollend schob sie das Bild fort.

»Reiß dich zusammen, Emily«, mahnte sie sich. Wenn überhaupt, würde sie die Feier planen und sich ansonsten wie ein Geist verhalten, nicht auffallen und schon gar nicht an der Tafel dieser reichen Familie sitzen. Diese Vorstellung bescherte ihr eine Gänsehaut, sodass sie ihre Decke etwas höher zog. An einem Tisch mit hochnäsigen, fein gekleideten Menschen über Politik zu philosophieren, war so gar nicht ihre Welt und würde es auch nie werden. Nein! Entschlossen, diesem Irrsinn aus dem Weg zu gehen, schickte sie die Absage ab, auch wenn ihr klar war, dass Cecilia von Hohenlich die Entscheidung nicht schmecken würde. Aber Emily würde sich irgendwie aus der Angelegenheit herauswinden.

Zufrieden mit sich selbst ging sie in ihr winziges Bad, machte sich für die Nacht fertig und lag schließlich mit einem Liebesroman gemütlich im Bett, als ein vertrauter Ton erklang. Die Benachrichtigung einer eingehenden E-Mail. Ob sich Cecilia bereits gemeldet hatte? Ihr Puls beschleunigte sich schlagartig. Wovor hatte sie nur solche Angst? War es vielleicht doch die Furcht vor dem Schadenersatz, den die ohnehin reiche Familie von ihr fordern würde, wenn sie das Kleingedruckte gelesen hatte? Und das hatte sie, ganz bestimmt. Emily könnte vorgeben, die Nachricht nie bekommen und dementsprechend auch nicht gelesen zu haben. »Nein«, sagte sie sich und schüttelte energisch den Lockenkopf. So eine war sie nicht. Sie war keine Person, die den Kopf in den Sand steckte. In der Regel zog sie Dinge durch, und wenn sie noch so unbequem waren. Die Vergangenheit hatte sie gelehrt, auch mal zu scheitern, aber wenigstens konnte sie von sich sagen, dass sie es versucht hatte. Wie hieß es immer so schön: Hinfallen, Krone richten, weitergehen.

Entschieden nahm Emily ihren Laptop und klickte auf die Nachricht, die, wie erwartet, von Cecilia kam. Sie schluckte hart, während sie den Vertrag überflog, der sowohl als Anhang als auch zur Erinnerung mitgeschickt und unter dem eine beachtliche Summe für die Auftragserfüllung vermerkt worden war. Mit einem Schlag wäre sie einen großen Teil ihrer Geldsorgen los. Nicht komplett, dafür hatte Sascha gesorgt.

Ob sie es sich doch noch mal überlegen sollte? Geld stank nicht.

Mit klopfendem Herzen befeuchtete sie ihre Lippen und betrachtete zum ersten Mal die Adresse, an der das Ereignis stattfinden sollte. Google Maps zeigte ihr, wo sie sich befand. Unruhe keimte in ihr auf. Tief im Inneren hatte sie gehofft, dass es in der Nähe von Bremen sein würde. Vielleicht in einem der vornehmen Viertel Hamburgs, wo sich das protzige Haus umgeben von anderen prunkvollen Gebäuden präsentierte. Doch dass es irgendwo in Bayern, nahe der österreichischen Grenze und weitab von allem liegen würde, damit hatte sie nicht im Entferntesten gerechnet. Die Fahrtkosten würden den Inhalt ihres Portemonnaies deutlich schmälern.

Mit der Maus scrollte sie weiter, denn Cecilia hatte unter dem Vertrag einen zusätzlichen Text verfasst. Nachdem sie auch den gelesen hatte, lehnte sie sich wieder zurück in die Kissen und kaute auf ihrer Wangeninnenseite. Nicht nur, dass Kosten und Logis frei für sie seien, wie vereinbart dürfe sie auch eines der vielen Zimmer bewohnen. Zudem habe sie sogar die Wahl, wie sie anreiste. Ob mit der Bahn oder mit dem Flugzeug. Cecilia würde natürlich umgehend für alle Kosten aufkommen. Emily solle ihr lediglich die Rechnung zusenden, worauf sich prompt ihr Gewissen meldete. Es schien, als läge diese Familienfeier Cecilia sehr am Herzen. Emily atmete kurz ein und wieder aus und schloss dabei die Augen. Währenddessen erinnerte sie sich an das Gespräch mit Janine und daran, dass ein Familienfest mit zwanzig Personen üblich sei.

Sie wollte nicht daran schuld sein, wenn die von Hohenlichs dieses Jahr auf ihre Tradition verzichten mussten. Es tat ihr in der Seele weh. Aber hatte Cecilia nicht darauf hingewiesen, dass Emily sich strikt an die wiederkehrende Routine des Festes halten sollte? Wenn bereits alles entschieden war – der Ort, das Menü und die Tischdekoration –, warum dann all die Aufregung?

Als hätten ihre Finger ein Eigenleben entwickelt, flogen sie über die Tasten ihres Laptops und versicherten Cecilia, dass lediglich eine Verwechslung vorliege und sie natürlich am vereinbarten Termin erscheinen würde. Die Uhrzeit und die Rechnung des Flugtickets würde sie ihr in den nächsten Tagen zukommen lassen. Oje, jetzt hatte sie auch noch die Frechheit gehabt, die kostspieligere Reiseoption zu wählen. Hoffentlich warf das kein schlechtes Licht auf sie. Vielleicht sollte sie doch lieber den Zug nehmen.

Heute war sie viel zu müde und gleichzeitig aufgekratzt. Sie legte den Laptop beiseite und vergrub ihren Kopf tief in das Kissen. So schwer konnte es doch nicht sein, eine Familienweihnachtsfeier zu organisieren.

Kapitel 2

Oliver

Oliver fühlte sich wie von einem Laster überfahren. Der Aufenthalt auf dem kleinen Landsitz ganz in der Nähe Rostocks hatte seine Emotionen aufkochen lassen. Das Treffen mit seiner Ex war ganz anders verlaufen, als er erwartet hatte. Er hatte ihr entgegenkommen wollen, mit ihr verhandeln, nicht streiten.

Ächzend ließ er sich in den Sessel fallen und fuhr sich mit den Händen über die Augen, sah sich um. Das Hotel, in das er sich unglücklicherweise einchecken musste, war ganz nett. Nichts Besonderes, einfach und schlicht ausgestattet. Das Zimmer genügte seinen Ansprüchen völlig. Ganz im Gegenteil zu Jules, die es extravagant und luxuriös mochte. Das war auch der Grund, warum Oliver extra den Weg nach Bremen auf sich genommen hatte. Nachdem Jule ihre Ansprüche auf nachehelichen Unterhalt auf den Tisch gelegte hatte, war ihm die Hutschnur geplatzt. Nicht nur, dass sie jeden Monat ein halbes Vermögen von ihm verlangte, jetzt forderte sie auch noch das kleine Landgut von ihm, in dem sie sich vor ein paar Stunden noch getroffen und in dem sie jeden Herbst mit den Kindern ihre Urlaube verbracht hatten.

Unwillkürlich krümmte sich sein Magen zusammen, wenn er nur daran dachte, Jule würde auch noch Liv und Anni verlangen. Er würde seines Lebens nicht mehr froh werden, wenn er seine Kinder womöglich nur an jedem zweiten Wochenende sehen dürfte. Glücklicherweise stand das Familiengericht auf seiner Seite, da selbst die Richterin erkannt hatte, dass Jule mit der Erziehung der Kinder völlig überfordert war. Nie hatte er die Absicht gehabt, Jule Vorwürfe zu machen. Sie war unter schwierigen Bedingungen aufgewachsen und hatte nie die Liebe ihrer Eltern erfahren dürfen. All die Jahre hatte er gehofft, dass sie irgendwann so etwas wie Muttergefühle entwickeln könnte. Doch er hatte sich getäuscht. In ihr und in sein Bauchgefühl. Und nach ihrer Forderung hatte er sie angeschrien, mit dem Finger auf sie gezeigt und sie als Rabenmutter betitelt, noch das harmloseste unter den vielen anderen Worten. Nun tat ihm seine Reaktion unendlich leid.

Seufzend vergrub er sein Gesicht in den Händen und schüttelte den Kopf. Er konnte nur beten, dass sie damit nicht zu ihrem Anwalt marschierte und mit seinem Fehlverhalten offene Türen einrannte, um ihm die Kinder wegzunehmen. Der Gedanke daran machte ihn ganz mürbe. Deswegen hatte er seinen besten Freund, der sein Anwalt war und den gesamten Scheidungsprozess von Anfang an begleitet hatte, sofort persönlich aufsuchen wollen. Dass Christoph sich gerade gar nicht in Bremen aufhielt, sondern sich auf einer Fortbildung in Bremerhaven befand, war nur ein Teil der Pechsträhne, die ihn verfolgte. Zu allem Überfluss war der Zug, der ihn morgen früh eigentlich nach Hause bringen sollte, gecancelt worden. Die darauffolgende Verbindung ebenfalls. Auch wenn es ihn eine Heidenüberwindung gekostet hatte und er Fliegen mehr verabscheute, als sich mit seiner Ex zu treffen, hatte er sich für die Option entschieden, die am wenigsten Zeit und Aufwand erforderte. So würde er seine Kinder schneller wieder in die Arme schließen können.

Ob Liv sich wirklich über ihn und seine Anwesenheit freuen würde, konnte er nur erahnen. Sie war in einem schwierigen Alter. Mit fünfzehn war sie zu alt zum Puppenspielen und zu jung, um sich mit älteren Jungs zu treffen. Ihre Schminkversuche ließen sie wie eine Zwanzigjährige wirken, was ihm vor Augen hielt, ihr lieber kein Kuscheltier mitzubringen. Anni hingegen freute sich über derartige Geschenke. Mit sechs Jahren fanden Kinder noch Freude an solch kleinen Gesten. Überhaupt war sie noch sehr verschmust. Jeden Abend las Oliver ihr dieselbe Gute-Nacht-Geschichte vor. Es wunderte ihn, dass sie der Geschichte von Bernhard und Bianca nie müde wurde, in der Madam Medusa das Waisenmädchen Penny entführte. Manchmal, wenn er einen besonders anstrengenden Tag hatte, trieb das Schicksal des Mädchens, ohne Eltern aufwachsen zu müssen, selbst ihm die Tränen in die Augen.

Oliver sah auf die Uhr und wägte ab, ob die *Monster* schon schliefen. Es war bereits nach zehn Uhr abends. Anni war mit Sicherheit längst ins Reich der Träume gedriftet, was er von Liv weniger glaubte. Viel zu oft hatten sie wegen der Handyzeit gestritten, und viel zu oft war Liv weinend in ihr Zimmer abgedampft und hatte die Türen geknallt. Dabei wollte er doch nur das Beste für seine Kinder, um ihnen den weiteren Weg zu ebnen. Was im Moment schwierig aussah, denn Livs schulische Leistungen, insbesondere die in Englisch, ließen zu wünschen übrig.

Das war nicht das Einzige, was ihn mürbe machte. Die Eventagentur hatte doch tatsächlich die Dreistigkeit gehabt, das geplante Familienfest abzusagen, das seiner Mutter so viel bedeutete. Zum Glück hatte Cecilia ihn umgehend kontaktiert, was ihm die Gelegenheit gegeben hatte, angemessen auf diese Unverschämtheit zu reagieren. Blöd aber auch, dass die bewährte Firma ihnen diesmal abgesagt hatte. Und nur aufgrund der Empfehlung hatten sie sich für diesen Veranstalter entschieden. Hoffentlich war das kein Fehler gewesen. Noch so ein Desaster, was er so überhaupt nicht gebrauchen konnte. Aber dem Anschein nach war es nur ein Irrtum der Agentur gewesen. Gott sei Dank!

Er erhob sich und sah hinaus auf den vom Regen nassen Asphalt. Es war nicht sein Wetter, dafür liebte er es, wenn die Landschaft zu Weihnachten puderzuckrig vor ihm lag und die Welt sich in eine traumhafte Schneelandschaft verwandelte. Innerlich schmunzelte er bei der Erinnerung daran, dass Liv noch vor zwei Jahren beim Schlittenfahren ganz vorne mit dabei gewesen und jauchzend die Piste rauf- und runtergeflitzt war. So schnell veränderten sich die Kinder.

Seine Mundwinkel verloren an Spannkraft und fielen hinab. Letztes Jahr hingegen war Liv nur noch physisch dabei gewesen und hatte den Schlitten neben sich gestellt, den Blick fest auf das Handy gekettet und mit ihren Freundinnen gechattet. Dieses Jahr würde sie sehr wahrscheinlich erst gar nicht mit dabei sein. Er konnte nur hoffen, dass ihr Benehmen der Pubertät zuzuschreiben war und nicht auf den Einfluss ihrer Mutter.

Da war sie wieder, und mit ihr die Wut, die er am liebsten bei einem Glas Whisky mit seinem Freund in der nächsten Bar ertränkt hätte. Doch normalerweise mied er Alkohol, trank nur selten, seit er die Auswirkungen kannte. Heute, mit seinen reifen neununddreißig Jahren, würde er seinem dreiundzwanzigjährigen Ich erklären, dass die Anti-Baby-Pille keine einhundertprozentige Sicherheit gegen eine ungewollte Schwangerschaft bot.

Ächzend fuhr er sich über den Nacken. Nein, so durfte er nicht denken. Auch wenn Liv nie geplant gewesen war, liebte er sie. Sie war nicht verantwortlich für die Taten ihrer Mutter oder dafür, wie sich die Dinge entwickelt hatten. Sie hätten sich sehr wahrscheinlich auch ohne Kinder irgendwann auseinandergelebt. Ihre gemeinsamen Töchter hatten es nur beschleunigt.

Das Klingeln seines Handys riss ihn aus seinen Gedanken. Ein Blick genügte, um festzustellen, wer ihn um die Uhrzeit noch anrief. Es war sein bester Freund. »Chris«, begrüßte er seinen Kumpel einen Tick zu überschwänglich.

»Hey, Mann. Was für ein Dilemma. Ausgerechnet heute bist du in Bremen und ich nicht! Wir hätten richtig einen draufmachen können. Uns ein paar hübsche Mädels anschauen. Das nächste Mal sagst du mir bitte rechtzeitig Bescheid, dann buche ich einen Onlinekurs.«

Oliver schnaubte belustigt. Ihm war überhaupt nicht nach *Brautschau.* Nicht nach Frauen, die nur ansatzweise wie Jule tickten. Selbst wenn er damit gerade jede weibliche Person über einen Kamm scherte. Er war sich sicher, dass es da draußen irgendwo die eine, ganz besondere Frau für ihn geben musste, aber im Moment hatte er keinen Blick dafür. »Es war nicht geplant, hier zu stranden«, sagte Oliver knapp, statt auf die Bar mit den schönen Damen einzugehen.

»Offensichtlich war das mit Jule keine gute Idee. Wie oft muss ich dir noch sagen, dass du keine Verabredungen mit ihr treffen sollst, ohne mich vorher einzuweihen? Bin ich jetzt dein Anwalt oder nicht? Wie schlimm war es?«, fragte er nun ruhiger.

»Schlimmer.«

»Oh, Mann.«

»Sie will den Landsitz.«

Christoph schwieg vorerst, doch dann sagte er: »Dann gib ihn ihr. Du bist im Besitz vieler anderer. Wo ist das Problem?«

»Es ist eines meiner Lieblingshäuser, so viele Erinnerungen hängen daran.«

»Umso besser, wenn du es abwirfst. Erinnerungen können auch Ballast sein.«

Oliver fuhr sich mit der Hand über seine Wange, wodurch ein leises Knistern entstand. Seine letzte Rasur lag fast zwei Tage zurück, was ihm einen dunklen Bartschatten verlieh. In der Vergangenheit hatte er sich täglich rasiert, eine langwierige Routine, die Jule immer wieder von ihm gefordert hatte.

»Wie hat sie reagiert, als du abgelehnt hast?«

»Ich bin völlig aus der Hose geflippt und habe sie als Rabenmutter betitelt.«

»Das ist sie, und das weiß die Richterin, die das Urteil gesprochen hat. Jetzt beruhig dich. Solange du die Hand nicht gegen sie erhoben hast, bist du auf der sicheren Seite.«

Für einen Moment herrschte Schweigen zwischen den beiden, bis Chris skeptisch nachfragte: »Du hast doch nicht ...«

»Was? Nein. Für wen hältst du mich?« Oliver konnte nicht glauben, was sein Freund von ihm dachte.

»Für einen herzlichen Mann, der ein friedvolles und unbeschwertes Leben verdient. Mit einer Frau an deiner Seite, die das Glück mit dir teilt. Für die ein Titel nur nebensächlich ist.«

Besagten Titel würde er am liebsten ablegen. Er war nie scharf auf sein Adelsdasein gewesen. In der heutigen Zeit hatte es keine politischen Auswirkungen auf die Gesellschaft, wie es das damals der Fall gewesen war. »Fürst« war lediglich der Bestandteil seines Namens und sagte nichts über seine Person aus. Allerdings verbargen sich Ländereien, Wälder sowie zahlreiche Gutshöfe und Landsitze dahinter. Aus diesem Grund tat er sich schwer damit, Frauen, die er erst kürzlich getroffen hatte, sein Vertrauen zu schenken. Tief in seinem Inneren sehnte er sich nach einer gut funktionierenden Beziehung, einer liebevollen und fürsorglichen Frau, die ihm respektvoll begegnete und ihn nur um seinetwillen liebte und nicht wegen seines Vermögens. Ihn und seine Kinder.

»Ich verstehe dich nicht, Oliver. Du bist der geduldigste Mensch auf Erden. Wenn du mir von dir und deiner pubertierenden Tochter erzählst, frage ich mich, ob ich ebenso ruhig bleiben könnte. Wie kommt es, dass du nur bei Jule dermaßen die Fassung verlierst?«

Wenn er das nur wüsste. Weil er sich von ihr blenden lassen hatte? Weil er viel zu lange versucht hatte das Bild einer intakten Familie aufrechtzuerhalten, das nur Fassade war? Er fuhr sich ächzend über den Nacken. Viel früher hätte er einen Schlussstrich ziehen müssen. Dann wäre ihm einiges erspart geblieben. »Ich arbeite an mir«, scherzte er, obwohl er es ernst meinte.

»Weißt du was? Geh und amüsiere dich. Tob dich mal richtig aus. Du bist viel zu verkrampft.«

»Danke für den Tipp. Ich werde es mir zu Herzen nehmen.« Nichts dergleichen würde er tun, das stand fest.

»Wir sehen uns spätestens am vierten Advent. Mach's gut.«

Oliver legte sein Handy beiseite und knöpfte sein Hemd auf. Zweifellos würde Christoph die Gelegenheit ergreifen, schon kommendes Wochenende zu erscheinen, um mit ihm um die Häuser zu ziehen. Er war nun mal sein bester Freund, und auch dieser Tag würde vorübergehen. Das war sein Motto, und er klammerte sich gern daran, weil es nun mal so war. Aber Mutters Party würde ganz bestimmt nett werden. Er freute sich darauf, all seine Lieben wiederzusehen. Gleichzeitig war ihm bewusst, dass es ein Spießrutenlauf werden würde, seiner Großmutter und allen voran seinem Großvater den leeren Platz an seiner rechten Seite zu erklären. Es war ihnen fremd und wahrscheinlich unangenehm, dass Oliver geschieden war. In der Familiengeschichte war er der Erste, der die Rolle eines alleinerziehenden Vaters übernahm.

Er dachte an Heiligabend, und hätte nichts dagegen, wenn seine kleine Familie allein, bestenfalls zu dritt, unter dem Baum sitzen würde. Vorher würden sie gemeinsam kochen, ein Gesellschaftsspiel spielen und Geschichten erzählen. Liv würde wieder verstehen, dass die wahre Bedeutung von Weihnachten in der Familie und in den Herzen der Menschen, die man liebte, lag, nicht in den Bildschirmen der Handys. Sollte er versuchen, es dieses Jahr anders zu machen, Traditionen zu erneuern, die er von früher her kannte?

Es war mühselig, jetzt darüber nachzudenken, wo doch das Bett nach ihm schrie. Morgen, sobald er zu Hause angekommen wäre, würde er mit den Kindern darüber reden. Wenn er den Flug überhaupt überlebte.

Kapitel 3

Emily

Über Nacht war eine Eiseskälte über Deutschland gezogen, sodass kleine Atemwölkchen aus ihrem Mund aufstiegen. Mit langen Schritten verließ Emily die Bushaltestelle und eilte in das Flughafengebäude. Ihren Trolley stellte sie neben sich ab, als sie sich vor dem Check-in-Schalter anstellte und geduldig wartete, bis sie an der Reihe war. Viel hatte sie nicht eingepackt, da ihr Besuch nur von kurzer Dauer sein sollte. Mehr als ein paar Tage würde sie die Gastfreundschaft der Familie *von und zu* nicht in Anspruch nehmen. Sie würde den kleinen Ort besuchen, sich mit der Lokalität vertraut machen, in der die Feierlichkeit stattfinden sollte, die Planung vornehmen und dann die Heimreise antreten. Da die Familie dieses Ereignis ohnehin jährlich mit demselben Ablauf gestaltete, waren sie sicherlich auf jegliche Situationen eingestellt. Sie wäre nur ein Störfaktor, wenn sie länger bliebe.

Nachdem sie ihren Koffer ohne irgendwelche Zwischenfälle aufgegeben hatte, stöberte sie ein wenig in der Parfümabteilung des Duty-free-Shops. Emily nahm eine Mischung aus blumigen, fruchtigen, holzigen und sogar orientalischen Noten wahr und fühlte sich plötzlich unscheinbar in der Luxusabteilung. Zwischen den Aufstellern befanden sich kleine, doch auffällige Christbäume, an denen goldene Kugeln im Lichterglanz funkelten. Obwohl sie sich aktuell keinen teuren Schnickschnack leisten konnte, sprühte Emily sich etwas von dem Gucci-Parfüm auf ihr Handgelenk. Sie verlor sich in dem geheimnisvollen Duft von Moschus und dem leichten Spritzer nach Zitrone.

Als sie ihre Lider wieder öffnete, fiel ihr Blick auf einen hochgewachsenen Mann, der unschlüssig vor einem Regal verweilte und jede einzelne Flasche kurz in die Hand nahm, sie beäugte, um sie wieder zurück an ihren Platz zu stellen. Ein brauner Rollkragenpullover, der perfekt mit seinem Haar harmonierte, lugte aus der kostspieligen Canada-Goose-Jacke hervor. Seine Beine steckten in einer modern geschnittenen Jeans, elegante Lederschuhe – wahrscheinlich handgefertigt – rundeten sein attraktives Erscheinungsbild ab. Dem Mann war anzusehen, dass er sich wohl noch nie in seinem Leben mit Geldproblemen auseinandergesetzt hatte. Nun fühlte sich Emily noch mehr in ihrer Rolle als Versagerin bestätigt, mit einem Haufen Schulden im Gepäck. Das Leben konnte so ungerecht sein. Erst als sie sein Gesicht genauer betrachtete, das mit einer geraden Nase, hohen Wangenknochen und einem Bartschatten versehen war, wurde ihr bewusst, dass er keinesfalls gelassen wirkte und auch er sehr wahrscheinlich seine eigenen Probleme mit sich trug. Sein Unterkiefer mahlte stetig und seine Miene zeigte eine frostige

Strenge, während er sein Handy ans Ohr hielt und telefonierte. Reichtum bewahrte niemanden vor persönlichen Sorgen.

Als er sich für einen Flakon entschieden hatte und damit zur Kasse schritt, fiel ihr Blick auf eine Boutique-Tasche mit blauen Kordeln zum Tragen. Daraus ragte ein farbenfroher Teddybär mit großen rosafarbenen Augen hervor, der vermutlich als Geschenk gedacht war. Das Kuscheltier war zweifellos für seine Tochter bestimmt, das Parfüm als Überraschung für seine Gattin. Wahrscheinlich war er einer dieser Ehemänner, die die Welt bereisten, nur zu den Wochenenden zu Hause waren und sich mit kleinen Präsenten freikauften.

Endlich gelang es ihr, sich von dem versnobten Kerl loszureißen, und sie verließ das Geschäft, ohne sich etwas zu kaufen. Noch blieb genügend Zeit bis zum Boarding, also widmete sie sich weiteren Läden. Ein aromatischer Duft nach Kaffee und Kuchen zog sie in Richtung des Bäckers. Erst jetzt bemerkte sie, wie ausgehungert sie war.

Fasziniert von den leckeren belegten Brötchen und bunten Cupcakes in der Auslage, begriff sie viel zu spät, dass der Mann neben ihr sich plötzlich wegdrehte, sie übersah und dabei seinen Kaffee über seine makellose Kleidung schüttete.

»Ah! Das ist verdammt noch mal heiß!« Er ließ seine Tüte und sein Portemonnaie fallen und griff nach den Servietten, um den Schaden zu begrenzen.

»Ach herrje. Haben Sie sich verbrannt?« Emily reagierte blitzschnell und tupfte mit einem Taschentuch, das sie aus ihrer Tasche gezogen hatte, auf seiner Brust herum, sodass die beiden sich in die Quere kamen.

»Hören Sie auf damit«, befahl er barsch, ohne sie überhaupt angesehen zu haben.

Erschrocken über seinen unmissverständlichen Tonfall ließ sie sofort von ihm ab und sah ihm das erste Mal ins Gesicht. Ihr Herz geriet ins Stocken, als sie realisierte, wer vor ihr stand. Es war der Mann aus der Parfümerie. Er duftete angenehm nach Sandelholz und einer Spur Orangenschale, was in Emily eine weihnachtliche Stimmung hervorriefe, hätte er nicht so verdrießlich dreingeschaut.

Wie besessen drückte er die Tücher auf den braunen Placken, der sich bis zu seinem Gürtel ausgebreitet hatte.

»Tut mir leid. Sie sind einfach losgelaufen. Ich konnte nichts dafür«, entschuldigte sie sich, obwohl sie sich keiner Schuld bewusst war. Da sie nicht untätig danebenstehen wollte, hob sie wenigstens seine achtlos hingeworfenen Sachen auf.

»Das sehe ich ein wenig anders«, entgegnete er immer noch aufgebracht. »Sie schleichen hier rum, als hätten sie etwas zu verbergen.« Der Mann beendete die sinnlose Art, seinen Pullover zu säubern, und blickte direkt in Emilys Augen.

Der warme Braunton seiner Iriden katapultierte sie für einen Moment in ein Kaminzimmer, in dem die beiden entspannt mit einem Glas Cognac in der Hand vor dem lodernden Feuer verweilten. Warum sich ihr Kopf ausgerechnet so ein romantisches Bild ausdachte, blieb ihr ein Rätsel. Er schien dafür völlig ungeeignet.

In stoischer Gemächlichkeit ließ er nun seinen Blick über Emily wandern, als wäre sie ein Stück Vieh auf einem Basar. Bei ihren Händen stoppte er und runzelte die hohe Stirn. »Das sind meine Tüte und mein Portemonnaie.«

Hitze stieg in Emilys Wangen. »Das haben Sie fallen gelassen«, erklärte sie beiläufig, weil es ihm doch eigentlich klar sein müsste, und hielt ihm die Gegenstände hin.

»Oder Sie wollten es mir stehlen.«

Emily riss empört die Augen auf. Das war ja wohl die Höhe. »Was Sie mir hier unterstellen, ist eine bodenlose Frechheit. Ich wollte Ihnen bloß behilflich sein, und Sie bezichtigen mich als Taschendiebin. Das nächste Mal werde ich mit Signalkellen auf Sie aufmerksam machen, damit Ihnen auch niemand zu nahe kommt.« Sie hatte nicht vor, es jemals wieder so weit kommen zu lassen.

»Wie Sie meinen«, brummte er lediglich, als wäre ihm eine Unterhaltung zu mühselig. Er nahm ihr die Tüten und die Geldbörse ab und verschwand im bunten Mix der Reisenden.

Was für ein unangenehmer Kerl, dachte Emily und ärgerte sich über den Zwischenfall. Doch musste sie sich eingestehen, dass er trotz alledem sehr attraktiv war.

»Wollen Sie etwas kaufen?«, fragte die junge Frau hinter dem Verkaufsstand und holte sie zurück aus ihren Gedanken, die etwas mit großen Händen, die entlang ihrer Taille wanderten, zu tun hatten.

In diesem Moment verkündete eine Durchsage das Boarding für ihren Flug.

***

Emily ließ sich in den weichen Sitz fallen. Noch war die Reihe leer, und sie spielte mit dem Gedanken, sich ungeniert ans Fenster zu setzen, doch die Vorstellung, vom eigentlichen Platzinhaber verscheucht zu werden, hielt sie davon ab. Geduldig wartete sie auf den Start des Flugzeugs. Nach und nach dachte sie nicht mehr an den ungehobelten Mann und schloss die Augen. In knapp einer Stunde würde sie landen. Sie fühlte sich wie ein Glückspilz, denn der Zug, den sie eigentlich hätte buchen wollen, fiel für die nächste Zeit wegen Gleisarbeiten aus. Dementsprechend ungeniert hatte sie die Kosten des Tickets an Cecilia gemeldet.

Emily freute sich auf die Familie und war schon ganz gespannt. Dem E-Mail-Austausch nach schien Cecilia eine überaus freundliche Person zu sein. Wenn nur alle so nett wären – prompt tauchte bei diesem Gedanken das Bild des abweisenden Mannes vor ihr auf.

Als sich jemand an dem Gepäckfach über ihr zu schaffen machte, öffnete sie die Lider und das Herz rutschte ihr in die Hose. Eine Gänsehaut stellte sich zusätzlich auf ihren Armen auf, verschuldet der Klimaanlage und nicht etwa wegen der braunen Augen, die überraschenderweise einen Anflug von Freundlichkeit ausstrahlten.

Das konnte doch wohl nicht wahr sein.

»Entschuldigung«, sagte der Mann mit dem braunen Fleck auf dem Pullover. Er geriet ins Stocken, als er E-mily erkannte.

»Ja?«, sagte sie und schenkte ihm ein süffisantes Lächeln.

»Oh, Sie«, brummte er, und die Freundlichkeit in seinen Augen war wie vom Winde verweht.

»Ja, ich«, entgegnete sie und schloss einfach wieder ihre Lider. Sie wollte ihn nicht sehen. Wünschte sich, an dem kindlichen Glauben, dadurch unsichtbar zu werden, wäre etwas Wahres dran.

»Wenn Sie so freundlich wären und einen Platz weiterrutschen, dann erspare ich mir das Klettern über Ihre Beine.«

»Setzen Sie sich doch einfach an den Gang.«

»Der Sitz könnte aber besetzt sein.«

»Das sehen wir ja dann, wenn ihn jemand beansprucht.«

»Ich biete Ihnen meinen Fensterplatz an. Andere würden sich freuen.«

Tatsächlich würde sie sich freuen, wenn er ihr vorhin etwas freundlicher entgegengetreten wäre. Unter diesen Umständen konnte sie einfach nicht über ihren Schatten springen. Und überhaupt, warum tat er plötzlich so großzügig? »Tut mir leid. Ich habe mich bereits damit abgefunden, nicht am Fenster zu sitzen. Hinterher kommen Sie noch auf die Idee, ich hätte Ihnen den Platz geklaut.«

»Das werde ich mit Sicherheit nicht. Ich versichere es Ihnen.«

»Sie haben mich als Kleptomanin bezeichnet.«

»Falsch, ich habe Ihnen lediglich unterstellt, dass sie mir Tasche und Portemonnaie entwenden wollten.«

Emily kniff die Augen fest zusammen. »Wo ist da der Unterschied?«

Der Mann öffnete bereits den Mund und hob seinen Zeigefinger wie ein Oberlehrer, als ihm jemand das Wort abschnitt.

»Wenn Sie sich bitte setzen würden? Wir starten gleich.« Eine Flugbegleiterin mit knallroten Lippen, ein elegantes Tuch um den Hals geknotet, lächelte sie an.

»Ich habe der netten, doch dickköpfigen Dame meinen Fensterplatz angeboten, damit es einfacher für uns alle wird. Aber sie lehnt ab.«

Emily musste sich verhört haben. Netten, doch dickköpfigen Dame? Sie sog scharf die Luft ein.

»Ich bitte Sie, jetzt Platz zu nehmen, sonst können wir nicht starten.« Die Stewardess nickte den beiden auffordernd zu, bevor sie wieder ging.

Emily blieb, wo sie war. Sollte er doch über ihre Beine steigen. Oder sich ganz einfach an den Gang setzen. Oder aus dem Fenster springen, das wäre ihr am liebsten.

»Entschuldigung. Sie blockieren meinen Sitz.« Nun wurde tatsächlich der letzte freie Platz beansprucht.

Es führte kein Weg mehr daran vorbei. Grummelnd stieg der unfreundliche Mann an Emily vorbei, sodass eine Portion seines Aftershaves sie abermals kurzzeitig an Weihnachten erinnerte, während sich der massige Körper ihres neuen und linken Nachbarn in den Sitz quetschte. Ein Hauch Schweiß mischte sich mit dem teuren Parfüm von rechts. Sie hätte einfach rüberrutschen sollen. Jetzt hatte sie den Salat.

Nachdem nun alle Passagiere ihren Platz eingenommen hatten und das Flugpersonal die Sicherheitsvorkehrungen erklärt hatte, fing die Maschine an zu vibrieren und wurde immer lauter.

Fliegen zählte nicht unbedingt zu ihren Lieblingsbeschäftigungen, dennoch empfand sie den Moment zwischen Beschleunigen und Abheben als den berauschendsten überhaupt. Sie spürte, wie sie in den Sitz gepresst wurde, während sich ein prickelndes Gefühl von ihrem Bauch bis in die Haarspitzen ausbreitete. Fast fühlte es sich wie Sex an, auch wenn sie sich kaum an ihren letzten intimen Kontakt erinnerte. Am liebsten hätte sie laut aufgejauchzt, doch beim Anblick der Schweißperlen auf der Stirn ihres Sitznachbarn und seiner weiß hervortretenden Fingerknöchel auf den Armlehnen unterdrückte sie ihren Freudentaumel. Ihr fiel auf, dass er gar keinen Ehering trug und weder ein Abdruck noch eine helle Verfärbung darauf hinwiesen.

»Geht es Ihnen gut?«, fragte Emily schließlich, obwohl sie keine Lust hatte mit ihm zu reden. Offensichtlich erging es dem Mann gerade sehr schlecht.

Auf ihre Frage presste er nur seine Lider zusammen.

»Leiden Sie unter Flugangst?«, erkundigte sich Emily nun, und plötzlich wurde ihr klar, warum er ihr vor dem Abflug so zuvorkommend seinen Fenstersitzplatz angeboten hatte. Es war keinesfalls aufgrund seiner Nächstenliebe oder der Umstände geschehen, sondern seine Flugangst hatte ihm zu seiner angeblichen Freundlichkeit verholfen. Ha!

Seine fahle Haut beunruhigte Emily. Er mochte ein arroganter Fatzke sein, doch sie wusste, dass Panikattacken ernst zu nehmen waren. »Soll ich vielleicht die Stewardess rufen?«, fragte sie besorgt, während sie abwägte, seine Hand in ihre zu nehmen. Aufgrund ihrer eigenen Erfahrungen mit Kindern wusste sie, dass Berührungen Angstgefühle lindern konnten. Sie tat es nicht.

Er schüttelte den Kopf. »Nein. Wenn wir oben sind, ist alles gut. Es ist sehr nett von Ihnen, dass Sie sich sorgen, aber mir geht es gut«, kam es freundlich über seine vollen Lippen, die so verführerisch vor ihr lagen, dass sie sich fragte, ob sie sich denn auch so anfühlten.

Was waren das nur für seltsame Gedankengänge, die ihr durch den Kopf schossen? Eine weitere Frage lenkte sie davon ab, über seinen Mund nachzudenken. »Warum sind Sie nicht mit dem Zug gefahren?«

»Wollte ich ja, aber er ist ausgefallen.«

Überrascht zog sie eine Augenbraue in die Höhe. Er sprach doch nicht etwa von der gleichen Zugverbindung? Womöglich wären sie sich sogar dort begegnet. Eigentlich glaubte sie nicht an Schicksalsfügungen, aber das war wirklich ein seltsamer Zufall.

Unverhofft sackte das Flugzeug einige Meter ab, und die Haut des Mannes wurde noch eine Nuance blasser.

»Okay«, seufzte sie. »Wenn es Ihnen besser geht, dann lassen Sie mich am Fenster sitzen.«

»Ich wäre Ihnen wirklich zutiefst verbunden.«

Es war erstaunlich, was eine Situation bewirken konnte. Ein sonst so schwieriger Mensch gab sich plötzlich sanftmütig wie ein Kätzchen.

Allerdings verzichtete Emily nicht aus Nächstenliebe auf ihren Platz. In Wahrheit waren die Schnarchgeräusche des Glatzkopfs neben ihr nicht mehr zu ertragen, doch das brauchte sie ihm ja nicht auf die Nase zu binden.

Umständlich und in akrobatischer Meisterleistung zwängten sie sich auf den jeweils anderen Sitzplatz. Natürlich kam es dabei zu Körperkontakt, was ihr hätte klar sein sollen. Erneut kitzelte sein markanter

Männerduft Emilys Nase, und ein anderer, unbekannter Geruch, der ebenfalls von ihm auszugehen schien, betörte ihre Sinne. Es musste sein Shampoo sein. Als wäre das alles nicht genug, umfasste er für einen flüchtigen Moment ihre Hüfte mit seinen Händen, die groß und gepflegt waren. Die Berührung dauerte nur kurz an, sehr kurz sogar, doch lang genug, um ein Gefühl angenehmer Wärme an der Stelle zu entfachen. Es war unfassbar, wie sie auf ihn reagierte.

Und dann saß endlich jeder auf seinem Platz. Emily konnte kaum glauben, was sie für dieses Scheusal auf sich nahm, obwohl noch für jeden Passagier Anschnallpflicht herrschte.

Allmählich entspannte sich die Situation, und sie verfielen in Schweigen. Das gefiel ihr.

Irgendwann erklang ein heller Ton über ihnen, der die erreichte Flughöhe bestätigte.

Erleichtert schnallte Emily sich ab und fischte ihren Laptop aus der Tasche. Sie wollte die Zeit nutzen, sich von extravaganten Tischdekorationen inspirieren zu lassen. Außerdem hatte sie zu Hause Informationsmaterial über den Ablauf einer zu planenden Feier heruntergeladen, das sie nun lesen wollte. Gemütlich kuschelte sie sich in die Lehne und scrollte durch die mit hübschen Bildern versehenen Texte. Einige wichtige Dinge notierte sie sich gleich. Gestecke aus Stechpalmen standen dieses Jahr hoch im Kurs. Ob auch der Mistelzweig darunter zu verstehen war? Innerlich rollte sie mit ihren Augen, wenn sie an die Tradition des Kusses darunter dachte.

Sie malte ein dickes Fragezeichen dahinter, als sie bemerkte, dass der Blick ihres Nachbarn auf ihrem Bildschirm klebte. Reflexartig klappte sie den Laptop zu. Auf keinen Fall wollte sie Zuschauer bei der Recherche ihrer Arbeit. Außerdem ging es ihn nichts an.

»Kann ich Ihnen einen Kaffee oder etwas anderes zu trinken anbieten?«, bot die freundliche Stewardess an.

»Nein, danke. Ich hatte genug Kaffee für die nächste Zeit«, entgegnete der Mann spitz.

»Ich nehme einen«, sagte Emily mit überaus viel Genugtuung in der Stimme. »Übrigens ist es nicht meine Schuld, dass Sie rücksichtslos andere Menschen über den Haufen rennen.« Sie hob den Pappdeckel und linste hinein, während die Frau Getränke an die nächsten Passagiere verteilte. »Kann ich noch Milch bekommen?«, rief Emily die Flugbegleiterin zurück.

»Selbstverständlich.« Mit einem Lächeln auf den Lippen reichte sie ihr eine in Plastik verpackte Portion. Genau in diesem Moment rüttelte das Flugzeug leicht, und das kleine Döschen landete direkt auf den Beinen des Mannes.

Ungeniert griff Emily nach ihrer Milch. »Diesmal trifft mich wirklich keine Schuld.«

***

Endlich waren sie im Landeanflug, und erneut krallten sich die Finger des Mannes in die Armlehne. Diesmal kam keine sorgenvolle Frage aus ihrem Mund.

Nachdem sie gelandet waren, strömten die Fluggäste durch den schmalen Gang nach draußen zu der Gepäckausgabe. Vor dem Band schaute sich Emily unauffällig nach dem Mann in den feinen Klamotten um. Ihr fiel ein Stein vom Herzen, als er nirgends zu sehen war. Er verreiste wohl nur mit Handgepäck.

Als auch endlich ihr Koffer auf dem Förderband erschien, angelte sie sich ihren Trolley und eilte zum Taxistand. Ein einziger Wagen stand unbesetzt im Wartebereich. Besser, sie nahm gleich die Beine in die Hand. Mit Sicherheit waren die Taxis heiß begehrt. Aus dem Augenwinkel nahm sie einen Schatten wahr, der ebenfalls zu dem Gefährt spurtete. Doch Emily war schneller und hängte ihren Konkurrenten ab. Mit klopfendem Herzen riss sie die Wagentür auf, nannte ihre Zieladresse, während sie auf die Rücksitzbank rutschte und ihren Sitznachbarn von eben laut fluchen hörte. Der Fahrer verstaute Emilys Gepäck, und kurz darauf zuckelte das Taxi los.

Ein letztes Mal betrachtete sie den Mann aus der Heckscheibe, während er immer kleiner wurde.

Kapitel 4

Oliver

Fassungslos musste Oliver mitansehen, wie das letzte Taxi das Flughafengelände verließ. Seine Pechsträhne haftete an ihm wie ein Blutegel, den er einfach nicht abschütteln konnte. Ähnlich verhielt es sich mit dieser Person. Sie war ihm bereits in der Parfümerie aufgefallen, genauer gesagt ihre rote Mähne. Schon immer war er von dieser Haarfarbe fasziniert gewesen. Sie hatte ihn gemustert oder abgecheckt, was auch immer. Dann war sie wie ein Geist in der Bäckerei aufgetaucht und hatte so ein heilloses Durcheinander in ihm hervorgerufen, dass er vor Schreck seinen Kaffee über sich geschüttet hatte. Es war ihm furchtbar peinlich gewesen, derart schroff auf sie eingegangen zu sein. Doch erklärte er es sich damit, dass er ein einziges Nervenbündel gewesen war. Weil er sich partout nicht an Livs Parfümmarke erinnern konnte und er davon ausgegangen war, dass Jule sich in solchen Dingen besser auskannte, hatte er kurz entschlossen bei ihr angerufen, um festzustellen, dass auch sie wankelmütig war. Die arrogante und selbstgefällige Art, wie Jule auf seine Frage reagiert hatte, hatte sein Blut zum Brodeln gebracht.

Und seine verfluchte Flugangst hatte die Situation zusätzlich verschärft. In jenem Augenblick, als die attraktive Frau mit ihren smaragdgrünen Augen vor ihm gestanden und ihm die heiße Brühe über die Brust gelaufen war, hatte er sich einfach nicht mehr unter Kontrolle gehabt. Mit ihrem Aussehen hatte sie Verwirrung in ihm ausgelöst und ihm gleichzeitig gezeigt, dass sein Herz tatsächlich noch auf Frauen reagierte. Was ihn wiederum derart schockiert hatte, dass er sich völlig überzogen aufgeführt hatte.

Seufzend schob er den Reißverschluss seiner Jacke hoch bis zum Hals, um die Kälte auszusperren. Was nutzte es, sich Gedanken über die Frau zu machen. Er würde sie ohnehin nie wiedersehen.

Oliver wollte gerade resigniert in das Flughafengebäude zurückgehen, um sich aufzuwärmen, da tauchte ein leeres Taxi auf.

Der Fahrer quittierte seine Adresse mit einem stummen Nicken und beeilte sich, loszufahren. Vermutlich erhoffte sich der Mann ein ordentliches Trinkgeld.

Oliver sah aus dem Fenster und versuchte sich das Wiedersehen mit seinen Kindern vorzustellen. Anni würde ihre kurzen, schmalen Ärmchen um seinen Hals legen und ihm einen dicken Schmatzer auf die Wange drücken. Sie würde ihren Teddy gleich ins Herz schließen, ihm bei der Teeparty in ihrer Spielecke das Puppengeschirr präsentieren und einen Hut aufsetzen. Bei der Vorstellung musste er schmunzeln. Liv würde ihn zwar weniger herzlich begrüßen, sich jedoch über das Parfüm freuen. Da war er sich sicher.

Prompt erschien das hübsche Gesicht der fremden Schönheit in seinen Gedanken. Ihr kämpferisches Gemüt hatte er sofort erkannt, als er das erste Mal in ihre Augen gesehen hatte. Sie besaß definitiv katzenartige Züge – einerseits unabhängig und eigensinnig, aber auch verspielt. Stöhnend schloss er die Augen und vermied es, sich auszumalen, wie verspielt sie wohl sein mochte. Nach allem, was zwischen ihnen vorgefallen war, rechnete er ihr hoch an, dass sie letztendlich doch die Plätze getauscht hatten. Ob er sich doch irgendwann einmal der Angst stellen und einer Therapie unterziehen sollte?

Je näher sie seinem Zuhause kamen, desto tiefer hüllte sich die Landschaft in eine Decke aus Schnee. Aus den Schornsteinen des vor ihm liegenden Dorfes stiegen dicke Rauchschwaden in den Himmel. Frisch gefallener Schnee schuf eine ganz besondere Stimmung. Die Welt drehte sich langsamer. Alles wirkte beruhigend und weniger hektisch. Vielleicht auch deshalb, weil man eher zögerte, den Wagen zu nehmen, und lieber daheimblieb.

Als der Fahrer durch die Straßen des Ortes fuhr, fühlte er sich gleich willkommen.

Auf den letzten Metern nach Hause wuchs seine Sehnsucht nach einer warmen Dusche und sauberer Kleidung. Der Geruch nach Kaffee, der aus seiner Jacke aufstieg, störte ihn zunehmend.

Als das Taxi hielt, bezahlte Oliver die Fahrt mit einem ehrbaren Trinkgeld. Allein aus dem Grund, weil der Fahrer ihm keine Unterhaltung aufgezwungen hatte, was nicht unüblich war, sobald er seine Adresse mitteilte. Er stieg aus und stand nun mit seiner Boutique-

Tasche in der Hand vor dem Gebäude, das ihn ein wenig mit Stolz erfüllte. Das Herrenhaus, das im Jahre 1833 als Sommersitz im neugotischen Stil erbaut worden war, hatte er mit viel Aufwand, Geduld und einer Menge Geld restaurieren lassen. Kurz vorher hatte ihm sein Vater alles überschrieben, um sich in den verdienten Ruhestand zu verabschieden. Besonders faszinierte ihn der Turm, der majestätisch in den Himmel ragte und von dem es hieß, dass es bei Vollmond darin spukte. Oliver grinste. Noch nie war ihm ein Geist darin begegnet, schon gar nicht bei Vollmond.

Seit der Entstehung des Herrenhauses wurde es als Ort der Begegnung betrachtet. In einem Teil des Flügels befand sich ein Museum mit historischer Einrichtung, in dem die Touristen das Leben, wie es früher einmal gewesen war, hautnah erlebten. Es war eine nette Einnahmequelle, die Oliver dazu nutzte, die vielen Räume und die üppigen Gärten in Schuss zu halten. Ein solches Gebäude verschlang Unmengen an Geld. Und das war nicht das einzige Anwesen, das es zu unterhalten galt. Sechs seiner Gutshöfe, die über Deutschland und Österreich verteilt waren, hatte er in Zusammenarbeit mit vertrauten Investoren zu exklusiven Hotels und Veranstaltungsorten umfunktioniert. Dort fanden unter anderem Hochzeiten, Konzerte, Klavierwochen sowie Kunstausstellungen statt.

Aus seiner Jackentasche kramte er den Schlüssel, öffnete die Tür und trat in den großzügigen Flur. Automatisch sackten seine Schultern hinab, als ihm der vertraute Duft frischer Blumen in die Nase stieg. Das war der Vorteil seines Lebens. Angestellte sorgten stets für das Wohlergehen der Familie. Wie er feststellte, hatte seine Mutter den Eingangsbereich nun weihnachtlich geschmückt. Tannenzweige und Lichterketten zierten die Türen, sogar ein Mistelzweig baumelte unter der Decke. Als er vor zwei Tagen losgezogen war, um Jule zu treffen, waren die Wände und die Ecken noch kahl gewesen.

»Wir sind im Wohnzimmer, Oliver«, rief ihm seine Mutter zu.

Er runzelte die Stirn. Wir? Er warf einen Blick auf die Uhr. Es war später Nachmittag, siebzehn Uhr. Sein Vater musizierte mit dem Männergesangverein, wie jeden Samstag in der Vorweihnachtszeit. Anni müsste bald vom Ballettunterricht kommen, und Liv hielt sich entweder in ihrem Zimmer auf oder traf eine Freundin. Dann erinnerte er sich, dass heute der Termin mit der Eventagentur anstand.

Oliver hing seine Jacke an die Garderobe und lief zielstrebig ins Wohnzimmer, wo seine Mutter ihn mit offenen Armen empfing. Wohlige Wärme begrüßte ihn genauso angenehm, wie seine Mutter es tat. Cecilia, die mindestens zwei Köpfe kleiner war als er, weckte oft seinen Beschützerinstinkt in ihm. Ihr Chanel N°5 begleitete sie schon ihr Leben lang, genauso wie sie ihre grauen Haare zu einem einfachen Pferdeschwanz zusammenband und an ihren Ohrläppchen Perlen hingen. Ihre Kleider und Kostüme, die sie in der Öffentlichkeit stets trug, wirkten oft etwas streng, was sie eigentlich gar nicht war. Im privaten Bereich bevorzugte sie wadenlange Röcke, dazu Blusen und Blazer. Sie war die herzlichste Person, die Oliver kannte, und er war ihr zutiefst dankbar, dass sie sich um seine Kinder kümmerte, wenn es nötig war. Obwohl Cecilia mit ihren siebzig Jahren eine noch recht rüstige Frau war, hatte er dennoch ein Kindermädchen, eine Nanny, eingestellt. Cecilia sollte die Rolle der liebevollen Großmutter übernehmen, nicht die der Ersatzmutter.

»Schön, dass du unversehrt nach Hause gefunden hast. Wie war der Flug?«

»Ich bin sicher gelandet, das ist das Einzige, was zählt.« Den Rest sparte er sich. Er war zu müde, um über seine Pechsträhne zu philosophieren. Cecilias besorgte Miene machte ihm klar, dass er wenigstens den Kaffeeunfall erwähnen sollte.

»Was ist denn passiert? Dein Pullover ist ganz schmutzig.«

Oliver winkte ab. »Nicht der Rede wert. Ein Missgeschick meinerseits.«

»Na dann. Komm, ich möchte dir jemanden vorstellen. Eben ist die bezaubernde Dame von der Eventagentur angereist.«

Seine Mutter hakte sich bei Oliver unter und führte ihn zu der Sitzgruppe im Jugendstil, die beige-blau gestreift war. Er machte sich keine Illusionen, dass die *bezaubernde Dame* nicht unbedingt seinem Geschmack entsprach. In Cecilias Augen waren alle Frauen auf ihre eigene Art schön.

Doch als er vor die Eventmanagerin trat, blieb ihm schier die Spucke weg. In ihren schreckgeweiteten grünen Augen flackerte das Feuer aus dem Kamin. Ihre rot gelockten Haare fielen ihr sanft auf die schmalen Schultern und ließen ihre Haut wie Porzellan wirken. Er schluckte hart, als sie sich erhob und ihm die Hand entgegenstreckte. Dem Anschein nach war sie genauso überrumpelt, wie er es war.

»Darf ich vorstellen, Emily. Das ist mein Sohn Oliver.«

»Guten Tag«, sagte sie mit einem Hauch von Verlegenheit, während ihre vollen Lippen sich bei der Begrüßung sinnlich bewegten. »Emily Benett«, stellte sie sich vor.

»Oliver«, sagte er knapp. Obwohl er bei offiziellen Anlässen stets seinen vollen Vor- und Zunamen beanspruchte, verzichtete er diesmal auf die Anreihung von Namen. Er konnte sich nicht erklären, warum sein Kopf keine Befehle ausführte, warum ihm nichts einfiel, die Situation zu entschärfen. Sonst strotzte er doch nur so vor Souveränität. Diesmal blieb er stumm. Ob es an der weichen Haut ihrer Hand lag, die nahezu in seiner verloren ging? Sie fühlte sich zart wie ein Schmetterlingskuss an.

»*Ihr* kleines Missgeschick hat ja einen amüsanten Kaffeefleck auf dem Stoff hinterlassen. Er hat die Form von Afrika.« Sie lächelte, sodass ihre geraden, weißen Zähen hervorblitzten.

Oliver zuckte leicht zusammen. Emily hatte gehört, was er zu seiner Mutter gesagt hatte, und ihn damit in der Hand.

»Ja, ist eine lange Geschichte«, brummte er verdrießlich, weil er sich ertappt fühlte.

»Das will ich wetten.« Ihr Blick war scharfsinnig.

Oliver fiel es schwer, sich von ihr abzuwenden, er tat es aber, als die Tür in seinem Rücken aufgeschoben wurde und seine Jüngste mit einem freudigen Lächeln und offenen Armen auf ihn zustürmte.

»Papiii«, rief sie.

Sein Herz sprudelte über vor Glück, wenn Anni ihn derart überschwänglich begrüßte, als wäre er Wochen fort gewesen. Er wirbelte sie ein paarmal herum, ehe er sie wieder auf dem Boden absetzte, seine Hände in die Hüften stemmte und sie gespielt streng beäugte.

Mit ihren kornblumenblauen Augen sah sie zu ihrem Vater hoch und lächelte erwartungsvoll.

»Du bist bestimmt von gestern auf heute einen Zentimeter gewachsen. Wenn das so weitergeht, hast du mich bald eingeholt.«

»In einhundertsechzig Tagen, um genau zu sein. Um von meiner Größe von einem Meter fünfzehn auf einen Meter fünfundneunzig zu wachsen, benötige ich, wenn ich jeden zweiten Tag um einen Zentimeter wachse, insgesamt einhundertsechzig Tage. Das sind zweiundzwanzig Wochen.« Anni gelang es immer wieder, ihren Vater mit ihren herausragenden mathematischen Fähigkeiten zu überraschen. Mit ihren gerade mal sechs Jahren war sie klüger als manche Schüler der Oberstufe. Das führte häufig zu Auseinandersetzungen unter den Geschwistern.

Liebevoll wuschelte er ihr über den Schopf und musste bei Annis Korkenzieherlocken an Emilys ebenso wildes Haar denken. Er kniete sich zu ihr hinunter und tippte ihr zärtlich auf die Nase. »Ich bin mächtig stolz auf dich, das weißt du doch.«

Anni nickte fleißig. »Hast du mir etwas mitgebracht?«, fragte sie nun in ihrer kindlichen Neugier.

Oliver grinste. »Die Tüte steht im Flur.« Er richtete sich wieder auf und wandte sich seiner Mutter zu, warf jedoch einen langen Blick in Emilys Richtung. Sie hatte ihre Hände vor sich verschränkt und wirkte sichtlich bewegt. Womöglich hatte sie mit einer derart herzlichen Begrüßung nicht gerechnet, nachdem sie ihn von einer ganz anderen Seite kennengelernt hatte.

»Wo ist Liv?«, erkundigte er sich bei Cecilia.

»Sie ist bei den Pferden.«

Erleichtert atmete er aus. Solange sie sich bei den Ställen aufhielt, brauchte er sich keine Sorgen zu machen. Allerdings wäre es ihm lieber, wenn sie am Schreibtisch in ihrem Zimmer sitzen und lernen würde. Im Gegensatz zu Anni musste Liv für Englisch pauken. Aus dem Augenwinkel bemerkte er, dass Emily ihre Hände rieb, als wäre ihr ihre Anwesenheit unangenehm. Schließlich räusperte sie sich.

»Wenn Sie mögen, kann ich auch erst einmal in mein Zimmer gehen, bis Sie Ihre privaten Dinge geklärt haben.«

Sie fühlte sich tatsächlich fehl am Platz oder war einfach müde von der langen Reise und brauchte Zeit für sich.

»So ein Unsinn, Emily. So lernen Sie gleich alle Familienmitglieder kennen. Möchten Sie vielleicht noch einen Tee?«

Emily schüttelte den Kopf. »Vielen Dank, ich bin bedient.«

Oliver hob eine Augenbraue. Wie meinte sie das? War es möglich, dass sie keine Kinder mochte? Das wäre äußerst bitter, besonders weil sie zuerst Anni begegnet war, die alle Herzen im Sturm eroberte. Vielleicht war es Schicksal, dass Liv noch in den Ställen war.

Wie auf Kommando betrat seine Älteste in verschmutzter Reitkleidung das Wohnzimmer. Großartig. Wenn Emily schon nichts mit Anni anfangen konnte, würde sie spätestens jetzt die Freude an Kindern verlieren. *Bitte hab einen guten Tag*, sandte er als Stoßgebet gen Himmel.

»Hi, Dad«, begrüßte Liv ihren Vater nüchtern und schloss ihn etwas umständlich in den Arm. Die Herzlichkeit, die er von Anni gewohnt war, fehlte bei ihr gänzlich. Es war, als wäre dort ein Graben zwischen ihnen, und er hatte keinen Schimmer weswegen.

Eigentlich bevorzugte er Papa, oder Vater, wobei Oliver selbst diesen Begriff für die heutige Zeit zu formell empfand. Doch er behielt seine Vorbehalte für sich, denn Liv würde, nur um ihn zu ärgern, weiterhin Dad zu ihm sagen.

»Liv, Liv. Schau mal. Papa hat uns etwas mitgebracht.«

Anni trug die Boutique-Taschen in den Raum und zog ihren bunten Teddybären mit den riesigen Kulleraugen aus der Tüte. Sofort drückte sie ihre vor Aufregung geröteten Wangen an den weichen Stoff. »Danke, Papi. Ich werde ihn ...« Anni unterbrach sich und spitzte ihren Mund. »Wie soll ich ihn nennen?«, fragte sie nun ihre große Schwester.

»Was fragst du mich? Du bist doch sonst immer so schlau.«

Oliver rollte innerlich mit den Augen.

Anni ging auf Livs freche Antwort überhaupt nicht ein. Sie betrachtete ihren neuen Spielgefährten, als würde er ihr selbst Antwort geben.

»Hier, das ist für dich«, lenkte Oliver von der Frage ab und übergab Liv die Tüte. Hoffentlich hatte er nicht wieder danebengegriffen – schließlich hatte er sich extra bei Jule abgesichert.

»Oh, danke. Carolina Herrera. Davon hat mir Mama ja erst zu meinem Geburtstag vor fünf Wochen drei unterschiedliche Düfte geschenkt. Ein vierter kommt mir wie gerufen«, sagte sie in einem Ton, der nicht gleichgültiger hätte klingen können.

Olivers Schultern sackten herab. Tief im Inneren hatte er damit gerechnet. Warum zum Teufel hatte Jule ihn nicht informiert, dass Liv den Duft schon besaß? War es Absicht gewesen? »Wenn du möchtest, tausche ich das Parfüm um.«

»Nein, ist schon gut. Ich schenke es einfach Selina. Sie wird sechzehn.«

Oliver nickte. Was sollte er schon machen?

Cecilia trat zu Liv, legte ihre Hände auf ihre Schultern und führte sie sanft zu Emily, die noch immer stumm die Szenerie beobachtete. »So, meine Lieben. Da ja jetzt alles erledigt ist, möchte ich euch Emily vorstellen. Sie wird dieses Jahr unsere Feier ausrichten.«

In seiner Familie wurde Wert darauf gelegt, von klein auf die wichtigsten Benimmregeln zu kennen und anzuwenden. Deswegen musste er sich keine Gedanken darum machen, dass Liv ihre rebellische Seite bei Besuch zeigte.

Seine Tochter trat vor und streckte ihre Hand aus. Mit einem formellen »Guten Tag, es ist mir eine Freude, Sie kennenzulernen« wirkte sie etwas gekünstelt.

Emilys Gesicht erstrahlte, und ihre grünen Augen leuchteten auf. »Ich freue mich auch, dich kennenzulernen. Bitte nenn mich einfach Emily und lass uns auf das förmliche Sie verzichten.«

Olivers Augenbrauen fuhren überrascht in die Höhe. Es war offensichtlich, dass sie es ernst meinte. Ihre weiche Stimmlage unterstrich die Aufrichtigkeit ihrer Worte.

Dann trat Anni vor. »Prinzessin Annemarie Sofia Christina Isabell von Hohenlich. Es ist mir eine Ehre, Sie bei uns begrüßen zu dürfen«, stellte sie sich formvollendet vor und rundete das Ganze mit einem Knicks ab.

Das entlockte ihm ein Schmunzeln. Anni liebte es, in ihrer Rolle als Prinzessin aufzugehen, und nutzte jede Gelegenheit, dies zu zelebrieren.

Emilys Lippen hoben sich zu einem wundervollen Lächeln, das ihm durch Mark und Bein ging. »Guten Abend, Anni. Es ist mir ebenfalls eine Ehre.«

Er war überrascht, wie unbeeindruckt und doch herzlich sich Emily gab. Viele mühten sich in solchen Situationen besonders ab, um einen bleibenden Eindruck zu hinterlassen. Doch Emilys Natürlichkeit und Offenheit bildeten eine angenehme Abwechslung.

»Ja, dann ... Macht euch für das Abendessen fertig, Kinder. Ich ziehe mich noch rasch um«, sagte Oliver und scheuchte die Mädchen raus.

»Möchten Sie mit uns zu Abend essen oder lieber im Zimmer etwas zu sich nehmen?«, fragte Cecilia an Emily gewandt.

»Wenn es Ihnen nichts ausmacht, würde ich mich lieber zurückziehen.«

Obwohl Oliver keine andere Antwort von ihr erwartet hatte, fühlte er einen kleinen Stich in seinem Herzen.

Kapitel 5

Emily

Emily saß auf ihrem großzügigen Bett, das am Kopfende mit zahlreichen Kissen versehen war. Das Zimmer war größer als ihres in der Bremer Innenstadt und verfügte sogar über ein eigenes Bad, das direkt angrenzte. Sie fühlte sich wie in dem Film *Pretty Woman*, nur dass sie keine Prostituierte war, sondern eine mittellose Frau, die ein Familienfest auf die Beine stellen musste. Ein üppiger roter Weihnachtsstern zierte den Teil des Raumes, in dem eine Couch stand, die dem Muster derjenigen ähnelte, auf der sie eben noch gesessen und Oliver wiedergesehen hatte. Was für ein Zufall. Wenn sie gewusst hätte, dass ausgerechnet er ihr Auftraggeber war, hätten sie sich die Kosten für das Taxi teilen können. Aber sie war frech genug gewesen, ihm das letzte vor seinen Augen wegzuschnappen. Ihr Magen zog sich bei der Erinnerung an ihr erstes Aufeinandertreffen am Flughafen zusammen.

Seiner Mutter gegenüber hatte er seine Schuld eingestanden. Wieso war er nur so zornig auf sie, wenn ihm klar war, dass sie unschuldig war? Sie hatte ihm doch nur behilflich sein wollen.

Emily konnte einfach nicht glauben, dass Oliver ihr Kunde war und noch weniger, was für ein liebevoller Familienvater er war. Das konnte er niemals gespielt haben. Ein Lächeln huschte über ihre Lippen, wenn sie an seine jüngste Tochter dachte. Anni war ein Engel und hatte sofort einen besonderen Platz in Emilys Herzen eingenommen.

Zwischen Oliver und Liv spürte sie ein tiefes, wenn auch zerrüttetes Vater-Tochter-Verhältnis. Liv, als heranwachsende Frau, strahlte Selbstsicherheit aus, wirkte aber manchmal unsicher. Oliver hatte ihr leidgetan, als das gut gemeinte Geschenk nicht die erhoffte Begeisterung bei Liv ausgelöst hatte. Die Enttäuschung war ihm anzusehen gewesen.

Emily erhob sich von ihrem Bett und trat an den Tisch, auf dem ein Teller mit einer silberfarbenen Haube stand. Cecilia war so freundlich gewesen, ihr Essen auf das Zimmer bringen zu lassen. Ein angenehmer Duft nach gebratenem Fleisch und dunkler Soße kam ihr entgegen, als sie die Bedeckung anhob. Wie auf Kommando meldete sich ihr Magen, und sie beschloss, das Essen nicht kalt werden zu lassen.

***

Am nächsten Tag war Emily schon vor dem Morgengrauen wach. Sie hatte unglaublich gut geschlafen. Diese Stille um sie herum war erst ungewohnt gewesen, ein bisschen gruselig, weil sie hier und da ein Knarren vernommen hatte, dennoch fühlte sie sich sicher und geborgen. Fast wie eine Prinzessin, stellte sie mit einem Lächeln fest, warf die Decke von sich und ging ins Bad.

Nach der erfrischenden Dusche schlüpfte sie in eine schwarze Hose, deren Schnitt, wie sie wusste, nicht mehr modern war. Allerdings passte sie hervorragend zu ihrer dunkelgrünen Bluse, die wiederum ihre Haare betonte. Der Stoff ihres Oberteils sah zwar wie Seide aus, doch bestand aus preiswertem Polyester. Mit Sicherheit würde Oliver den Unterschied mit bloßem Auge erkennen, aber sie war ja nicht gekommen, um ihn zu beeindrucken. Allein bei dem Gedanken an eine weitere Begegnung mit ihm bekam sie weiche Knie. Da sie momentan unter einem Dach lebten, war es unvermeidlich, dass ihre Wege sich kreuzten. Vor allem heute, an einem Sonntag. Ob Fürsten wohl an so einem Tag arbeiteten?

Ihre füllige Lockenmähne föhnte sie sanft mit einem Diffuser. Sie wusste, dass Frauen mit roten Haaren als temperamentvoll und leidenschaftlich galten, was sie eigentlich gar nicht war. Leidenschaftlich schon. Wenn sie etwas liebte, verlor sie sich darin. Sich und ihre Seele. Doch temperamentvoll? Vielleicht ein bisschen, das musste sie sich eingestehen. Rückblickend auf den gestrigen Abend, als sie Oliver mit einem herausfordernden Blick auf sein Missgeschick angesprochen hatte, auf jeden Fall. Es war ein Fest für sie gewesen, dass er sich vor ihr schuldig bekannt hatte. Sie konnte nicht anders, als ihn damit aufzuziehen.

Lächelnd brachte sie mit den Fingern zusätzliches Volumen in ihr Haar und zupfte einige störrische Locken aus der Stirn. Danach tupfte sie mit einem Concealer einige ihrer Sommersprossen weg und unterstrich ihre wohlgeformten Lippen ein wenig mit Lipgloss. Zum Schluss betrachtete sie sich im Spiegel und fühlte sich jetzt schon underdressed. Im Kopf überschlug sie den Preis, den sie für ihre Kleidung ausgegeben hatte. Es waren allerhöchstens siebzig Euro, wenn überhaupt, die Schuhe nicht mit eingerechnet. Sie vermutete, dass Olivers Socken so viel kosteten, wie ihre gesamte Garderobe. Was es ihr nicht leichter machte, in ihm einen gewöhnlichen Mann zu sehen.

Als sie zurück ins Schlafzimmer kam, schob sie die schweren Vorhänge beiseite. Was sie sah, raubte ihr schier den Atem. Vor ihr erstreckte sich ein Meer aus frisch gefallenem Schnee, der in der Sonne wie kleine Diamanten schimmerte. Der ruhende Teich, auf dem sich eine dünne Schicht Eis gebildet hatte, sowie eine majestätische Trauerweide, erinnerten Emily an ein Gemälde, das sie einmal in einem Museum gesehen hatte. Obwohl das Bild sie zum Träumen und Verweilen verführte, war ihr bewusst, dass sie hier war, um zu arbeiten. Sie straffte die Schultern und beschloss, zu ihrer Gastfamilie zu gehen.

Als sie die geschwungene dunkle Holztreppe hinunterschritt, ihre Hand über das glänzende Geländer glitt, fühlte sie sich abermals wie eine Prinzessin in einem prächtigen Kleid, verziert mit feiner Spitze und edler Seide. Eine Szene wie in den romantischen Filmen, in denen die Heldin dem Mann ihres Herzens anmutig entgegentrat und dieser sie mit offenem Mund empfing.

Als sie im Flur angekommen war und niemand sie begrüßte, wie sie es sich in ihrer Vorstellung ausgemalt hatte, holte Emily sich selbst aus ihrer Fantasie, die nichts mit der Realität zu tun hatte. Unschlüssig sah sie sich um. Umgeben von zahlreichen Türen, die sie öffnen konnte, ohne eine Ahnung zu haben, wohin jede Einzelne führte. Sie beschloss, die vertraute Tür von gestern Abend zu nehmen.

Ein Mann im fortgeschrittenen Alter mit kurzem grauem Haar saß auf der beige-blauen Couch, hatte die Beine übereinandergeschlagen und las Zeitung. Sobald Emilys Schuhe auf dem Parkettboden im Fischgrätmuster erklang, faltete er die Zeitung zusammen und legte sie beiseite. Er erhob sich recht agil für sein Alter und streckte ihr die Hand entgegen. »Sie müssen Emily sein. Meine Frau hat mir schon von Ihnen erzählt. Bitte nennen Sie mich Carl. Eigentlich trage ich noch weitere Namen, aber wenn ich die Ihnen alle aufzähle, fallen Sie womöglich vor Müdigkeit um.«

»Ja, ich bin Emily. Danke für Ihre Gastfreundschaft.«

»Kommen Sie, ich bringe Sie in das Esszimmer. Sie haben sicherlich Hunger.«

Carl ging voraus. Er trug eine dunkle Bügelfaltenhose und dazu einen blauen Pullover mit V-Ausschnitt, aus dem ein weißer Hemdkragen akkurat herausstand.

Normalerweise reichte ihr am Morgen ein Kaffee mit einem Schuss Milch und dazu eine Scheibe Toast mit Orangenmarmelade. Dennoch war sie gespannt, was für ein üppiges Mahl auf sie wartete. Carl führte sie in den nächsten Raum, der genauso elegant eingerichtet war wie das Wohnzimmer. Eine lange Tafel mit passenden Stühlen und entsprechenden Vitrinen erweckte den Eindruck, sie befände sich in einem Möbelhaus für Schlosseinrichtungen. Cecilia saß auf einem der Stühle und nippte an ihrer eleganten Tasse, deren Rand mit Gold überzogen war.

»Guten Morgen, haben Sie gut geschlafen?«, erkundigte sich Cecilia.

»Ja, vielen Dank. Das habe ich.«

»Möchten Sie Tee oder lieber Kaffee?«

»Kaffee, bitte.« Emily zog sich einen Stuhl heran und nahm direkt gegenüber von Cecilia Platz. Ihr wurde ein Gedeck von einer Angestellten hergerichtet. Für einen flüchtigen Moment schlug ihr Herz langsamer, als sie realisierte, dass weder die Kinder noch Oliver hier waren. Emily fand es nicht schlimm, dass Oliver sich nicht blicken ließ, doch sie hätte sich gewünscht, dass wenigstens Anni sie mit ihrem entzückenden Lächeln aufgemuntert hätte.

Wie aufs Stichwort wurde die Tür von außen aufgeschoben und Anni kletterte mit ihrem neuen Teddy auf den Stuhl.

»Guten Morgen«, rief sie fröhlich und verbreitete die gute Laune, die positive Ausstrahlung eines Kindes, wie sie es sich vorgestellt hatte. Das war auch der Grund, warum sie ihre Arbeit so liebte.

»Guten Morgen«, gab Emily zurück.

Cecilia wuschelte ihrer Enkelin liebevoll über das Haar. »Wo ist dein Papa?«

»Der spricht mit Mama«, entgegnete Anni beiläufig, schnappte sich einen glänzend roten Apfel aus der Obstschale und biss herzhaft hinein.

Cecilia gab ein knappes »Ah« von sich und hob ihre Tasse mit Daumen und Zeigefinger.

Emilys Magen verknotete sich. In der ganzen Aufregung hatte sie gar nicht an die Mutter der Kinder und somit an Olivers Frau gedacht. Plötzlich wurde ihr furchtbar heiß in der Polyesterbluse. Hoffentlich war sie nicht eine von jenen, die eifersüchtig auf jedes weibliche Wesen waren. Und selbst wenn, hätte sie keinen Grund dazu. Emily konnte Oliver noch nicht einmal ausstehen – und er sie ja auch nicht.

Eine Angestellte servierte ihr frischen Toast, und verschiedenste Marmeladensorten reihten sich vor ihr auf. Sogar ihre Lieblingssorte war dabei, wie sie erleichtert feststellte. Eine zum Service passende Porzellankanne, die Emily nur von ihrer Oma kannte, wurde vor ihr platziert.

Anni beobachtete Emily neugierig. Es schien, als würde sie alles aufsaugen, was sie sah.

»Du hast schönes Haar. Bist du Schottin?«, fragte sie unverblümt, was Emily ein Lächeln entlockte.

»Wie kommst du denn darauf?«, gab sie als Gegenfrage zurück, während sie sich einen Klecks Orangenmarmelade auf ihren Toast strich.

»Merida und du, ihr habt die gleichen Haare und sie ist Schottin.«

»Anni, Liebes. Lass Emily bitte in Ruhe frühstücken«, mischte Cecilia sich ein.

»Nein, bitte. Ist schon gut. Ich antworte gern«, beschwichtigte Emily sie lächelnd. »Du liegst nicht ganz falsch. Meine Vorfahren stammen aus England. Die Haarfarbe habe ich von meiner Mutter geerbt, und die Locken kommen von meinem Vater. Meine Eltern sind vor meiner Geburt nach Deutschland gekommen. Ich selbst bin Deutsche.«

Anni hörte Emily mit großen Augen zu und nahm jedes Wort begierig auf, was sie dazu bewog, ein wenig mehr über sich zu erzählen.

»In England gehört es zur Tradition, zum Frühstück Toast mit Orangenmarmelade zu essen. Normalerweise wird dazu Tee getrunken, aber ich persönlich ziehe Kaffee vor.«

»Dann bist du genauso rebellisch wie Merida. Kennst du den Film?«

Emily schmunzelte. »Ja, das tue ich.« Sie war damals sehr angetan von dem Film gewesen. Er erzählte von einer entschlossenen und willensstarken Highland-Prinzessin mit rotem lockigem Haar, die sich mutig gegen jahrhundertealte Traditionen auflehnte, um einer Zwangsheirat zu entgehen. »Aber nur weil ich zum Frühstück keinen Tee trinke, bin ich nicht rebellisch.« Sie zwinkerte, und gerade als sie die Tasse an ihre Lippen führte, betrat Oliver den Raum. Er trug einen flauschigen Strickpullover und eine legere Jeans. Seine nassen Haare wirkten dunkler, als sie eigentlich waren. Sein Kiefer bewegte sich unter seinem unrasierten Gesicht und ein zorniges Funkeln lag in seinen Augen. Offensichtlich hatte ihn etwas verärgert.

»Guten Morgen«, kam es gepresst aus seinem Mund.

Vielleicht war er ja ein Morgenmuffel, versuchte Emily seine Laune zu entschuldigen. Oder es lag schlicht und einfach an ihr.

»Papi. Emilys Vorfahren kommen aus England, und sie kennt Merida.«

»Tatsächlich«, erwiderte er knapp und ließ seinen Blick über sie gleiten.

Unter seiner strengen Musterung wurde Emily ganz heiß und ihr Herz fing unangebracht an zu schlagen.

Oliver zog sich einen Stuhl zurecht und nahm Platz. »Dann ist Ihnen ja die hitzige Art bekannt, die bei Ihnen offensichtlich Zuspruch findet.«

Sein gereizter Tonfall missfiel Emily sofort. Sie konnte nicht fassen, was dieser ungehobelte Kerl von sich gab. Er war der Grund, warum es mehr Meridas geben sollte. »Ja, solche Figuren wie Sie sind es, die zeigen, dass man sich nicht alles gefallen lassen sollte.« Sie ballte ihre Hände, die sie auf ihrem Schoß abgelegt hatte, zu Fäusten und rang um Fassung.

An Olivers Lippen zupfte ein vages Lächeln. Offenbar hatte er mit so einer kessen Antwort nicht gerechnet.

»Oliver«, beendete Carl den intensiven Blickkontakt zwischen den beiden Streithähnen und lenkte gekonnt auf ein anderes Thema über. »Was hast du wegen des Landhauses erwirken können? Es wäre ein Verlust, wenn wir es verlieren.«

Ein Schatten verdunkelte Olivers Augen, und seine Gesichtszüge verhärteten sich noch ein bisschen mehr, wenn dies überhaupt möglich war.

»Chris kümmert sich um die Angelegenheit.« Für mehrere Atemzüge fuhr er sich über den Nacken. »Allerdings ist er der Auffassung, dass ich auf den Deal eingehen sollte.«

»Das halte ich nicht für sonderlich ratsam. Wenn es erst das Landhaus ist, was wird als Nächstes kommen?«

Emily hatte keinen blassen Schimmer, worüber die beiden sprachen, und im Grunde genommen war es nicht ihre Angelegenheit. Auf langweilige Diskussionen über irgendwelche Besitztümer konnte sie verzichten. Daher wandte sie sich an Cecilia. »Wo genau findet die Feier eigentlich statt?«

Ein Leuchten erschien auf ihrem Gesicht. »Das zeige ich Ihnen gern nach dem Frühstück, dann können wir auch gleich alles Weitere besprechen.«

Diese Feier schien Cecilia wirklich am Herzen zu liegen. Sobald die Sprache darauf fiel, strahlte sie die gleiche Vorfreude aus wie ein Kind, das sehnsüchtig darauf wartete, endlich den festlich geschmückten Weihnachtsbaum bewundern zu dürfen. Ein mulmiges Gefühl stieg in ihr auf. Nachdem sie nun einen Einblick in den privaten Bereich des Herrenhauses erhalten hatte, vermutete sie ein ähnlich prachtvolles Zimmer, das von ihr hergerichtet werden sollte.

»Wo ist eigentlich Liv?«, erkundigte sich Oliver und warf einen Blick auf die Uhr.

»Sie wird auf ihrem Zimmer sein und schlafen. Heute ist Sonntag«, antwortete Carl amüsiert.

»Anni, Schatz. Tu mir einen Gefallen und schau mal nach deiner Schwester. Es wäre schön, wenn sie dazukommt.«

»Okay.« Anni sprang sofort von ihrem Stuhl auf. Kurz bevor sie den Raum verließ, blieb sie stehen und drehte sich noch einmal um. »Ich denke, ich werde meinen Teddy Merida nennen«, sagte sie voller Überzeugung. Sie neigte nachdenklich den Kopf und sah dabei Emily an. »Kannst du Bogen schießen?«, fragte sie schließlich.

Emily fixierte Oliver mit einem entschlossenen Blick. »Wenn es nötig ist, dann ja.«

Kapitel 6

Oliver

Was war nur in ihn gefahren, dass er stets einen so schlechten Eindruck bei Emily hinterließ? Seufzend vergrub er das Gesicht in den Händen. Als ihm bunte Punkte vor den Augen erschienen, gab er sie wieder frei. Dann tigerte er in seinem Zimmer auf und ab. Die Antwort lag klar auf der Hand. Jule, mit der er kurz vorher telefoniert hatte, schaffte es immer wieder, ihn zur Weißglut zu bringen. Ausgerechnet Emily bekam alles ab, obwohl sie nichts für seine Probleme konnte.

Dass er diesmal den Bogen überspannt hatte, war so sicher wie das Amen in der Kirche. Kein Wunder, dass sie ihn verabscheute, wenn er sich wie ein Elefant im Porzellanladen verhielt. Dabei hätte seine Auslegung ohne Weiteres ein Kompliment sein können. Nur hatte sie es in den falschen Hals bekommen. Sie war hitzköpfig, willensstark und eigensinnig, wie Merida, die wilde Schottin, die sich von ihren Eltern nichts vorschreiben ließ.

Schlau wurde er jedenfalls nicht aus Emily. Zunächst drängte sich ihm die Vermutung auf, sie hätte nichts mit Kindern am Hut, doch dann schien sie doch Freude am Umgang mit ihnen zu haben. Er fragte sich, ob sie selbst eins oder sogar mehrere Kinder hatte. Der Gedanke daran hinterließ einen seltsamen Stich in seiner Brust. Wenn sie denn welche hätte, würde sie diese mit Sicherheit nicht sich selbst überlassen. Olivers Adamsapfel hüpfte nervös. Oder ihr Freund, Lebensgefährte, Ehemann, oder wer auch immer es sein mochte, passte in der Zeit auf sie auf. Warum machte ihm das überhaupt so zu schaffen? In ein paar Tagen würde er keinen Gedanken mehr an Emily verschwenden. Vielleicht würden sie sich bei der Ausrichtung des Festes gelegentlich über den Weg laufen. Danach wäre sie vergessen, als wäre sie nie da gewesen.

Oliver schaute auf die Uhr. Er musste mit Liv reden, um Grundsätzliches zu klären, und ihre Englischleistungen auf den Prüfstand stellen. Anni würde ihn wahrscheinlich darum bitten, später aus der Familienchronik zu erzählen. Er liebte Sonntage, die waren nur für seine Familie bestimmt.

Er entschied, sich in die Bibliothek zurückzuziehen. Ein Ort, von dem er wusste, dass er dort ungestört sein würde. In dem düsteren Raum, in dem die Bücherregale bis zur Decke reichten, fand er die Stille und Abgeschiedenheit, die er brauchte, um den Zorn über Jule vergessen zu können. Manchmal fühlte er sich, als wäre er Teil des Spiels *Cluedo*. Ein Brettspiel, auf dem ein Grundriss einer alten Villa abgebildet war und bei dem es galt, einen Mord aufzuklären. Er war das Opfer und Jule die Mörderin, ging es ihm zynisch durch den Kopf.

Oliver griff nach einem Buch, ohne dem Titel Beachtung zu schenken, machte es sich in einem dunkelgrünen Ohrensessel gemütlich, der wohl schon seinem Ururgroßvater als Leseplatz gedient hatte, und begann darin zu blättern.

Es dauerte nicht lange, und Emily erschien vor seinem geistigen Auge. Umrahmt von ihren wilden Locken funkelte sie ihn auffordern an. Er verscheuchte das Bild und konzentrierte sich wieder auf den Text, bis er feststellte, dass er keine Ahnung hatte, worüber die Geschichte handelte. Resigniert wollte er das Buch schon zuklappen, als die Tür von außen aufgeschoben wurde. Schritte hallten durch den Raum. Wenn er seinen Ohren Glauben schenken konnte, hörte er zwei Personen. Da ihm der Rücken der unerwarteten Besucher zugewandt war, vermutete er, dass er unbemerkt blieb. Es war eindeutig ein Vorteil, wie der Sessel arrangiert war.

»Das ist die Bibliothek«, erklärte seine Mutter, die in Begleitung von Emily eine Hausführung gab. »In der Regel treffen Sie hier niemanden. Die Bücher sind recht verstaubt, doch von einem ideellen Wert. Nichts, was man heute liest. Lesen Sie gern, Emily?«

»O ja. Sehr viel sogar. Aber wie Sie schon angemerkt haben, die Einbände meiner Romane sind in der Regel himmelblau und rosarot, nicht dunkelgrün oder dunkelrot.«

Cecilia lächelte wissend.

Emily hatte ihren Kopf tief in den Nacken gelegt, als wollte sie den Titel des obersten Buches im Regal entziffern.

Sie las also gern und vorzugsweise Liebesromane, wie Oliver aus ihrer Beschreibung herausgehört hatte. Er stellte sie sich vor, wie sie in einer Geschichte versank, und lächelte dabei.

Dann öffnete Cecilia eine weitere Tür. Sie führte zum Saal, der wichtig für Emily war.

Bis auf Weiteres blieb Oliver unerkannt. Nachdenklich klappte er sein Buch zu und entschied, ihnen zu folgen. Es war, als würde Emilys blumiger Duft an ihm ziehen.

Die beiden befanden sich bereits in dem Saal.

»Darf ich mich zu euch gesellen?«, fragte er und trat etwas näher.

Cecilias Gesicht erstrahlte, während Emilys Züge abrutschten. »Natürlich, mein Lieber«, bejahte seine Mutter.

Oliver stellte sich direkt unter den Kronleuchter, dessen Lüster das Licht einfingen und bunte Punkte auf das polierte Parkett zauberten. Er war das Herzstück des Ballsaales, der jeden faszinierte. Zu seiner rechten Seite erstreckten sich gewaltige Fenster mit Blick in den sorgfältig gepflegten Garten, der momentan mit Schnee bedeckt war. Auf der gegenüberliegenden Seite zeigten Gemälde aus längst vergangenen Zeiten Frauen und Männer in edlen Gewändern. Emilys Mund war geöffnet, während sie sich staunend umsah. Sie wirkte einerseits fasziniert und andererseits stand ihr die Angst regelrecht ins Gesicht geschrieben.

»Wie viel Gäste erwarten Sie denn eigentlich?«, fragte sie fast schon atemlos. Ihr ohnehin blasser Teint nahm die Farbe der stuckverzierten Decke an.

»Einhundertfünfzig. Ich verstehe Ihre Frage nicht. Es war doch alles abgesprochen.«

Oliver runzelte die Stirn. Warum war Emily wie erstarrt? Hatte sie Kreislaufprobleme? Beim Frühstück hatte er gesehen, wie sie nur an ihrer Scheibe Toast geknabbert hatte. Kein Wunder, wenn sie unterzuckert war.

»Geht es Ihnen gut? Soll ich Ihnen ein Glas Wasser holen?« Oliver war mit nur wenigen Schritten bei ihr und legte seine Hand auf ihre Schulter. Sie fühlte sich zart und zerbrechlich an. Ihre Smaragdaugen blickten ihn angsterfüllt an. Wovor hatte sie sich nur so erschreckt?

Ihre Blicke verharrten für einen Moment ineinander, und je tiefer er ihre Augen ergründete, desto mehr wuchs seine Sehnsucht, mehr über sie zu erfahren. Aber erst musste wieder genügend Blut durch ihre Adern fließen. Es lag ihm schon auf der Zunge zu fragen, wen er im Notfall kontaktieren sollte, doch er biss sich auf die Wangeninnenseite. Gerade wägte er ab, ob er mit dem Handy nach einem Krankenwagen schicken lassen sollte, da kehrte allmählich Farbe zurück in ihr Gesicht und ihre Lippen bewegten sich.

»Danke. Mir geht es gut.« Ohne den Blick von ihm zu nehmen, räusperte sie sich und strich ihre Locken aus der Stirn. Ein zartes Lächeln umschmeichelte ihren Mund, während sie ihn fragend betrachtete.

Viel zu spät begriff Oliver, dass seine Hand noch immer auf ihrer Schulter ruhte. Mit einer viel zu hastigen Bewegung zog er sie zurück und steckte sie in seine Hosentasche. Er wusste einfach nicht, wohin damit.

»Geht es Ihnen wirklich gut?«, erkundigte Cecilia sich nun. »Wir können später weitermachen, wenn Sie sich ausruhen möchten.«

Emily winkte ab. »Ach was. Nein. Ich ... ähm ... Mir war nur etwas schummerig. Nichts weiter.« Sie zog einen Notizblock hervor und einen Kugelschreiber aus Kunststoff, der mit einem Werbespruch bedruckt war und keine Verbindung zu ihrer Agentur aufwies. Anscheinend hatte sie ein paar Lektionen in Sachen Marketing und Firmenrepräsentation nötig. Mit gerunzelter Stirn sah er ihr dabei zu, wie sie unruhig in ihrem Block blätterte.

»Also gut.« Endlich hob sie den Kopf, und ihre Gesichtszüge wirkten gelöster. »Welche Farbgestaltung schwebt Ihnen denn vor? Soll die Tafel in einem schlichten Weiß eingedeckt werden oder bevorzugen Sie ein kräftiges Rot zur Weihnachtszeit? Grün ist sehr schön. Eine Kombination aus beidem kann ich mir auch vorstellen.«

Cecilia lächelte milde. »Es soll ein festlich-elegantes Ambiente entstehen. Bitte sorgen Sie dafür, dass die Blumenarrangements nicht so hoch ausfallen. Vergangenes Jahr haben sie in der Unterhaltung gestört.«

Emily nickte. Immer noch wirkte sie verloren, und ihre Finger zitterten, während sie etwas auf ihren Block kritzelte. Anschließend durchforstete sie ihre Notizen erneut und zog sogar ihr Handy zurate. »Wie hoch ist Ihr Budget noch mal?«

Tiefe Falten gruben sich in Olivers Stirn. Sie brütete doch nichts aus? Er begann sich ernsthaft Sorgen um sie zu machen.

Cecilia hingegen zeigte sich gelassen. »Rechnen Sie mit einhundert bis einhundertfünfzig Euro pro Person. Allerdings sind Ihnen keine Grenzen gesetzt.« Sie warf einen Blick auf ihre zierliche Armbanduhr, die sie, seitdem Oliver denken konnte, am Handgelenk trug. »Wenn ihr mich entschuldigt. Ich muss deinen Vater daran erinnern, dass er seine Medikamente nimmt.« Mit einem übertriebenen, doch nicht ernstzunehmenden Augenrollen verabschiedete sie sich.

»Natürlich«, sagte Emily hastig. Sie wirkte fast ein wenig erleichtert.

Und dann waren Oliver und sie allein.

Was sollte er sagen? Wäre es besser, wenn er ginge? Er könnte einen Termin vortäuschen oder sie direkt nach ihrem Befinden fragen, um sicherzustellen, dass ihr nichts fehlte. Was hatte Emily dazu veranlasst, solch unprofessionelle Fragen zu stellen? Oliver hatte viele Eventplaner erlebt, doch keiner hatte sich je so schlecht vorbereitet gezeigt. Er beruhigte sich damit, dass ihm die Agentur empfohlen worden war. Während Oliver sich den Kopf zerbrach, blätterte Emily scheinbar ungerührt in ihrem Notizblock. Nach seinem Auftritt heute Morgen traute er es ihr zu, ihn wie Luft zu behandeln.

»Wenn Sie Fragen haben oder Hilfe benötigen, können Sie sich jederzeit an mich wenden. Ich helfe gern«, bot Oliver großzügig an und war sich sicher, dass er damit ein Zeichen des Friedens gesetzt hatte.

»Danke, ich komme allein klar«, murmelte sie, während sie fleißig in die Tasten ihres Handys tippte.

Emily war noch immer verärgert über ihn. Noch nie in seinem Leben hatte er sich bemühen müssen, beachtet zu werden. Üblicherweise war er es, der seine Freunde sorgfältig auswählte. Oder aufdringliche Personen, wenn nötig, auf Abstand hielt. Dass er nun absichtlich ignoriert wurde, war eine völlig neue Erfahrung für ihn. Es gefiel ihm nicht.

»Wie Sie meinen«, kam es ein wenig zu schroff über seine Lippen, und er wandte sich ab. Seine Schuhe hinterließen ein lautes Hallen und verstummten, als er die Tür hinter sich zuzog.

Was bildete Emily sich eigentlich ein? Er wollte doch nur höflich sein und ihr seine Hilfe anbieten, um sein mieses Verhalten wiedergutzumachen. Es wäre einer Entschuldigung gleichzusetzen. Oliver verstand, dass sie nicht besonders gut auf ihn zu sprechen war. Aber bislang hatten sich alle Eventplaner für jeden Tipp dankbar gezeigt. So wie es aussah, benötigte sie ohnehin Hilfestellung. Obwohl er das Profil der Agentur sorgfältig geprüft hatte, bevor seine Mutter den Auftrag vergeben hatte, kam es ihm jetzt so vor, als hätte sie bislang wenig bis gar keine Feiern geplant. Doch der Website-Auftritt schien in Ordnung zu sein. Das hatte er vorher alles gecheckt. Auf Überraschungen konnte er gern verzichten. Es wäre nicht das erste Mal, dass sich der Bestand des wertvollen Tafelsilbers auf mysteriöse Weise verringerte. Schwarze Schafe gab es zur Genüge.

Im Wohnzimmer schürte er das Feuer, das nur als zartes Flämmchen im Kamin züngelte. Er versuchte, an irgendwas zu denken, nur nicht an Emily. Sie brachte ihn beinahe um den Verstand.

»Papa«, holte Liv ihn aus seinen Gedanken. Er hatte gar nicht mitbekommen, dass seine Tochter den Raum betreten hatte.

Überrascht stellte er fest, dass sie ihn nicht wie sonst »Dad« nannte.

»Hey«, sagte er und setzte sich auf die Couch, während Liv auf dem dazugehörigen Sessel Platz nahm. »Was hast du auf dem Herzen?«

»Darf ich morgen nach der Schule zu Selina?«

»Über die Schule wollte ich mit dir sowieso reden. Wie stehen deine Noten mittlerweile in Englisch? Du bist dir doch bewusst, dass du einen ausgezeichneten Durchschnitt benötigst, um es auf die Universität zu schaffen, die schon deine Vorfahren besucht haben.« In seiner Familie war es Tradition, einen guten Abschluss an einer renommierten Universität Englands zu erhalten, damit der weitere Weg geebnet war.

Für einen winzigen Moment verdunkelten sich Livs Augen. Sie straffte ihre Schultern, und ein Lächeln erschien auf ihren Lippen, das Jules so ähnlich war, wenn sie etwas einforderte. »Ich versichere dir, dass ein Nachmittag bei meiner Freundin die schulischen Leistungen nicht beeinträchtigen wird. Wir können ja zusammen Vokabeln lernen.«

Oliver wollte gerade zum Reden anheben, da marschierte Anni mit ihrem neuen Spielgefährten unter den Arm geklemmt durch das Wohnzimmer. In der freien Hand trug sie die Kanne ihres Spielservices.

»Darf ich?«, fragte Liv ungeduldig.

Offensichtlich war sie von ihrer Schwester genervt, obwohl Anni nicht einmal gestört und auf ihre Anwesenheit lediglich mit einem breiten Grinsen reagiert hatte.

Oliver sah der Kleinen schmunzelnd nach, ehe er auf die Frage seiner Ältesten antwortete. »Bitte sei um achtzehn Uhr wieder zu Hause. Vorbereitet auf deine Englischarbeit.«

Liv sprang auf und umarmte ihren Vater so stürmisch, dass er beinahe nach hinten umfiel und die Lehne im Rücken spürte. Für den flüchtigen Augenblick genoss er es, seine Tochter, die sich sonst so rar machte, in die Arme zu schließen. Er wünschte sich solche Momente öfter.

»Danke, Dad«, sagte sie und nahm sein Einverständnis zum Anlass, sich zu verkrümeln. Die Tür fiel hinter ihr zu und Oliver war wieder allein. *Da hat sie wohl ihren Willen bekommen.*

Kapitel 7

Emily

Noch immer spürte sie Olivers Hand auf ihrer Schuler. Das Prickeln, das seine Berührung verursacht hatte, hatte Emily den Atem geraubt. Ein Teil von ihr war erleichtert über seinen hastigen Rückzug gewesen, nun umfing sie eine unerwartete Leere. Noch immer war ihr übel, als ihr klar wurde, worauf sie sich eingelassen hatte. Mit so vielen Gästen hatte sie niemals gerechnet. Aber es nützte nichts, sie musste da jetzt durch. Sie hatte keine andere Wahl.

Unzählige Nachrichten hatte sie an Janine gesendet, die bisher jedoch alle unbeantwortet geblieben waren. In Emily wuchs das dumpfe Gefühl, dass Oliver etwas bemerkt haben könnte, zumal er sie die ganze Zeit beobachtet hatte.

Laut ausatmend verließ sie den Saal und wusste im nächsten Augenblick nicht mehr, welche Tür zurück in das Hauptgebäude führte. Plötzlich wünschte sie sich, sie wäre Oliver wohlwollender begegnet und hätte wenigstens sein Angebot angenommen.

Eine Tür, an die sie sich nun erinnerte, öffnete sich und Anni kam mit einem strahlenden Lächeln auf sie zu.

»Hallo«, sagte sie und sah Emily mit großen, erwartungsvollen Augen an. »Hast du dich verlaufen?«

»Irgendwie schon«, gab sie erleichtert zu und hoffte, das kleine Mädchen würde sie aus diesem Labyrinth bringen.

Anni griff nach Emilys Hand und führte sie durch unzählige Türen und Flure und schließlich zu der Treppe, die sie in die Etage brachte, in der sich ihr Zimmer befand. Zu Emilys Erstaunen zog Anni sie immer weiter, bis sich eine Welt aus Rosa und Tüll vor ihr öffnete.

Schon als kleines Mädchen hatte Emily von solch einem Zimmer geträumt. Ein Himmelbett mit unzähligen Kissen, eine weiße Frisierkommode, bunte Stofftiere in Überfluss. Ein Puppenhaus, das elektrisch beleuchtet war, und eine gemütliche Ecke mit einem Teeservice zum Spielen. Wenn Emily eben noch von dem Ballsaal beeindruckt gewesen war, war sie es nun nicht minder.

»Komm, nimm Platz. Jetzt ist Teatime.«

Emily setzte sich auf eines der kleinen Holzstühlchen und versuchte, die Länge ihrer Beine zu ignorieren, die weder unter den Tisch passten noch sonst irgendwo den richtigen Platz fanden. Anni legte Emily mehrere Perlenketten um den Hals und setzte ihr zu allem Überfluss einen viel zu großen Hut auf, der mit einer schwarzen Schleife versehen war. Anni selbst trug eine Krone mit künstlichen Edelsteinen. Dann legte sie sich eine Federboa um, die sie an der Nase kitzelte und ihr einen Nieser entlockte.

»Gesundheit.«

»Danke, meine Liebe«, sagte Anni gestelzt und schüttete Emily etwas von dem imaginären Tee ein. Ihren Teddy, den sie von ihrem Vater bekommen hatte, platzierte sie zwischen sich und Emily und setzte auch ihm einen Hut auf.

Emily bedankte sich förmlich, spreizte ihren kleinen Finger ab und tat so, als würde sie trinken. »Der Pfefferminztee ist Ihnen äußerst gut gelungen«, versicherte Emily und sprach genauso gehoben.

»Vielen Dank, aber hierbei handelt es sich um Früchtetee.« Anni hielt Merida eine Tasse vor den nicht vorhandenen Mund.

»Oh.« Emily blinzelte. Daraufhin spitzte sie erneut die Lippen und kostete. Überrascht riss die Augen auf. »Sie haben recht. Eindeutig. Jetzt schmecke ich es heraus.«

»Macht ja nichts. Jeder kann sich ja mal irren.« Während Anni sich rührend um Merida kümmerte, sah Emily sich in dem Zimmer um. Eine Fotografie, auf der Anni und eine blonde Frau zu erkennen waren, stach ihr gleich ins Auge. »Ist das deine Mama?« Es war merkwürdig, dass sie bereits die Eigenarten eines jeden Familienmitglieds kennengelernt hatte, nur die Mutter der Kinder war ihr noch nie begegnet.

Anni nickte, während sie sich darauf konzentrierte, ein Stück Holzkuchen zu halbieren. Mithilfe eines Holzmessers trennte sie die mit Klettverschluss zusammengehaltenen Ecken und reichte eins Emily.

»Sie lebt nicht hier. Papa und Mama streiten immer. Deswegen ist sie ausgezogen.«

Emilys Herz brach in tausend Teile. »Warum seid du und Liv nicht bei ihr?«, sprach sie aus, was ihr als Erstes durch den Kopf ging. Sie könnte sich niemals vorstellen, von den Kindern, die sie unter dem Herzen getragen hatte, getrennt zu sein.

»Mama kann sich nicht richtig um uns kümmern. Ihr fehlen Muttergefühle. Und außerdem interessiert sie sich nur für sich selbst. Das hat Papa jedenfalls behauptet, als er mit Oma darüber gesprochen hat.«

Wenn sich ihr Herz eben noch wie zerbrochen angefühlt hatte, zerfiel es nun zu Staub. Sie konnte nicht glauben, was Anni ihr erzählte. »Und stimmt es, was dein Papa sagt?«

»Also Mama hat noch nie mit mir eine Teeparty gemacht.«

Irritiert sah Emily Anni dabei zu, wie sie ihren imaginären Kuchen aß und nebenbei Merida versorgte. Anni ging so selbstverständlich mit dieser Situation um.

Ihr fiel ein, dass sie am Frühstückstisch erwähnt hatte, Oliver würde mit ihrer Mama sprechen. Hatte er sich deshalb so grummelig und gereizt gegeben? War es vielleicht nicht der verschüttete Kaffee oder das verpasste Taxi, die ihn derart verärgert hatten, sondern eine Folge unglücklicher Zufälle, nachdem er mit seiner Ex gesprochen hatte? Hatte sie ihn womöglich völlig falsch eingeschätzt?

Emily lächelte und beschloss ein anderes, unverfänglicheres Thema einzuschlagen. »In welche Klasse gehst du?«

»In die zweite. Die erste habe ich nach vier Wochen übersprungen.« Sie sagte es, als wäre es unbedeutend. Oder aber sie verstand in ihrer kindlichen Naivität einfach nicht, wie außergewöhnlich ihre Intelligenz war.

Anni schüttete erneut Tee in die Tassen, gab sich wieder ganz ihrer Fantasie hin und schlüpfte in die Rolle einer vornehmen Dame. Emily ließ sich auf das Spiel ein. Mit übertriebener Affektiertheit stellte Anni belanglose Fragen, wie sie wohl unter echten Adligen üblich waren und die Emily vor Augen hielten, dass das gar nicht ihre Welt war.

Als Emily gerade ihren Finger nach Annis Vorbild abspreizte und die Tasse an ihre Lippen führte, öffnete sich die Tür. Olivers Kopf lugte hervor. Mit überraschtem Gesichtsausdruck schob er sie schließlich ganz auf.

Sie erstarrte und spürte Hitze in ihren Wangen aufflammen. Am liebsten hätte sie sich in Luft aufgelöst. Sicherlich war er wenig erfreut darüber, dass sie mit Anni eine Teeparty hielt und sich in das Privatleben seines Kindes einmischte, statt das Fest vorzubereiten.

»Papi, Papi«, rief Anni freudig und hüpfte von ihrem Stühlchen. Doch dann räusperte sie sich und knickste formvollendet vor ihrem Vater. »Seien Sie herzlich willkommen, Prinz Wilhelm-Oliver Constantin Carl von Hohenlich.«

Wilhelm-Oliver? Emily verkniff sich ein Schmunzeln. Sie hatte schon vermutet, dass Oliver nicht sein einziger Name war. Anni hatte es ihr bei der Vorstellungsrunde mit ihren vielen Namen verdeutlicht, und Carl hatte sie ebenfalls auf weitere hingewiesen.

»Anni. Ich habe dir schon tausendmal gesagt, du sollst unsere Gäste in Ruhe lassen.« Oliver sah Emily entschuldigend an.

»Ich habe Emily gefunden und sie in mein Zimmer gebracht.«

Seine Augenbrauen fuhren in die Höhe. »Wie meinst du das, du hast sie gefunden?«

»Sie hat sich verlaufen, und jetzt spielen wir«, erklärte Anni, während sie ihren Vater energisch zum Mini-Tisch drängte und ihn aufforderte, sich auf ihren Stuhl zu setzen. Gleich darauf kramte sie in ihrer Verkleidungskiste, und Oliver versuchte Herr über seine langen Beine zu werden, was Emily ein Schmunzeln bescherte. Als Anni ihm einen Hut im Stil von Charly Chaplin aufsetzte und einen dazu passenden Schnurrbart anlegte, konnte sie nicht länger an sich halten und verfiel in herzhaftes Gelächter.

»Wie sehe ich aus?«, fragte Oliver in einem Anflug von Unsicherheit.

»Wie Baron Theodor von Falkenfeld«, gab Anni als Antwort und blieb ungerührt.

»O nein. Warum ausgerechnet er?«, fragte Oliver empört, doch das amüsierte Lächeln verriet seine Belustigung. »Ich musste ihn doch schon das letzte Mal spielen.«

Emily hatte nicht erwartet, dass er sich derart intensiv mit seiner Tochter beschäftigte und regelmäßig in andere Rollen schlüpfte.

»Wenn du möchtest, kannst du auch Baroness Eleonore spielen.«

»Nein«, hielt Oliver seine Tochter zurück, die bereits auf dem Weg zur Verkleidungskiste war. »Ist schon in Ordnung. Theodor ist eine gute Wahl.«

Emilys Grinsen vertiefte sich. Sie stellte sich vor, wie Oliver mit Perlenketten und Clipohrringen aussehen würde. »Was ist mit Eleonore, dass Sie nun doch Theodor vorziehen?«, erkundigte sich Emily, während sie sich bemühte, ihr Kichern zu unterdrücken.

»Eleonore ist ziemlich hässlich und man sagt ihr nach, mindestens drei ihrer Ehemänner umgebracht zu haben.«

»Oh«, entfuhr es Emily leicht schockiert. »Dann ist sie also eine Ihrer Ahnen, die längst das Zeitliche gesegnet hat?«

»Ja, sie hat irgendwann im neunzehnten Jahrhundert gelebt. Aber man konnte ihr nie etwas nachweisen.«

»Warum hast du Eleonore zur Auswahl gestellt?«, fragte Emily an Anni gewandt.

»Weil sie genau wusste, dass ich sie aufgrund ihrer Vergangenheit ablehnen und stattdessen Theodor wählen würde«, nahm Oliver seiner Tochter die Antwort ab, die daraufhin schelmisch nickte.

Dass Anni so gewieft war, hätte sie nicht erwartet. »Und was hat Theodor getan, dass Sie ihn zuerst nicht spielen wollten?« Emily richtete ihren verrutschten Hut und wartete gespannt auf mehr Geschichten. »Hat er seine Ehefrauen auch ermordet?« Sie zwinkerte, streckte ihren kleinen Finger von sich und nahm einen imaginären Schluck aus ihrer Tasse.

Um Olivers Augen gruben sich tiefe Lachfalten, die seine Attraktivität betonten, wenngleich der künstlich geschwungene Schnurrbart diese etwas beeinträchtigte. »Tatsächlich lebt er noch und wird auf dem Fest erscheinen. Er wird nächstes Jahr neunzig und ist manchmal etwas verwirrt.« Oliver presste für einen Augenblick seine Lippen zusammen und zuckte mit den Achseln.

»Er ist der lustigste alte Mann, den ich kenne«, versicherte Anni mit einem Strahlen im Gesicht. »Er kennt alle Geschichten unserer Vorfahren und erzählt sie jedes Mal anders.«

Oliver beugte sich etwas zu Emily rüber. »Sehen Sie, verwirrt. Aber dennoch ist er ein guter Geschichtenerzähler, der hin und wieder die Namen verwechselt.«

»Wenn ich ihn darauf anspreche, verdonnert er mich manchmal dazu, für ihn den sterbenden Schwan zu tanzen. Das ist seine Lieblingsoperette.«

»Machst du es dann auch?«

»Natürlich. Aber bisher hat er noch nie gemerkt, dass ich den Nussknacker vorführe.«

Emily lachte. »Dann tanzt du also Ballett.«

Anni nickte und fütterte Merida, ohne weiter darauf einzugehen.

Sie ging viel zu bescheiden mit ihren Talenten um, selbst wenn Emily nicht einschätzen konnte, ob ihre Tanzkünste plump wie die eines Elefanten waren oder ob sie das Zeug zu einer erstklassigen Ballerina hatte.

Sie glaubte begriffen zu haben, warum Oliver die Rolle des Barons übernehmen sollte. »Sie werden uns also als Theodor eine kleine Geschichtsrunde geben«, schlussfolgerte sie und sah ihn so intensiv an, dass sie feine Punkte in seinen braunen Augen wahrnahm. Ein sanftes Prickeln durchströmte sie, als ihr bewusst wurde, dass er ihren Blick einfing.

»Möglicherweise langweile ich Sie damit nur. Unsere Chronik ist lang, und manche Persönlichkeiten haben es echt in sich.«

»Können wir Emily unsere Ahnengalerie zeigen? Bitte, Papi, bitte.«

Emily überlegte nicht lange. »Also, ich wäre sehr gern dabei.«

***

Nachdem Anni ihren Vater mit ihrer beharrlichen Entschlossenheit dazu gebracht hatte, die Führung in seiner Verkleidung abzuhalten, entschied Emily, ihr Kostüm aus Solidarität ebenfalls anzubehalten. Es war ein amüsantes Bild, das die drei abgaben, während sie die langen Flure entlangschritten.

Anni stürmte ungeduldig vor den beiden her, begierig darauf etwas Neues zu lernen, sodass ihre Federboa lustig hinter ihr umherwirbelte. Emily biss sich auf die Lippe. Olivers Anwesenheit war ihr nur allzu bewusst, obwohl sie gebührenden Abstand zueinander hielten. Eine gewisse Unsicherheit war zwischen ihnen aufgekeimt, also durchbrach sie das unangenehme Schweigen.

»Anni saugt alles wie ein Schwamm auf. Sobald es etwas zu lernen gibt, ist sie nicht mehr zu bremsen. Allerdings verstehe ich nicht, weshalb sie sich so oft zurückhält.« Abgesehen von dem einen Mal, als sie vorgerechnet hatte, wie viele Tage sie benötigte, um Olivers Größe zu erreichen.

Oliver verzog den Mund. »Es ist wegen ihrer Schwester. Anni möchte nicht, dass Liv wegen ihr weniger gut dasteht. Immerhin trennen die beiden fast zehn Jahre. Sie ist sich ihrer außergewöhnlichen Begabung sehr bewusst und weiß, wie andere darauf reagieren können.«

»Sie meinen Neid und Missgunst. Dann stellt sie ihr Licht unter den Scheffel«, stellte Emily fest. Also hatte

Anni ihre Matheaufgabe nur deshalb laut verkündet, weil Liv nicht dabei gewesen war.

Oliver nickte.

»Eine überdurchschnittliche Intelligenz kann eine große Herausforderung für Eltern, Kind und Lehrkräfte sein. Häufig kommt es zu Problemen, wenn das Kind anfängt, sich wegen Unterforderung zu langweilen oder sich zu isolieren. Ich kann Ihnen nur ans Herz legen, sich Rat und Unterstützung bei Lehrern oder bei spezialisierten Beratungsstellen einzuholen. Es wäre bedauerlich, wenn Anni ihr Potenzial nicht richtig entfalten kann.«

Oliver verlangsamte seine Schritte und blieb schließlich ganz stehen. Die Hände tief in den Hosentaschen vergraben, sah er nachdenklich auf Emily hinab.

Ihr wurde ganz mulmig zumute. Hatte sie sich vielleicht zu weit vorgewagt, indem sie ihm Ratschläge erteilte? Mit Sicherheit war er längst über diverse Beratungsstellen und Maßnahmen informiert. Sie fühlte sich, als hätte ihr jemand eine schallende Ohrfeige verpasst.

»Woher wissen Sie das alles?«

Diese Frage traf Emily unerwartet. Sie hatte angenommen, er würde sie zurechtweisen und ihr sagen, sie solle sich nicht in seine Angelegenheiten einmischen. War es an der Zeit, ihm von ihrem kleinen Geheimnis zu erzählen, dass sie in Wirklichkeit mit Haut und Haaren Erzieherin war und keine Eventplanerin? »Ich ...«, stammelte Emily und rang nach den richtigen Worten, unsicher, ob sie es ihm überhaupt offenbaren sollte.

Die Entscheidung wurde ihr abgenommen, als Anni ungeduldig an Olivers Hand zog, um ihm zu signalisieren, dass sie nicht bereit war, noch länger zu warten.

»Eine feine Dame wie du verhält sich aber nicht so.« Lächelnd wedelte er mit erhobenem Zeigefinger vor Annis Nase.

Emily atmete erleichtert aus.

Als Oliver die Tür aufschob, stieg ihr ein eigentümlicher, moderiger Geruch nach unbewohntem Zimmer in die Nase. Fasziniert sah Emily sich in dem mit dunklem Holz verkleideten Raum um. An den Wänden waren zahlreiche Porträts aufgereiht. Frauen mit blassen Gesichtern und abstehenden Augen in ausladenden Gewändern mit tiefen Ausschnitten und kunstvollen Frisuren waren darauf zu sehen. Männer in Uniformen präsentierten sich, und andere trugen weiße, lange Perücken und starre Halskrausen, die furchtbar unbequem aussahen.

»Okay, wer ist jetzt Eleonore?« Die Frage brannte Emily unter den Fingernägeln. Sie wüsste gern, wie eine Mörderin, die angeblich drei Ehemänner umgebracht hatte, aussah.

Sie bemerkte trotz des Schnurrbartes Olivers Schmunzeln. Mit langen Schritten stellte er sich vor ein Bild. »Voilà. Baroness Eleonore ...« Oliver stockte kurz, nahm aber sogleich den Faden wieder auf. »Eleonore Wilhelmine Katharina Cecilia von Silberbach-Eichenhain.«

Emily zog bewundernd ihre Augenbraue hoch. »Bemerkenswert. Anni hat doch wohl ihr Gedächtnis nicht von Ihnen?« Sie konnte es sich nicht nehmen, Oliver aufzuziehen. Breit grinsend stellte sie sich neben ihn, neigte den Kopf und betrachtete das Gemälde. Es war eins von denen, deren Augen einen verfolgten, wenn man sich abwandte. Oliver behielt recht. Eleonore war in der Tat keine Schönheit. »Es liegt an der Art, wie sie einen anguckt, mit ihrem spitzen Kinn und durchdringendem Blick.« Vorsichtshalber wich sie einen Schritt zurück. »Sie sieht aus, als würde sie kleine Jungs zum Frühstück verspeisen.«

»Was uns zu der Theorie führt, dass sie mindestens drei ihrer Ehemänner auf dem Gewissen hat. Wenn nicht sogar mehr. Man sagt ihr Dinge nach, die …« Oliver trat etwas näher an Emily heran, und ganz nebenbei schwebte sein betörendes Aftershave in ihre Nase. Eine angenehme Wohltat im Gegensatz zu dem muffigen Geruch, der in der Luft lag. »… nicht für Kinderohren bestimmt sind«, flüsterte er ihr zu und kam ihr dabei so nahe, wie es der Hut zuließ. Ihre Nackenhaare stellten sich auf, und ein leiser Schauer jagte ihr den Rücken hinunter.

»Das sind ja nur Schauergeschichten«, wehrte Emily ab und strich sich mit den Händen über die Arme. Sie war kein naives Ding, das sich vor Gruselmärchen fürchtete, auch wenn das Ambiente nicht besser passen könnte.

»Die angeblich passiert sind«, fügte Oliver hinzu und fuhr fort. »Aber heute sind wir gekommen, um Neues über eine andere Persönlichkeit zu entdecken.« Unvermittelt wandte er sich einem Porträt zu, das sich im Gegensatz zu Eleonore als aufgeschlossen und durchaus ansehnlich herausstellte. »Komm, Anni. Das ist Ururgroßmutter Margarete Katharina Luise zu Finkenburg. Sie hat das Herrenhaus erbauen lassen. Eigentlich als

Sommerresidenz, aber ihr hat es so gut gefallen, dass sie mit ihren acht Kindern das ganze Jahr über hier gelebt hat.«

»Was ist mit ihrem Mann?«, erkundigte sich Anni sichtlich interessiert.

»Josias hat sich nur manchmal blicken lassen. Die damaligen Vorstellungen von Ehemännern unterschieden sich stark von den heutigen. Frauen waren hauptsächlich für die Erziehung der Kinder zuständig. Wenn diese Aufgabe nicht sogar die Ammen übernommen haben.«

»Wie alt ist Margarete denn geworden?«, fragte Emily, weil sie spürte, wie Oliver sich bei dem Thema verspannte. Möglicherweise bezog er Margaretes Schicksal auf das seine. Überhaupt fing sie an, sich neben ihm unglaublich wohlzufühlen. Seine angenehme Stimme und die Art, wie er längst Vergangenes zum Leben erweckte, schürte ihr Interesse, mehr über seine Vorfahren zu erfahren.

»Im Vergleich zu heute nicht alt. Ich meine, sechsundvierzig.«

Arme Margarete, dachte Emily. Sie nahm an, dass sie mit fünfzehn das erste Kind bekommen hatte, wie es zu vergangener Zeit üblich gewesen war. Mit ihren dreiunddreißig Jahren war Emily weit davon entfernt, überhaupt Mutter zu werden.

Oliver schien sich in seinen Beschreibungen zu verlieren. Nachdem er mit Margarete fertig war, erzählte er von Soldaten, die in den Krieg gezogen waren, und von anderen weiblichen Persönlichkeiten, die sich für die Rechte der Frauen eingesetzt hatten.

»So. Die Geschichtsstunde ist zu Ende«, verkündete er, nachdem er einen überraschten Blick auf die Uhr geworfen hatte.

Enttäuschung spiegelte sich auf Annis Gesicht wider, und als ob das nicht genug wäre, schob sie noch ihre Unterlippe vor.

»Wir können ja bald wiederkommen«, besänftige ihr Vater sie und führte sie durch die Tür.

»Okay«, erwiderte sie knapp und rannte durch den Flur.

Jetzt, da die beiden allein waren, schwebte wieder diese gewisse Unsicherheit zwischen ihnen. Sie sahen einander an, unschlüssig, wie es nun weitergehen sollte.

»Tja, dann … Danke, Theodor, für die ausführliche Geschichtsstunde. Ich habe mich sehr unterhalten gefühlt.« Emily vollführte lächelnd eine Verbeugung.

Erst jetzt schien Oliver bewusst zu werden, dass er noch immer seinen Hut und den Bart trug. Letzteren nahm er ab, woraufhin sein attraktives Lächeln zum Vorschein kam.

Emily lachte. »So gefällst du mir besser.« Es dauerte keine Sekunde, da riss sie entsetzt die Augen auf und hielt sich zusätzlich die Hand vor den Mund. »Tut mir leid, tut mir leid. Sicherlich habe ich jetzt gegen irgendwelche Regeln verstoßen.« Sie hätte sich selbst ohrfeigen können. Was redete sie denn da? Wie konnte ihr nur so ein Missgeschick passieren? Ihre Wangen färbten sich tomatenrot.

Olivers Brust bebte vor Belustigung, je weiter sie sich in Entschuldigungen verstrickte. »Nein. Das ist kein Problem. Mir macht es nichts aus, wenn wir beim Du bleiben.« Auffordernd streckte er ihr die Hand entgegen.

Überrascht betrachtete sie diese. Nie hätte sie gedacht, dass sie jemals so vertraut miteinander umgehen würden, nach allem, was zwischen ihnen vorgefallen war. Aber je mehr Zeit sie mit Oliver verbrachte und desto tiefere Einblicke sie in seine Persönlichkeit bekam, umso erstaunter war sie über seine doch recht unkonventionelle Art. Überzeugt, endgültig ihre Vorbehalte gegen ihn einzudämmen, nahm sie mit einem zarten Lächeln sein Angebot an. Sie umschloss seine Finger, die sich stark, rau und zugleich sanft anfühlten. Ihre Blicke verwoben sich zu einer Einheit, und Emily versank im satten Braun seiner Augen.

»Tut mir auch leid wegen vorhin«, entschuldigte sich Oliver. »Ich hätte wissen müssen, dass du so ohne Weiteres nicht zurückfindest. Die Flure sind für Fremde wie ein Labyrinth.«

Emily schüttelte entschieden den Kopf, sodass der Hut fast davonflog. »Ich bin froh, dass ich Anni in die Arme gelaufen bin, sonst hätte ich vielleicht keinen so schönen Tag erlebt.« Sie biss sich auf die Lippe. Was hatte sie denn nun wieder Unüberlegtes gesagt? Es schien, als hätte ihre Vernunft eine Pause eingelegt.

Doch zu Emilys Erstaunen reagierte er mit einem warmen und herzlichen Lächeln. »Das ist schön zu hören. Anni hat es auch sehr genossen.«

»Ja«, erwiderte sie knapp und könnte sich abermals für ihre nicht vorhandene Eloquenz ohrfeigen.

Oliver zeigte noch immer sein charmantes Lächeln. »Es scheint, als hätte Anni genau das Richtige getan, indem sie dich im Ballsaal gefunden hat.«

Ballsaal, echote es in Emily Ohren, und sie erstarrte. Oliver hatte es geschafft, ihr die Sorgen für den Moment zu nehmen, nur um ihr gleich darauf vor Augen zu führen, dass sie einen Auftrag zu erfüllen hatte und in der Klemme saß.

Kapitel 8

Oliver

Das von der Aspirin weißlich verfärbte Wasser sprudelte im Glas auf. Diese Nacht war mit Abstand die schlimmste von allen gewesen. Er hatte kein Auge zugetan. Jedes Mal war ihm Emily in seinen Träumen erschienen. In der Turmkammer hatte sie sich an ihn geschmiegt, damit er sie vor Geistern beschützte. Sogar in seinen nächtlichen Fantasien war sie hinreißend mit ihren widerspenstigen roten Locken und ihren verführerischen Lippen, die so nahe an seinen lagen, dass er fast schon ihren Atem spürte.

Doch die Realität sah anders aus. Nachdem Oliver sie gestern von der Ahnengalerie in ihr Zimmer begleitet hatte, hatte sie sich seltsam benommen. Er verstand nicht, warum sie plötzlich so schweigsam gewesen war, denn er zweifelte nicht daran, dass sie den Tag genossen hatte. Wieso hatte er dann so geendet? Ein Teil von ihm hatte gehofft, sie würde ihn in sein Zimmer einladen, damit sie ihr Gespräch fortsetzen konnten, doch es blieb ein Wunsch.

Das Klingeln seines Handys riss ihn aus seinen Gedanken. Er zog die Stirn in Falten, als er die Nummer der Anruferin erkannte – die Nanny. Ein mulmiges Gefühl breitete sich in ihm aus. »Guten Morgen«, meldete er sich betont neutral.

»Guten Morgen, Oliver. Es ist mir sehr unangenehm, aber ich muss mich für eine längere Zeit krankmelden. Heute Nacht bin ich unglücklich ausgerutscht und habe mir das Bein gebrochen. Dabei wollte ich nur nach meinem Kater schauen. Ich habe mir doch so Sorgen gemacht, weil er abends nicht zur gewohnten Zeit heimgekommen ist.«

Oliver hörte Marina schluchzen. Das Kindermädchen, das seit Livs Geburt wie ein Familienmitglied war, hatte mit wenigen Ausnahmen stets an ihrer Seite gestanden. Genau deshalb hatte er irgendwann das förmliche Sie gegen das vertraute Du eingetauscht. So ähnlich, wie es Emily gestern getan hatte. Nur dass sie die Initiative ergriffen hatte. Er war erleichtert über ihren Ausrutscher, der ihr sichtlich peinlich gewesen war. Insbesondere bei Personen wie Emily missfiel es ihm, auf ein Podest gehoben zu werden, weil er doch buchstäblich auch nur mit Wasser kochte. Sie sollte ihn als einen ganz normalen Mann sehen.

»Das tut mir leid«, beteuerte er und wusste, was das für ihn bedeutete. Jetzt musste er rasch für Ersatz sorgen. Marina kümmerte sich nicht nur nachmittags um die Kinder, sondern sorgte auch dafür, dass sie morgens pünktlich in der Schule waren, und holte sie mittags ab. Zudem überwachte sie die Hausaufgaben. Bei Anni gab es diesbezüglich keine Bedenken, doch Liv nahm ihre schulischen Pflichten hin und wieder auf die leichte Schulter. Insbesondere die in Englisch.

»Ist er denn wenigstens zurück?«, erkundigte er sich, weil er wusste, wie sehr sie ihren Kater liebte.

»Ja«, schluchzte sie weiter. »Gerald hat ihn am Abend reingelassen, was ich gar nicht mitbekommen habe. Ach, Oliver. Das alles war so unnötig.«

Er hielt reflexartig das Handy etwas vom Ohr weg, als ein lautes Tröten zu hören war.

»Selbstverständlich habe ich auch schon nach Ersatz gesucht, aber es ist wie verhext. Die Agenturen sind alle in Not und suchen händeringend Nannys.«

Was für Aussichten, ging es ihm durch den Kopf. Dennoch war es ihm wichtig, ihr nicht zu zeigen, wie sehr ihn die Lage belastete. »Mach dir keine Gedanken. Ich höre mich ebenfalls um. Außerdem sind die Mädchen ja keine Kleinkinder mehr. Wenn sie ein paar Stunden allein verbringen müssen, werden sie das auch ohne dich schaffen.«

»Sobald ich mehr weiß, melde ich mich.«

»Gute Besserung, Marina.«

Oliver legte das Handy vor sich und atmete tief aus. »Der Tag fängt ja gut an«, murmelte er und bereitete sich darauf vor, die Neuigkeiten zu teilen.

***

»Marina hat sich verspätet, Papi.« Anni stand mit umgeschnalltem Schulranzen in der Küche und wartete darauf, in die Schule gefahren zu werden, während Liv das zum Anlass nahm, ihren Rucksack mit einem zufriedenen Lächeln von ihrer Schulter gleiten zu lassen.

»Marina hat sich das Bein gebrochen. Sie wird erst mal ausfallen. Ich werde euch fahren.« Oliver schälte eine Banane, um sich wenigstens ein bisschen Energie zu verschaffen.

»Lass mal«, warf Carl ein. »Ich muss sowieso in die Stadt. Die Mädchen fahren mit mir.«

Er atmete erleichtert aus. »Okay, danke dir. Das macht einiges leichter. Heute Mittag hole ich euch ab.«

»Ich gehe nach der Schule zu Selina«, erinnerte Liv ihren Vater und angelte sich einen Apfel aus der Obstschale.

»Hab ich nicht vergessen.«

»Tschüss, Papi.« Anni gab Oliver einen Kuss auf die Wange, während Liv etwas in ihren nicht vorhandenen Bart brabbelte.

Die anfängliche Euphorie, die sie gezeigt hatte, als Oliver den Besuch bei ihrer Freundin gestattet hatte, hielt bedauerlicherweise nicht lange an.

Nachdem etwas Ruhe eingekehrt war, goss er sich Kaffee in seine Tasse. Der würzige Geruch stieg ihm in die Nase, und er hoffte auf seine wohltuende Wirkung. Während er einen Teller aus dem Hängeschrank nahm, fragte er: »Soll ich ein zusätzliches Gedeck holen, oder esse ich allein?« Da seine Mutter stets im Esszimmer speiste, ging er davon aus, dass sie ihr Frühstück schon beendet hatte. Dennoch stellte er seine Frage unauffällig, um nicht sofort zu verraten, dass er sich nach Emily und ihrem Verbleib erkundigte.

»Emily hat sich ihren Toast und ihren Kaffee bereits abgeholt.« Über Cecilias Gesicht huschte ein Lächeln. Sie hatte ihn durchschaut.

Er ließ sich seine Enttäuschung nicht anmerken.

Sie hob den Kopf und musterte ihren Sohn. »Emily ist bezaubernd. Allerdings fürchte ich um die Feier. Ihre Fragen wirken auf mich unprofessionell.«

»Dann ist es dir auch aufgefallen?«, erkundigte er sich, während er ein Brötchen aufschnitt.

Cecilia nickte.

Für einen flüchtigen Moment überlegte er, von ihrem netten Nachmittag zu berichten, doch er ahnte, dass Anni ihr bereits davon erzählt hatte. Stattdessen sagte er also: »Ihre Website und Bewertungen sind okay. Ihrem Verhalten nach ist sie einfach nur vom Ballsaal überwältigt gewesen. So etwas sieht man nicht alle Tage.«

Seine Mutter lächelte. »Bestimmt hast du recht. Ihr Team wird im Hintergrund alles managen. Ein so großes Event kann man nicht allein planen.«

Oliver rief sich das Zusammentreffen im Saal in Erinnerung, wie sie unaufhörlich eine Nachricht nach der anderen in ihr Smartphone getippt hatte, was Cecilias Auslegung nur bestätigte. Ganz sicherlich hatte sie wichtige Informationen weitergegeben.

»Heute Morgen war sie recht früh wach und hat sich nach Busverbindungen erkundigt. Sie möchte in die Stadt fahren, sich ein wenig umsehen und Dienstleister besuchen. Wenn sie alles erledigt hat, beabsichtigt sie, bald nach Hause zurückzukehren. Den Rest wird sie dann von dort aus organisieren.«

Cecilias Worte trafen ihn mitten in die Magengrube. Emily wollte sich jetzt schon verabschieden? Er hatte gar nicht bedacht, dass ihr Aufenthalt begrenzt war. Wie bedauerlich, hatte er doch angefangen, sich in ihrer Nähe wohlzufühlen. Aber so war das nun mal in seinem Leben. Menschen kamen und gingen. Ohnehin war es besser, sie auf Abstand zu halten. Außerdem hatte er andere Sorgen, er musste dringend ein Kindermädchen finden.

»Denkst du an Annis Probeunterricht für ihre Ballettaufführung? Ab kommendem Mittwoch wird sie jeden Tag eine Stunde extra trainieren. Sie freut sich schon auf die Vorführung. Bekommst du das organisiert?«

Oliver wurde ganz flau. »Ich muss dringend eine Nanny ausfindig machen. Sonst weiß ich nicht, wie ich die vielen Meetings bewältigen soll, wenn ich gleichzeitig Anni kutschieren muss.«

»Du kannst natürlich auf uns zählen. Aber es wird schwierig jetzt in der Vorweihnachtszeit. Wir sind auf zahlreiche Wohltätigkeitsveranstaltungen eingeladen. Das Adventssingen deines Vaters nimmt auch viel Zeit in Anspruch.« Auf Cecilias Gesicht erschien eine stumme Entschuldigung. Tröstend legte sie die Hand auf seine.

»Bitte, mach dir keine Sorgen um mich. Da habe ich schon ganz andere Herausforderungen gemeistert.« Immerhin war er derjenige gewesen, der Nacht für Nacht das Fläschchen zubereitet und es dem Baby gegeben hatte. Erst Liv, später Anni. Heute war es ihm ein Rätsel, wie er diese Zeit überstanden hatte. Die schlaflosen Nächte hatten an seinen Kräften gezehrt, trotzdem hatte er sie nie als Last empfunden. Ganz im Gegenteil, es hatte die Bindung zu seinen Kindern nur vertieft.

»Da hast du recht. Wir sind sehr stolz auf dich.«

Seine Eltern hatten es ihm nie zum Vorwurf gemacht, dass er ihnen in jungen Jahren offenbart hatte, Vater zu werden, und das von einer Frau aus bürgerlichen Kreisen. Sie hatten es ohne viel Aufhebens akzeptiert, Jule herzlich in der Familie willkommen geheißen und ihre nicht vorhandene Mutterliebe stillschweigend hingenommen. Cecilia und Carl gehörten keineswegs zu den angestaubten Adelsgeschlechtern von anno dazumal, vielmehr pflegten sie einen recht zeitgemäßen Lebensstil, wie die Briten ihn mittlerweile selbst führten.

Olivers Handy gab ein Signal ab, das ihn an sein Meeting erinnerte. Auch das noch. Fast hätte er einen wichtigen Termin verbaselt. »Wenn ich die Konferenz mit den Investoren erledigt habe, rufe ich die Kindermädchenagentur an.« Er erhob sich und war schon fast durch die Tür, als Cecilia ihn zurückrief.

»Könntest du nachher bitte das Adventsgesteck im Blumenladen abholen? Dein Vater ist schon weg und hat das Handy liegen gelassen. Sonst hätte ich ihm die Aufgabe aufgehalst.«

»Natürlich. Ich hole Anni sowieso ab.«

***

»Dann sind wir uns ja einig. Großartig. Bis in einer Woche.« Oliver beendete das Meeting. Unvorhergesehene Umstände hatten dazu geführt, dass sich die Onlinekonferenz länger hingezogen hatte als geplant. Doch wenigstens hatte er zwischendurch Zeit gefunden, eine E-Mail an die Vermittlungsagentur für Kindermädchen zu senden. Sie hatten umgehend geantwortet, allerdings nur, dass sie sich um schnellstmöglichen Ersatz bemühten. Die Antwort war für ihn kaum bis gar nicht befriedigend.

Seufzend vertiefte er sich in die Arbeit und versuchte Emily aus seinen Gedanken zu verbannen. Jedes Mal, wenn er Schritte hörte, machte sein Herz einen zusätzlichen Schlag.

Als er das nächste Mal auf die Uhr sah, war es beinahe Mittag und an der Zeit, Anni von der Schule abzuholen. Oliver stand auf und streckte sich. Erst jetzt bemerkte er, wie steif er vom langen Sitzen geworden war.

Versteckt unter seiner grauen Mütze und dem mehrfach um den Hals geschlungenen Schal stieg er in seinen elektrisch betriebenen Volvo und rollte auf die freigeräumte Straße. Der Schnee funkelte im Sonnenlicht. Während er gedanklich seinen Tagesplan durchging, klingelte sein Handy. Es war Liv. Er runzelte die Stirn. War etwas mit ihr? Wollte sie ihm Bescheid geben, dass ihre Verabredung ins Wasser gefallen war und sie abgeholt werden wollte?

Er schaltete auf die Freisprechfunktion. »Hey, alles okay bei dir?«, erkundigte er sich, ohne besorgt zu klingen. Liv war fünfzehn und wollte auch so behandelt werden. Eine Tatsache, die sie ihm oft mitgeteilt hatte, und sie wurde nicht müde, ihn daran zu erinnern.

»Ja, ich ...« *Krzz.*

Die Verbindung war unterbrochen.

»Liv?«

»... darf ich?«

Den Anfang ihres Satzes hatte er nicht hören können.

»Soll ich dich abholen? Gehst du nicht zu deiner Freundin?«

»Doch, wir wollen … ins …«

Es war zwecklos, einen vollständigen Satz von Liv zu verstehen. Die Verbindung wurde von Mal zu Mal schlechter. »Wo wollt ihr hin?« Olivers Stimme wurde lauter, als könnte sie ihn dadurch besser hören.

»Mama … erlaubt.«

Er verdrehte die Augen, wenn er an die endlosen Diskussionen mit Jule dachte, die nur dazu führten, sein Gemüt aufzuheizen. Es war Teil ihrer Abmachung, Wünsche der Kinder gemeinsam zu besprechen, was in letzter Zeit häufiger vorkam. Je größer die Kinder, desto größer die Liste. An die hitzige Debatte wegen eines Piercings konnte er sich nur zu gut erinnern. Das Thema war schneller vom Tisch gewesen, als Liv »*Ihr seid so spießig*« sagen konnte. Auch wenn es nicht oft geschah, aber in diesem Punkt waren Jule und er sich einig. Kein Metall in irgendwelchen Körperteilen, außer konventionelle Ohrringe, die sie bereits besaß. Ein Piercing konnte es also nicht sein.

»Papa?«

»Ja, ich bin …«

»Danke, Papa«, unterbrach Liv ihren Vater und beendete das Gespräch.

»…noch dran«, vervollständigte er den Satz, aber da war es schon zu spät. Oliver versuchte, die Verbindung erneut herzustellen, doch es misslang ihm. Er würde es zu einem späteren Zeitpunkt noch einmal versuchen.

Seufzend konzentrierte er sich auf die Straße und bog bei der nächsten Kreuzung ab. Auf dem für Eltern zugewiesenen Parkplatz der beschaulichen Grundschule blieb er stehen und blickte auf das Gebäude, in dem vier Klassen untergebracht waren. Seine Kinder sollten in einem normalen Umfeld aufwachsen, statt, wie es bei einigen seiner Riege üblich war, auf weit entfernte Privatschulen geschickt zu werden. Sobald seine Mädchen jedoch das Abitur in der Tasche hatten, würden sie die namhafte Universität in England besuchen, an der er selbst einst studiert hatte. Das war einer der wenigen Bräuche, die seit Jahrhunderten überdauerten.

Als der Gong leise durch das Autofenster drang, öffnete ein Junge die schwere Holztür, und binnen weniger Sekunden strömte eine Schar Kinder hinaus. Olivers Herz ging auf, als er Anni erblickte. Mit ihrem viel zu großen Schulranzen auf dem Rücken blieb sie kurz auf dem Bürgersteig stehen, sah sich nach beiden Seiten um und lief zum Auto. Er stieg aus und half ihr, alles im Kofferraum zu verstauen.

»Na, mein Engel. Wie war es heute?«

»Richtig gut. Aber auch ein bisschen langweilig. Frau Umbrecht will mit uns morgen einen Weihnachtskranz binden. Ich habe mich freiwillig gemeldet, Wickeldraht und Kranznadeln mitzubringen.« Anni strahlte wie eine Wunderkerze. »Können wir das jetzt alles kaufen?«, fragte sie aufgeregt.

Wie könnte Oliver diesem Lächeln widerstehen? Anni liebte es, zur Weihnachtszeit bummeln zu gehen, die dekorierten Schaufenster zu bewundern und schließlich eine Tasse heißen Kakao mit viel zu viel Sahne zu genießen. Da er ohnehin noch das Gesteck für seine Mutter besorgen musste, gab es keinen Grund, ihr diesen Wunsch abzuschlagen. Wegen Marinas Beinbruch hatte er seine Termine bereits umgeplant, also sollte er die seltene und kostbare Zeit mit seiner Tochter nutzen.

»Wie siehts mit Hausaufgaben aus?«, erkundigte er sich, startete den Wagen und setzte den Blinker.

»Hab keine auf.«

»Na dann, ab ins Getümmel.« Es bestand die Chance, dass dieser Tag doch noch eine positive Wendung nehmen würde.

Kapitel 9

Oliver

Keine zehn Minuten später schlenderten Anni und er über die festlich geschmückte Einkaufsstraße. Es duftete herrlich nach gebrannten Mandeln und Glühwein, begleitet von einer Portion Vorfreude in den Gesichtern der Besucher.

Anni drückte ihre Nase gegen die Scheibe des Schaufensters, hinter der sich eine Playmobil-Welt voller Elfen, dem Weihnachtsmann und Pferdeschlitten erstreckte. Und obwohl Oliver viel lieber die Punkte auf seiner Einkaufsliste abgehakt hätte, gestattete er seiner Tochter, sich noch einen Moment länger in dieser magischen Kulisse zu verlieren. Er war sich bewusst, dass Anni das Spielzeug in einigen Jahren links liegen lassen würde und schneller, als ihm lieb war, Bürsten, Make-up und Nagellacke seinen Platz einnehmen würden. So war es jedenfalls bei Liv gewesen.

Während Anni von einem Schaufenster zum Nächsten eilte, sah Oliver sich um. Die Einkaufsmeile war wider Erwarten gut besucht. Familien mit Kindern, aber auch Gruppen von Jugendlichen eilten vorbei. Kurz meinte er sogar, Liv in der Menge erkannt zu haben, doch bevor er genauer hinschauen konnte, war sie verschwunden. Dann fiel ihm ein roter Haarschopf ins Auge. Sein Herzschlag beschleunigte sich. Emily!

»Papi.« Anni unterbrach ihn in dem Versuch, herauszufinden, welchen Weg Emily einschlug.

»Ja, Schatz?« Oliver brauchte einen Moment, um sich voll auf sein Kind zu konzentrieren. Emily schaffte es immer wieder, ihn aus dem Konzept zu bringen.

»Ich bin jetzt fertig mit Gucken. Wir können jetzt weiter.« Lächelnd nahm Oliver ihre Hand, und sie schlenderten entlang der beleuchteten Weichnachtbäume.

Vor dem Blumenladen blieben sie stehen. Auch hier waren die Auslagen mit allerlei Weihnachtsschmuck bestückt. Er dachte zurück an die Zeit, als seine Mutter ihn als Kind gelegentlich hierher mitgenommen hatte, wenngleich sein Interesse der Ritterburg im benachbarten Spielzeugladen gegolten hatte. Heute entbrannte er regelrecht vor Freude, als er das Ladenlokal betrat. In einer Ecke saß Emily und blätterte konzentriert mit einer Verkäuferin in einer dicken Mappe. Wahrscheinlich suchte sie nach Inspiration für die Blumenarrangements.

Während Anni die Windlichter mit Reh- und Waldmotiven bewunderte, ergriff Oliver die Gelegenheit, sich Emily und der Verkäuferin zu nähern.

Als sie sich erhob und das Handy an ihr Ohr legte, drehte er sich hastig weg und tat so, als würde ihn ein Angebot besonders interessieren. Emily stellte sich ausgerechnet hinter das Regal, das zwischen ihnen stand. Warum er nicht wollte, dass sie ihn entdeckte, konnte er sich nicht erklären. Eigentlich hätte er zu ihr gehen und ihr bei der Auswahl helfen können, denn niemand kannte den Geschmack seiner Mutter besser als er. Er blieb einfach stehen und atmete flach, sodass es ihm gelang, Bruchstücke des Gesprächs aufzufangen.

»So teuer ist das? Bis du dir sicher?« Entsetzen lag in ihrer Stimme. »Ich möchte einfach nicht, dass die Familie für einen völlig überteuerten Tischschmuck aufkommen muss, nur weil ich dem Auftrag leichtgläubig zugestimmt habe. Ja, sicher können sie sich das leisten.«

Eine kurze Pause entstand.

»Okay. Danke. Ich melde mich später noch mal bei dir«, sagte sie und ging zurück zur Verkäuferin.

Eine tiefe Furche grub sich zwischen Olivers Augenbrauen. Warum suchte Emily Rat? Als Eventmanagerin müsste sie doch die Preise für Blumengestecke kennen, sollte man jedenfalls meinen. Oder sie war dafür nicht zuständig und ihre Aufgabe lag woanders, beim Catering vielleicht. Ihm kam das Gespräch mit seiner Mutter in den Sinn, die fest davon ausging, dass ihr Team im Hintergrund alles regelte. Oliver schüttelte den Kopf und verwarf seine seltsamen Vorstellungen, Emily hätte etwas zu verbergen. Nein, so lief das in einer gut eingespielten Mannschaft. Nichts wurde dem Zufall überlassen.

Ein Lächeln erschien auf seinen Lippen, als Anni mit einer Rolle Bindedraht und einer Auswahl an Dekorationsmaterialien zu ihm hochblickte.

»Was hast du denn da alles?«, erkundigte er sich und beäugte ihre Ausbeute, die aus Zimtstangen, getrockneten Orangenschalen und Tannenzapfen bestand.

»Anni, Oliver!«

Emilys bezaubernde Stimme traf ihn unvorbereitet, obwohl er ja eigentlich wusste, dass sie hier war. Sein Kopf fuhr hoch, und er blickte direkt in ihr erstauntes Gesicht. Adrenalin durchflutete seinen Körper – ob wegen ihrer Gegenwart oder dem schuldbewussten Gefühl, sie belauscht zu haben.

»Hallo, Emily«, begrüßte Anni sie, die als Einzige die Fassung bewahrte.

Emilys leicht errötende Wangen spiegelten entweder ihre innere Aufregung oder nur die Wärme wider, die sich vermutlich unter ihrem unscheinbaren Mantel staute. Ihm fiel auf, dass sich die Saumnaht zu lösen begann.

»Hey, Anni. Hast du vor, mit deinem Papa etwas zu basteln?«

Anni schüttelte den Kopf. »Nein, das ist für die Schule. Nach dem Bezahlen gehen wir noch einen Kakao trinken. Hast du Lust, mitzukommen?«

Oliver hob genauso überrascht die Augenbrauen, wie Emily es tat. Ihr unsicherer Blick traf ihn.

»Das ist sehr lieb von dir, aber ich möchte euren Nachmittag nicht stören.«

»Ich würde mich freuen, wenn du uns begleitest. Ich kenne ein hervorragendes Café, das den besten Kakao weltweit zubereitet«, schritt Oliver gleich ein, um ihr die Unsicherheit zu nehmen. Er lächelte auffordernd. Ihm gefiel die Vorstellung, den Nachmittag zu dritt zu verbringen. Er würde mehr über sie erfahren und vielleicht herausfinden, was das mit dem Telefonat auf sich hatte. Allerdings durfte er sie nicht direkt darauf ansprechen, sonst würde er nur verraten, dass er ihr

Gespräch belauscht hatte. Das würde kein gutes Licht auf ihn werfen.

»Bitte, Emily, bitte!«, drängte Anni.

»Kann man so einer Bitte widerstehen?« Olivers Grinsen zog sich über beide Wangen.

»Eigentlich nicht.« Emily lachte. Sie wirkte erleichtert, als hätte sie gedacht, die Einladung ginge lediglich von Anni aus, was ja im Grunde zutraf.

»Okay. Ich muss nur noch den Kranz besorgen.« Oliver wandte ihnen den Rücken zu und gab seinen Wunsch der Verkäuferin weiter. Die junge Frau, die zweifellos ihr Taschengeld etwas auffrischte, beeilte sich plötzlich, als sie erkannte, um welches Gesteck es sich handelte. Sie entschuldigte sich wiederholt bei ihm, obwohl Oliver der Meinung war, dass es keinen Grund dafür gab. Eine Situation, in die er häufig geriet und die er als sehr unangenehm empfand.

Die Verkäuferin wickelte den Kranz in Papier und übergab ihn sichtlich erleichtert in seine Hände.

Oliver bezahlte den Betrag und bedankte sich höflich.

Nachdem Emily ihm versichert hatte, dass sie alles erledigt habe und schon ganz gespannt auf den leckersten Kakao der Welt sei, verließen sie das Geschäft. Allerdings würde Oliver das wagenradgroße Adventsgesteck erst zum Auto bringen müssen. »Geht ihr doch schon mal vor und reserviert einen gemütlichen Platz. Ich bin gleich bei euch.«

»Weißt du denn, wo das Café ist?«, erkundigte sich Emily bei Anni.

»Selbstverständlich.« Sie griff nach ihrer Hand.

Olivers Herz quoll über. Seine Tochter fand durch ihre aufgeschlossene und neugierige Art leicht Anschluss, wählte ihre Freundinnen jedoch sorgfältig aus. Selbst für Anni kam diese vertraute Geste überraschend schnell.

Er legte den Kopf tief in den Nacken. In der Zwischenzeit hatte sich der Himmel zugezogen, und einzelne Schneeflocken tanzten in der Luft. Er sah ihnen dabei zu, wie sie sich in Emilys Haar verfingen. Diesem Schauspiel hätte er noch ewig beiwohnen können, doch er musste die Sachen in den Wagen bringen.

Die ganze Angelegenheit dauerte keine zwei Minuten, die ihm schier endlos erschienen.

Er hatte die Hand schon auf den goldfarbenen Türgriff des Cafés gelegt, da meinte er, Liv aus dem Augenwinkel zu sehen. Nein, er meinte es nicht. Er war sich sicher. Jetzt fiel ihm auch wieder ein, dass er sie eigentlich hatte anrufen wollen. Sollte er sich nun Sorgen machen? Ach was. Sie war eine Teenagerin, die ihre Freiheiten auskostete. Er hoffte nur, dass sie schon mit dem Lernen fertig waren.

Ein würziger Kaffeegeruch umschmeichelte seine Nase, als er in den Gastraum trat. Er sah sich kurz um und entdeckte Emily und Anni in einer abgeschirmten Ecke mit Blick auf das Treiben der Einkaufsstraße. Die Inneneinrichtung war in die Jahre gekommen, dennoch war das Café immer gut besucht. Ein Zeichen seiner Qualität. Oliver zog sich einen Stuhl zurecht, dessen helles Holz mit dem grünen Polster alles andere als modern war. Letztlich war ihm die Einrichtung gleichgültig, und ob sie dem neusten Standard entsprach, viel wichtiger waren ihm der Service und das Angebot.

»Habt ihr schon gewählt?«, erkundigte er sich, während er die Nase in der Karte vergrub.

»Wir haben drei Kakaos und eine riesige Waffel bestellt.« Anni unterstrich das Wort »riesige« mit einer ausladenden Geste, was Emily ein Schmunzeln entlockte.

»So, wie Anni es zeigt, ist sie so groß wie eine Pizza.«

»Das ist sie«, sagte Oliver unbeeindruckt und klappte die Karte wieder zu. Er verschränkte seine Hände auf der Tischplatte.

»Ja, ja. Ihr wollt mir wieder eine Geschichte erzählen, wie die von eurer Baroness.«

»Baroness Eleonore Wilhelmine Katharina Cecilia von Silberbach-Eichenhain«, trug Anni den vollen Namen vor.

Oliver riss gespielt empört die Augen auf. »Was? Du glaubst uns nicht?«

»Die Geschichte stimmt«, bestätigte Anni mit einem Kopfnicken.

Emily überkreuzte die Arme vor der Brust und funkelte ihn mit ihren grünen Augen an, was ihm ein eigentümliches Kribbeln bescherte. »Ach wirklich?« Ihre Tonlage hätte nicht süffisanter sein können.

»Ja, genauso, wie es in der Turmkammer spukt.«

»Es spukt in der Turmkammer?«

Oliver hielt sich den Bauch vor Lachen. Eigentlich war es eine Abmachung zwischen Anni und ihm, diese Geschichte nur denen zu erzählen, die eine schlaflose Nacht verdient hatten. Emily fiel definitiv nicht darunter.

»Aber nur bei Vollmond«, schloss er die Geschichte, um einen ernsten Gesichtsausdruck bemüht.

»Lasst mich raten. Es handelt sich um den Ritter Balduin, der wegen Schummelei zum Schlossgespenst verwünscht worden ist. Mit seiner rostigen Rasselkette und seinen unzähligen Kostümen versucht er, Angst und Schrecken zu verbreiten.«

»Du meinst Hui Buh.« Anni tunkte die Nase in die Sahnehaube ihres Kakaos, den die Kellnerin gerade serviert hatte.

»Wow, so eine große Waffel habe ich noch nie gesehen, und wie sie duftet«, staunte Emily und brach sich ein beachtliches Stück ab.

Entzückt beobachtete Oliver sie dabei. Es gab nicht viele Frauen in seinem Bekanntenkreis, die sich den leeren Kalorien so unbekümmert hingaben, ohne um ihre Figur zu fürchten. Das mochte er an ihr.

»Wenn du mich weiterhin so ansiehst, bleiben für dich nur noch die Kirschen übrig.« Emily lächelte und schob sich demonstrativ die Gabel in den Mund, ohne ihn aus den Augen zu lassen.

Oliver zuckte leicht zusammen. Gefangen in seiner Faszination hatte er gar nicht bemerkt, wie er Emily angestarrt hatte. Räuspernd pikste er sich etwas von der Leckerei auf die Gabel und kostete. Während des Essens schien jeder in seine eigenen Gedanken vertieft. Ihn störte das nicht. Bei jedem anderen Gesprächspartner hätte er die Stille als peinlich empfunden und sie normalerweise mit lebhaftem Geplauder überbrückt. Aber Emily war anders. Sie bemühte sich erst gar nicht, ihn mit irgendwelchen Dingen zu beeindrucken. Vielmehr schien es ihr wichtiger zu sein, eine gute Beziehung zu Anni aufzubauen. Wenn er sie so zauberhaft finden würde, wäre er fast eifersüchtig.

»Dann kennst du die Geschichten von Hui Buh?«, fragte Emily Anni.

»Natürlich. Die vom kleinen Gespenst auch.«

»Ich mag die kleine Hexe«, verkündete Emily wie selbstverständlich.

»Papi, liest du mir heute Abend daraus vor?«

Oliver war erstaunt. »Du willst mal ausnahmsweise nicht Pennys Geschichte hören?«

»Penny?«, fragte Emily. »Penny von *Bernhard und Bianca*?«

Anni nickte so heftig, dass ihre Haare mitschwangen.

»Ich mag die Geschichte, auch wenn sie so furchtbar traurig ist.«

Oliver wollte gerade zum Sprechen anheben, um Emily zuzustimmen, als die beiden damit begannen, sich über weitere Filme auszutauschen. Er konnte kaum glauben, wie sie über Kinderliteratur und Disney-Figuren philosophierten und ihn dabei völlig außer Acht ließen. Er hörte gespannt zu, ohne sich zu beteiligen. Zwischendrin driftete er sogar ab und war mit seinen Gedanken ganz woanders.

»Papi, darf ich zu der Frau an den Tisch und fragen, ob ich den Hund streicheln darf?«, holte Anni ihren Vater aus seinen Überlegungen, die etwas mit Küssen in der Turmkammer zu tun hatten. Oliver folgte ihrem Finger, der auf einen niedlichen schneeweißen Malteser zeigte. Er wirkte harmlos, und seine Besitzer, ein älteres Ehepaar, schienen aufgeschlossen. »Wenn du höflich fragst.«

Das ließ Anni sich nicht zweimal sagen. Wie erwartet kniete sie wenig später unter dem Tisch und kraulte das Tier zwischen den Ohren, nachdem sie das Okay des Paares bekommen hatte.

Auch wenn es egoistisch erscheinen mochte, war er erleichtert, endlich mit Emily allein zu sein. So wie sie mit Anni umging, war sie vielleicht selbst Mutter. Alles in ihm sehnte sich danach, Klarheit zu bekommen und ängstigte sich gleichermaßen, die Wahrheit zu erfahren.

»Anni ist so ein bezauberndes Mädchen«, sagte sie und trank den letzten Schluck ihres erkalteten Kakaos.

»Ja, das ist sie«, pflichtete Oliver ihr bei. »Du kannst sehr gut auf Kinder eingehen. Das ist beachtenswert.«

»Du bist ein liebevoller Vater, das ist ebenfalls nicht zu verachten«, konterte Emily mit einem Lächeln, das ihm unter die Haut ging.

»Ich gehe davon aus, dass du die Erfahrung deinen eigenen Kindern zu verdanken hast.« Er biss sich auf die Zunge. O Gott, was hatte er nur getan? Jetzt war es raus, keine Chance, die Frage rückgängig zu machen. Unbewusst hielt er die Luft an. Sollte er sich bei ihr entschuldigen? Ja, das wäre besser. »Das war jetzt zu persönlich. Du musst darauf nicht antworten.«

Emily strich sich eine Locke aus dem Gesicht und lächelte verlegen. »Nein. Es ist schon gut. Der passende Partner fehlt mir für eigene Kinder.«

Oliver hätte am liebsten eine der Champagnerflaschen geöffnet, die er normalerweise nur für große Feierlichkeiten wie Taufen oder Hochzeiten aus dem Keller holte, denn dieser Moment schien ihm ebenbürtig.

»Dann bist du Single?«, schlussfolgerte er und hätte sich mit größtem Vergnügen eine Ohrfeige verpasst. Er verhielt sich wie ein aufgeregter Teenager.

»Ja. Seit ein paar Monaten. War blöd gelaufen.« Emily senkte ihren Blick auf die Tischplatte.

Sie wirkte nicht gerade begeistert davon, über die Trennung von ihrem Ex-Freund zu sprechen, der, wie es schien, ein Trottel war.

»Wenigstens sind keine Kinder im Spiel. Die sind oft die Leidtragenden«, sagte Oliver.

»Anni hat mir von den Schwierigkeiten ihrer Mama erzählt. Dass sie keine Muttergefühle zulässt.«

Er runzelte die Stirn. Woher hatte sie solch tiefe Einblicke?

Emily schien das Erstaunen in seinem Gesicht abzulesen. »Anni hat mir in groben Zügen ein bisschen von ihrer Mutter erzählt und dass sie noch nie eine Teeparty mit ihr gemacht hat.«

Er nickte und seufzte. »Ja, das ist richtig. Wir wissen nicht genau, woran ihre fehlende Zuneigung liegt. Vielleicht daran, dass Liv nicht geplant gewesen ist. Sie ist aus einer Feierlaune, bei zu viel Bier und Übermut entstanden. Jule ist trotz Pille schwanger geworden. Sie ist gerade mal einundzwanzig gewesen, als sie von der Schwangerschaft erfahren hat. Ich selbst war dreiundzwanzig. Es hat sich ziemlich früh herausgestellt, dass Jule wenig Interesse an ihrem Baby zeigte. Es ist eine schwierige Zeit gewesen, in der ich nichts unversucht gelassen habe, ihr dabei zu helfen, eine Verbindung zu ihrem Kind aufzubauen. Es ist mir nicht gelungen. Egal, was ich in die Wege geleitet habe. Von Arztgesprächen bis hin zur Psychotherapie hat nichts etwas gebracht.«

»Aber wenn Jule keinerlei Beziehung zu ihrem Kind aufbauen konnte, verstehe ich nicht, wie es zu einem zweiten Kind gekommen ist?«

»In deinen Ohren mag das jetzt hart klingen, aber Anni war der Anfang vom Ende. Je größer und älter Liv wurde, desto mehr konnte Jule sich mit ihrer Mutterrolle anfreunden. Es gibt sogar eine Aufnahme, wie sie die Schaukel für Liv anschubst. Für uns war es der richtige Zeitpunkt, und somit keimte der Wunsch auf, noch ein Kind zu bekommen, in der Hoffnung, dass die geplante Schwangerschaft Jules Liebe zu ihrem Kind entfachen würde. Gefühle wie diese entwickeln sich manchmal erst mit der Zeit, nicht unbedingt sofort.«

»Aber ihr habt euch getäuscht. Anni hat genauso wenig Liebe wie ihre Schwester abbekommen«, traf es Emily auf den Punkt.

Oliver nickte. »Ja, aber es war ein Versuch wert.«

Emily legte ihre Hand auf Olivers, und Wärme breitete sich in ihm aus. »Es tut mir in der Seele weh, so etwas zu hören. Liv, Anni und du verdienen eine Frau, die euch stets zur Seite steht und euch liebt.«

Emily klang so echt und aufrichtig, dass er jedes einzelne Wort glaubte. Sein Blick verwob sich mit ihrem. Er spürte eine tiefe Vertrautheit, ein Gefühl der Verbundenheit, des Verstehens, das ihm nur selten von anderen entgegengebracht wurde. Es erfasste und erfüllte ihn mit einem Schlag.

Hatte er endlich die Frau fürs Leben gefunden, nach der er sein halbes Leben gesucht hatte? Wenn ja, warum ausgerechnet sie? Sie lebte doch am anderen Ende Deutschlands und würde sie bald wieder verlassen.

Oliver seufzte innerlich. »Die große Liebe zu finden, ist das eine, im Moment wäre ich schon mit einer unterstützenden Nanny zufrieden.«

Emily hob überrascht die Augenbrauen. »Was ist denn mit eurer?«

»Sie hat sich das Bein gebrochen und wird dementsprechend länger ausfallen. Die Agentur kümmert sich händeringend um Ersatz, aber bisher ohne Erfolg.«

»Oh, das ist ja was«, murmelte Emily und starrte auf die Tischplatte. Nervös leckte sie sich über die Lippe und hob ihren Kopf. Es schien, als würde sie etwas sagen wollen, doch ihr Mund klappte immer wieder zu. Er wusste nicht, was sie plötzlich belastete, was ihr auf dem Herzen lag, ob die vielen Informationen sie überforderten.

»Das sind vertrauliche Einblicke, von denen ich dir gerade erzählt habe. Ich bitte dich inständig, dass du sie für dich behältst.«

»Natürlich, du kannst dich auf mich verlassen.«

Das tat er. Mit jeder Faser seines Körpers. Wer ein großes Herz für Kinder besaß, konnte kein schlechter Mensch sein.

»Papi, soll ich dir verraten, wie der Hund heißt?«

Annis Frage veranlasste Emily, ihre Hand rasch wegzuziehen, die bis eben auf seiner geruht hatte. Plötzliche Leere kroch in ihm hoch.

»Ja, bitte, sag es mir«, forderte er sie lächelnd auf.

»Flöckchen«, sagte sie stolz.

»Das ist aber ein niedlicher und passender Name.« Emily warf einen Blick auf die Uhr. Ihre Freude rutschte ab. »Tut mir leid, der Bus kommt bald. Wenn ich den nächsten nehme, wird es sehr spät werden.«

»Och, das ist aber schade.«

Das empfand Oliver ebenso. Doch sollte Emily auf keinen Fall den Bus nehmen. »Du fährst selbstverständlich mit uns.« Er kramte in seiner Geldbörse und legte einen Fünfzigeuroschein auf den Tisch, der ein großzügiges Trinkgeld beinhaltete. Ein verdientes, denn er hatte schon lange keinen so entspannten Nachmittag verbracht. »Komm, Spatz, zieh dir die Jacke über.«

Enttäuscht schob Anni ihr Kinn vor und rückte, wie es sich gehörte, ihren Stuhl unter den Tisch. Sie war einfach ein Vorzeigekind.

Während er die Tür aufhielt, wirbelten Schneeflocken in das Lokal, woraufhin er seine Mütze etwas tiefer in die Stirn zog. Emily schloss ihren Kragen, und auch Anni war kaum noch in ihrem Schal und der tiefsitzenden Mütze zu erkennen.

Es schneite nun viel kräftiger als vorhin. Er sollte Liv anrufen. Wenn sie ohnehin hier war, würde er sich eine Fahrt sparen. Ohne lange zu überlegen, zückte er das Handy.

Das Klingeln ertönte. Zuerst ein Mal, dann ein zweites und schließlich ein drittes Mal. Er wartete noch einen kurzen Moment, doch als sie das Parkdeck erreichten, drückte er den Anruf resigniert weg.

»Dann eben nicht.« Oliver bemühte sich um ein Lächeln, doch es missglückte. Er hatte gehofft, sich bei dem Mistwetter eine Fahrt zu sparen, aber wie es schien, müsste er später noch mal los. Die Vorstellung, mit Emily vor dem flackernden Kamin zu sitzen und ihr zu lauschen, erfüllte ihn jetzt schon. Doch zuerst musste er sich um Liv kümmern.

Kapitel 10

Emily

Die Fahrt erschöpfte Emily. Mittlerweile dämmerte es und die unzähligen Flocken nahmen ihnen die Sicht, was für Schweigen im Auto sorgte. Aus dem Augenwinkel heraus sah sie Olivers Kiefer arbeiten. Er wirkte hochkonzentriert, sodass sie es vermied, mit ihm zu sprechen, obwohl ihr noch tausend Fragen auf der Zunge lagen. Die Geschichte über seine Ex hatte sie bewegt, doch zeigte sie ihr auf, was für ein liebevoller Vater er war. Als Oliver über ihre Nanny gesprochen hatte, war sie beinahe in Versuchung geraten, ihm anzubieten, auf Anni und Liv aufzupassen. Aber das ging natürlich nicht. Sie war wegen eines anderen Auftrags in das Haus gekommen.

In ihren Augen verkörperte er das Idealbild eines Mannes, nicht allein durch sein makelloses Äußeres, sondern ebenso durch seine liebe- und humorvolle Art als Vater. Mit jedem gemeinsamen Moment wuchs ihre Zuneigung zu ihm, und es wurde ihr zunehmend schwerer, ihm nicht zu verfallen.

Emily schmiegte sich tiefer in den durch die Heizung erwärmten Sitz. Hätte sie nicht noch so viele Aufgaben zu erledigen, hätte sie die Zeit gern mit Oliver im gemütlichen Wohnzimmer vor dem Kamin verbracht, um ihn besser kennenzulernen. Er hatte es plötzlich eilig gehabt nach Hause zu kommen. Ob es etwas mit dem Anruf zu tun hatte?

Während sie die lange Auffahrt entlangfuhren, ließ Olivers Anspannung nach. Auch hier lag mittlerweile eine beachtliche Schneedecke und erschwerte den Weg zum Haus. In den Fenstern leuchteten kleine Lichter, die Behaglichkeit bei Emily hervorriefen. Der von Bäumen gesäumte Weg glitzerte im Schein der Lichterketten.

Oliver atmete erleichtert aus, als er den Wagen abstellte. Lächelnd drehte er den Kopf, und Emily spürte ein wohliges Gefühl in sich aufsteigen. Ausgerechnet diesem Mann war sie erlegen, der ihr am Flughafen Beleidigungen an den Kopf geworfen hatte.

Anni war die Erste, die ausstieg und zur Tür eilte, die ihr sofort geöffnet wurde. Emilys Finger umschlossen bereits den silbernen Griff, als Oliver sie zurückhielt, indem er seine Hand auf ihr Bein legte. Seine Berührung ließ ihr Herz trotz ihrer angenehmen Trägheit in einem unerwartet schnellen Rhythmus schlagen.

»Bevor wir reingehen, wollte ich dir noch sagen, wie sehr mir der Nachmittag mit dir gefallen hat. Auch die Teeparty und der Geschichtsteil gestern.« Oliver grinste, und ein eigentümliches Flackern erschien in seinen treuen Augen, die Emily an zartschmelzendes Nougat erinnerte.

Sie reagierte mit einem wissenden Lächeln und sagte: »Ja, mir auch.«

»Ich will ganz ehrlich zu dir sein. Zwischendurch hatte ich das Gefühl, du würdest etwas vor mir verbergen. Ich kann nicht sagen, wieso, aber es kam mir vor, als hütest du ein Geheimnis. Je mehr Zeit wir jedoch verbringen, desto mehr erkenne ich, dass ich mich wohl geirrt habe.«

Emilys Zunge klebte unangenehm an ihrem Gaumen. Ihr Mund fühlte sich staubtrocken an. Seine Hand auf ihrem Oberschenkel hatte bis eben ein Gefühl des Vertrauens vermittelt, nun lag sie tonnenschwer auf ihr. Das Herz schlug kaum noch in ihrer Brust, während sich ein dumpfes Grollen in ihrem Magen ausbreitete. Der Wunsch, ihm die Wahrheit zu sagen, stieg, je länger sie sich in seinem Blick verfing, der nichts als Zuneigung in sich trug. Die Worte lagen ihr schon auf den Lippen, aber dann siegte die Vernunft. Wenn sie ihm die Tatsachen offenbarte, würde sie ihn mit Sicherheit verletzen, und das wollte sie um jeden Preis vermeiden.

Etwas hilflos zuckte sie mit den Schultern. »Du hast mich bestimmt falsch eingeschätzt, wegen unseres missglückten Starts. Zwischen uns lagen zu viele Missverständnisse.«

Nachdenklich betrachtete er sie, doch sein Lächeln ließ sie vermuten, dass ihm die Erklärung genügte.

Emily schlang die Arme um ihren Körper. Fing sie zu frösteln an, weil sie Oliver angelogen hatte, oder weil sie drauf und dran war sich in ihn zu verlieben? Sie vermute beides. Was wiederum bedeutete, dass sie in der Klemme steckte.

»Komm, lass uns hineingehen. Du frierst«, forderte Oliver sie auf.

Zur gleichen Zeit, als sie ausstieg und er die Tür ins Schloss fallen ließ, erschien ein Lichtkegel am Ende der Auffahrt. Oliver schirmte seine Augen mit der Hand ab.

Der Wagen blieb stehen und Liv stieg aus. Nachdem der Fahrer kurz die Hand zum Gruß gehoben hatte, fuhr er rückwärts davon. Auf dem Beifahrersitz saß ein Mädchen in Livs Alter, vermutlich ihre Freundin.

Oliver zeigte sich erleichtert, lief mit langen Schritten zur Haustür und öffnete sie.

Angenehme Wärme streichelte Emilys Wangen, als sie in den Flur trat. Jetzt erst spürte sie, wie durchgefroren sie war.

»Selinas Vater ist schlimmer als alle Helikoptereltern. Wegen dem bisschen Schnee ...«, maulte Liv missmutig, während sie ihre Mütze vom Kopf zog und ihren Mantel aufknöpfte. Offensichtlich hatte sie noch andere Pläne mit ihrer Freundin gehabt.

Olivers Blick verharrte an ihren Fingern. »Was ist das?«, fragte er mit gerunzelter Stirn und griff nach Livs Hand.

Sie entzog sich ihm hastig und erwiderte wie selbstverständlich: »Das sind Gelnägel. Wieso tust du jetzt so überrascht?«

»Weil ich dir keine Erlaubnis dazu erteilt habe.«

»Natürlich hast du das.«

»Wann?« Es dauerte nur einen winzigen Augenblick und auf Olivers Gesicht erschien so etwas wie Erkenntnis. Er schloss die Augen und schüttelte vage den Kopf. »Das war keine Zustimmung von mir. Die Verbindung war miserabel. Ich dachte, du hättest von Reitstiefeln oder sonst irgendwas geredet. Außerdem hast du mir versprochen, Englischvokabeln zu pauken.«

Emily war nicht wohl bei der Sache. Eine Auseinandersetzung zwischen Vater und Tochter in Anwesenheit einer Fremden war ihr unangenehm. Sie konnte nachvollziehen, dass Oliver sich hintergangen fühlte. Trotzdem ging sie eher von einem Missverständnis aus, als eine verräterische Träne in Livs Augen erschien.

»Legt das Nagelstudio denn Wert auf Hygiene?«, erkundigte sich Emily vorsichtig. Es stand ihr nicht zu, sich in die Streiterei einzumischen, doch wenn sie es schaffte, Oliver seine Sorgen zu nehmen, würde sein Ärger vielleicht schnell verrauchen.

»Ja. Selinas Mutter hat das vorher alles abgecheckt, und ich habe Mama gefragt. Die arbeiten mit Mundschutz und Handschuhen. Warum bist du nur so spießig, Dad?«

»Das bin ich nicht. Es ist nur ... du bist fünfzehn und...« Oliver brach ab. »Sag mal, woher hast du eigentlich die Einverständniserklärung?«

»Mama hat sie mir per Mail geschickt.«

In seinen Augen zog eine Gewitterwolke heran.

Emily ahnte, dass dies der Tropfen war, der das Fass zum Überlaufen brachte. Es wäre nur fair von seiner Ex gewesen, wenn sie ihn eingeweiht hätte. Doch sie hatte es offensichtlich nicht getan und ihn vor vollendete Tatsachen gestellt. Ob sie es absichtlich getan hatte, um ihm eins auszuwischen?

Oliver schnaubte aus. »Wir reden später. Ich muss etwas klären.«

Mit dem Handy am Ohr verließ er den Flur, sodass Emily mit Liv allein war. Nun fühlte sie sich erst recht fehl am Platz. Eigentlich könnte sie auf ihr Zimmer gehen und endlich Janine anrufen, allerdings merkte sie, wie Liv unter dem Streit mit ihrem Vater litt. »Komm, wollen wir einen Tee trinken? Ich bin noch ganz durchgefroren, und du zitterst auch am ganzen Körper.«

Liv sah sie für einen Moment an, als würde sie abwägen, ob die Frage ernst gemeint war. Ein hauchzartes Lächeln umspielte ihre Lippen, bevor sie leise zustimmte. »Okay.«

Gemeinsam liefen sie durch das Wohnzimmer, in dem das Feuer im Kamin behaglich prasselte. Die Stille und die Gemütlichkeit des Raumes luden dazu ein, den Tee hier einzunehmen. In der Küche angekommen setzte Liv Wasser auf, während Emily nach Teebeuteln suchte.

»Falls du den Tee suchst, der ist in der Schublade, direkt vor dir«, deutete Liv ihre fragende Miene richtig.

Als Emily das Fach öffnete und die Vielfalt der Teesorten erblickte, stockte ihr der Atem. Es war, als hätte sie einen kleinen, exquisiten Laden entdeckt.

»Ich nehme den Weihnachtstee«, entschied Liv.

»Ich auch«, entgegnete Emily schnell, damit sie erst gar nicht in Versuchung kam, sich entscheiden zu müssen.

Liv grinste wissend.

Ein angenehm würziger Duft nach Pflaume und Zimt erfüllte die Luft, als Liv das Wasser auf die Beutel goss.

Mit einem Kopfnicken forderte Emily sie auf, ihr zu folgen, und hoffte, dass ihre Ruhe nicht durch andere gestört worden war, die vielleicht dieselbe Idee gehabt hatten. Glücklicherweise waren ihre Bedenken unbegründet, sodass sie mit einem dankbaren Seufzer auf der Couch Platz nahm. Liv tat es ihr gleich und setzte sich neben sie.

Emily grinste sie an und begutachtete ihre Nägel. Sie empfand sie als wohlgeformt – nicht zu kurz, nicht zu lang, geschmackvoll und doch nicht zu auffällig. Die Gestaltung erinnerte an das Design einer französischen Maniküre.

»Mir gefallen sie«, sagte Emily freiheraus.

»Danke.« Liv schürzte die Lippen. »Papa ist manchmal echt so ... grrr ... ich weiß nicht ... cringe.«

Emily konnte nicht anders, als zu lachen. »Also, ich finde Oliver ziemlich cool.«

Als Liv sie mit hochgezogenen Augenbrauen betrachtete, wurde ihr bewusst, was sie gesagt hatte. Sie errötete und beeilte sich, ihren Satz zu relativieren. »Für einen alleinerziehenden Vater macht er das sehr gut. Du und Anni, ihr seid höflich, habt gute Manieren, putzt euch die Zähne und seid ein bisschen wie Tom und Jerry.« Emily zwinkerte und verpasste Liv einen leichten Hieb, den sie mit einem gespielten Augenrollen quittierte.

»Hast du auch Geschwister?«

»Nein. Ich bin Einzelkind.« Sie zwang sich zu einem Lächeln. Nach dem Unfall ihrer Eltern hatte sie sich nichts sehnlicher gewünscht als eine Schwester oder einen Bruder, jemanden, bei dem sie Halt gefunden hätte, jemanden, der nicht Sascha war und ihre Hilflosigkeit schamlos ausnutzte.

Emily schluckte und schob ihre Erinnerung beiseite. »Er möchte nur das Beste für euch. Versuche, dich in seine Lage zu versetzen. Für Eltern ist es nicht leicht, wenn sie erkennen, dass ihr Kind unabhängig wird und eigene Wege geht, gleichzeitig fällt es ihnen schwer, loszulassen. Du bist nun mal die Ältere, und Oliver fehlt es an Erfahrung. Er übt, genauso wie du. Ihr beide müsst euch den neuen Herausforderungen stellen und herausfinden, was richtig und was falsch ist. Das geht nicht von heute auf morgen. Entscheidend ist, dass dein Vater dir vertrauen kann, sodass er mit der Zeit lernt loszulassen. Für Eltern ist es oft das Schwerste, zu beobachten, wie ihre kleine Tochter zu einer jungen Frau heranwächst, die den Jungs den Kopf verdreht. Oliver ist dein Vater, er wird immer für dich da sein. Er war es, der nachts an deinem Bett gestanden hat, um dich zu trösten, wenn du schlecht geträumt hast. Er ist deine Bezugsperson. Es hat ihn getroffen, dass du die Zustimmung deiner Mutter heimlich eingeholt hast, statt mit ihm darüber vorher gesprochen zu haben. Es geht ihm mehr um Vertrauen als um die Nägel.«

Liv dachte sichtbar intensiv über ihre Worte nach, bis sie mit einem Seufzer die Schultern fallen ließ. »Ich muss zugeben, dass ich Papa ein bisschen an der Nase herumgeführt habe. Die Sache mit den Nägeln war ein spontaner Einfall von Selina und mir. Ich wollte sie so gern, sodass ich die schlechte Verbindung zu meinem Vorteil genutzt habe, ohne darüber nachzudenken.« Liv atmete hörbar schwer aus. »Ich werde mich bei ihm entschuldigen.«

Emily hatte gewusst, dass Liv Verständnis zeigen würde. Sie lächelte ermutigend und fuhr ihr sanft über den Arm. »Ich bin mir sicher, sein Ärger ist längst verraucht.«

»Das denke ich eher nicht. Seine Stimmung ist wahrscheinlich noch schlechter geworden. Immer wenn Papa mit Mama spricht, wird er unausstehlich, selbst wenn er versucht, es zu verbergen. Am Tag deiner Ankunft kam er gerade von einem Treffen mit ihr. Richtig übel war er da drauf. Ich denke, es dreht sich alles um irgendwelche Forderungen, die Mama mal wieder stellt.«

Dann hatte Emily mit ihrer Vermutung richtig gelegen, dennoch überraschte es sie. Olivers schlechte Laune am Flughafen hatte tatsächlich mit seiner Ex zu tun gehabt. Ihr kam das Frühstücksgespräch in der Küche in den Sinn, als Carl einen Landsitz erwähnt hatte. Sie hatte damals nicht richtig zugehört, weil sie das Gespräch bewusst auf Cecilia umgelenkt hatte.

Jetzt fügten sich die letzten Teile zusammen, warum er derart gereizt gewesen war. In gewisser Weise war Emily froh, dass sie nicht der Grund war. Es waren die Umstände, wegen der sie aneinandergeraten waren.

Liv erhob sich. »Danke, Emily. Du bist neben Marina die Erste, die sich für uns interessiert.«

Emily legte den Kopf in den Nacken. »Marina?« Für einen Moment dachte sie, Liv könnte Olivers Freundin meinen, aber sie schüttelte den Gedanken schnell ab. Wenn er in einer Beziehung wäre, hätte er im Auto sicher nicht so deutlich gemacht, wie sehr er den Tag mit ihr genossen hatte. Plötzlich spürte sie wieder diesen Stich in ihrer Brust, der etwas mit ihrer Notlüge zu tun hatte.

»Sie ist das Kindermädchen und fällt erst mal aus.«

»Ja, sie hat sich das Bein gebrochen. Dein Vater hat mir davon erzählt.« Dass sie diese Aufgabe am liebsten übernehmen würde, blieb wohl ein unerfüllter Wunsch.

»Eigentlich sind wir längst aus dem Alter raus. Aber Papa beharrt darauf. Na ja, außerdem ist es ganz angenehm, kutschiert zu werden.« Liv zuckte mit den Schultern, griff nach ihrer Tasse und erhob sich. »Ich muss jetzt. Vokabeln pauken. Damit Papa beruhigt ist.«

»Und was ist mit deiner Entschuldigung?«

»Ach so, ja. Ich warte lieber noch.« Mit einem Lächeln wandte sie sich ab.

Nachdem Liv die Tür geschlossen hatte, zog Emily sich in ihr Zimmer zurück, um zu arbeiten. Es war an der Zeit, sich der Tischdekoration zu widmen, nun da die Blumenverkäuferin ihr eine klare Idee von den Farben und dem Design gegeben hatte.

In ihrem Zimmer setzte sie sich auf das Bett und ließ die Beine baumeln. Tief atmete sie ein und wieder aus und lächelte. In was für eine wundervolle Familie sie hier reingeraten war. Sie fühlte sich so unglaublich wohl und herzlich aufgenommen, als würde sie dazugehören. Oliver war ein unfassbar sensibler Mann. Emily meinte noch immer seine Hand auf ihrem Bein zu spüren. Die Berührung war sanft und doch so intensiv gewesen. Tief in ihrem Inneren wurden Emotionen wach, die sie vergessen geglaubt hatte. In dem Moment hatte sie sich gewünscht, Oliver würde sie küssen. Schon vorher hatte sie sich gefragt, wie seine Küsse wohl schmeckten. Sicher gehörte er zu jenen, die behutsam erkundeten, kosteten, genossen und mehr verlangten, wenn die Frau es zuließ. Ein Schauer stieg von ihrer Körpermitte auf.

Auf einmal wurde ihr ganz heiß und ihr Herz fing an, schneller zu schlagen. Abrupt stand sie auf, stellte sich an das Fenster und sah hinaus. *Keine solchen Fantasien mehr, Emily,* schalt sie sich und schlang die Arme um ihre Taille.

Die Dunkelheit hatte sich längst über den recht jungen Abend gelegt. Der Schnee tanzte noch immer seinen Reigen und fiel sanft zu Boden. Die Tanne bog sich unter der Last, und auch die angebrachten Lämpchen schimmerten durch die weiße Pracht. Emily empfand nichts als Ruhe und tiefen Frieden. Es schien, als würde sich die Welt ein bisschen langsamer drehen, doch sie war sich bewusst, dass es jenseits dieses Bildes ganz anders aussah. Ihre kleine Lüge könnte alles kaputt machen.

Sie wandte den Blick ab und klappte ihren Laptop auf. Um sich abzulenken, holte sie sich Inspiration und verlor sich in Dekorationsvorschlägen und Servietten-Falttechniken. Je länger sie sich Tutorials darüber anschaute, Tipps und Tricks einholte, desto höher schlugen die Wellen der Panik. Wenn sie einen der aufwendigen, aber stilvollen Vorschläge wählte, müsste sie jetzt schon mit dem Falten beginnen.

Janine musste helfen. Nach mehreren Versuchen gab sie auf und tippte eine schlichte WhatsApp mit der Bitte, sie möge sie dringend zurückrufen. Danach scrollte sie weiter, gab Stichpunkte ein, suchte und machte sich Notizen.

Nach einer Weile verspürte sie nicht nur einen dumpfen Kopfschmerz, Emily bekam auch Hunger. Da es ohnehin Zeit für das Abendessen war, folgte sie den verlockenden Düften von gedünstetem Gemüse und Braten.

Kaum war sie die Treppen hinuntergegangen, klingelte ihr Handy. Janine! »Endlich«, atmete Emily erleichtert auf.

Als sie Stimmen aus der Küche vernahm, zog sie sich zurück. Ohne zu zögern, öffnete sie die Bibliothekstür, die wie gerufen vor ihr lag. Das sanfte Leuchten des Mondes erhellte den Raum spärlich, genug für Emily, um sich zurechtzufinden, aber zu wenig, um Details zu erkennen. Sie suchte nach einem Schalter, fand auf die Schnelle jedoch keinen und stellte sich in den Lichtkegel an das Fenster. Von hier aus bot sich ihr erneut eine faszinierende Aussicht auf den Garten.

»Hey, meine Liebe. Ich habe deine Nachricht bekommen. Wie geht's dir, und wie kommst du voran?«, fragte Janine besorgt.

»Es ist frustrierend. Wenn ich das vorher gewusst hätte, wäre ich beharrlicher wegen der Absage aufgetreten. Nun überlege ich, ob ich einhundertfünfzig Servietten zu Fächern falte.«

Auf der anderen Seite ertönte herzhaftes Gelächter. Emily fragte sich, was daran so amüsant sein sollte. Sie hatte bereits erwogen, die Mädchen um Hilfe zu bitten.

»Für solche Situationen gibt es spezialisierte Dienstleister. Du könntest einfach eine Dekorateurin beauftragen.«

Das war neu für Emily. »Eine Dekorateurin? Du meinst, ich brauche mich gar nicht um die Falttechnik zu kümmern?«

»Genau. Du erörterst mit ihr das Konzept, das du bestenfalls mit den Gastgebern abgestimmt hast. Sie übernimmt dann die Gestaltung der Tischdekoration und bespricht sich in der Regel mit dem Blumenlieferanten.«

»Oh«, kam es aus ihrem Mund. Einmal mehr wurde ihr bewusst, wie wenig sie wusste.

»Wenn es dir hilft, kann ich gern eine für dich suchen.«

»Du bist wirklich eine tolle Freundin. Ohne dich wäre ich völlig aufgeschmissen.« Mittlerweile hatten sich ihre Augen an die Dunkelheit gewöhnt, und sie bemerkte einen Lichtschalter direkt neben dem Ohrensessel. Mit wenigen Schritten war sie dort, betätigte ihn und erstarrte.

»Oliver!«

Kapitel 11

Emily

O Gott! Emily erschauerte. Hatte Oliver etwa das ganze Gespräch mitangehört? Wie konnte sie ihn übersehen haben? Und wieso saß er im Dunkeln?

Er baute sich zu voller Größe vor ihr auf. Allein dadurch fühlte sie sich unterlegen, wie eine winzige Elfe und weniger wie die kämpferische Merida. Aber nicht nur das, sie kam sich wie eine Verräterin, eine überführte Hochstaplerin auf der Anklagebank vor. E-mily schossen ellenlange Erklärungen durch den Kopf, doch keine verließ ihren Mund.

»Oliver ... ich ...«, stotterte sie und brach ab. Sie war zu schockiert, um diesem Wirrwarr in ihrem Kopf Herr zu werden. In ihren Augenwinkeln schimmerten Tränen, und ihr Kinn begann zu zittern. Sie schluckte ein paarmal und versuchte es erneut. »Das Telefonat muss sich für dich sicherlich seltsam angehört haben«, sagte sie krächzend. Sie schlang ihre Arme um die Taille und wandte den Blick ab.

»Eigentlich bestätigt mir das nur, was ich die ganze Zeit schon vermutet habe.« Oliver klang rau und sprach

leise. Sie hörte die Enttäuschung in seiner Stimme. E-
mily nickte und schluckte trocken. Ihr war klar, worauf er hinauswollte. Die Unterhaltung im Auto, als er
offen mit ihr über seine Bedenken gesprochen hatte. Es
war erst wenige Stunden her.

Er kniff die Augen zusammen. »Wer bist du?«

Emily fröstelte unter seinem Blick. »Ich bin die, die du
kennengelernt hast. Keine andere. Mein Name lautet E-
mily. Emily Benett. Und ich wohne in Bremen unter der
Adresse, die ich angegeben habe. Ich bin die Geschäfts-
führerin der Agentur, die das Fest deiner Familie ausrichten soll. Das Einzige, was nicht der Wahrheit entspricht, ist, dass ich keine ausgebildete Eventmanagerin bin.« Damit nahm die Lüge ein Ende. Und obwohl
das Geheimnis nun gelüftet war, fühlte es sich an, als
hätte sich eine Kluft zwischen ihnen aufgetan.

»Mit wem hast du eben telefoniert?«, fragte er in einem herrischen Ton, der Emily missfiel.

Sie schob trotzig ihr Kinn vor und funkelte ihn an,
presste fest die Lippen aufeinander und ihre Augenli-
der flatterten kurz. Sie wusste, dass es falsch gewesen
war, ihn zu täuschen, dennoch hatte er nicht das Recht,
so mit ihr zu reden. »Es tut mir leid, dass du es so erfahren hast. Du musst mir glauben, dass ich dich nie anlü-
gen wollte.«

Olivers Miene blieb unbewegt. In seinen Augen zog
ein Sturm auf. Innerlich schien er zu brodeln, doch
nach außen wirkte er gelassen, was sich in seinem ru-
higen Tonfall widerspiegelte. »Genau das hast du aber
getan. Du hast mich getäuscht und angelogen. Im Auto.
Als ich dir gesagt habe, dass ich manchmal den Eindruck habe, du würdest etwas vor mir verbergen. Ist dir

da nicht der Gedanke gekommen, mir endlich die Wahrheit zu sagen?« Er hielt inne, fixierte sie. Als sie nichts dazu sagte, fuhr er fort. »Stattdessen hast du mir die Unschuld vom Lande vorgespielt und mir sogar noch Gründe genannt, woran meine Bedenken gelegen haben könnten.«

Emily atmete zitternd aus, während ihre Arme kraftlos an ihr herabhingen. Immer wieder hatte sie sich vorgestellt, wie sie Oliver gestand, dass sie in Wahrheit eine Erzieherin war – jedoch nie in der kühlen Bibliothek, sondern eher an einem behaglichen Ort, vor dem Kaminfeuer oder in ihrem beziehungsweise seinem Zimmer.

»Wenn du nichts dagegen hast, dann würde ich dir alles gern in Ruhe erzählen. Nicht hier. Irgendwo anders, wo ich mich aufwärmen kann.« Emily wusste nicht, ob er bereit war, mit ihr zu reden. Wenn es sein musste, dann würde sie ihm auch hier alles erklären. Hauptsache, er gab ihr die Gelegenheit dazu. Aber gab es etwas zu retten? Sie hatte das Gefühl, seine Zuneigung verspielt zu haben. Sicher hätte er Verständnis gezeigt, wenn sie ihm bereits im Auto alles erzählt hätte.

Olivers Kiefermuskeln spannten sich unter seinen unrasierten Wangen an. Nach einem unfassbar langen Moment willigte er mit einem Nicken ein.

Emily atmete erleichtert auf. Sie hatte gar nicht bemerkt, dass sie die Luft angehalten hatte. »Danke.«

»Wir gehen in mein Büro«, sagte er kurz angebunden, ohne jegliche Mimik im Gesicht.

Dass er nicht vorhatte, sie in sein Zimmer zu führen, war ihr klar, dennoch verspürte sie Enttäuschung. Sein

Arbeitszimmer war für ihn zweifellos ein sicherer Rückzugsort und Ausdruck seiner Vorsicht.

Oliver ging voran, die Flure entlang, die Treppe hinauf, in das nächste Geschoss. Emily folgte ihm wie ein reumütiges Kind, das etwas ausgefressen hatte, was im Grunde ja stimmte.

Die klare Linie seines Büros überraschte sie beim Eintreten. Es passte so gar nicht zu dem Stil des Herrenhauses. Dennoch war die Wärme angenehm, auch wenn ihr Herz längst zu Eis gefroren war. Aber das hatte sie sich selbst zuzuschreiben.

Ein Parkettboden im Fischgrätenmuster führte sie zu einem beeindruckenden Schreibtisch, auf dem ein schmaler zusammengeklappter Laptop lag. Sonst nichts. Ein Schrank stand hinter dem Bürostuhl, der vermutlich zahlreiche Akten beherbergte. An der Wand gegenüber hing ein Foto, das Liv und Anni am Ufer eines Sees zeigte. Im Hintergrund war ein Haus aus grauem Stein zu sehen, das an ein Cottage in England erinnerte.

Mit einer klaren Handbewegung forderte Oliver Emily auf, Platz zu nehmen. Sie fühlte sich, als wäre sie zu einem Bewerbungsgespräch gekommen. Während er seine Arme auf der zu Hochglanz polierten Tischplatte ablegte und sie nicht aus den Augen ließ, setzte sie sich an die äußerste Kante des Stuhls. Ihr Herz klopfte, und ihre Hände waren schweißnass.

»Oliver ...«, begann sie und brach sofort wieder ab. Unzählige Gedanken schwirrten ihr durch den Kopf, doch fand sie keinen passenden Einstieg. »Ich weiß gar nicht, wo ich anfangen soll.«

»Starte am besten ganz von vorn, und ich würde es zu schätzen wissen, wenn du ehrlich bist.«

Die Kälte, die sie spürte, entstammte nicht länger der Bibliothek, sondern seinem eisigen Blick. Sie fröstelte.

»Vor drei Jahren sind meine Eltern bei einem Verkehrsunfall ums Leben gekommen. Der Verlust hat mich in tiefe Einsamkeit gestürzt. Zu der Zeit bin ich Sascha begegnet. Seine tröstende Schulter und seine charmante Art bauten mich in den schwierigen Zeiten immer wieder auf und gaben mir neuen Mut. Er brachte mich sogar dazu, meinen Job zu kündigen, um in seine florierende Eventagentur einzusteigen. Über Auftragsmangel konnten wir uns nicht beschweren. Irgendwann ließ ich mich von ihm bei einem romantischen Dinner mit Kerzenschein überreden, das Geschäft auf meinen Namen eintragen zu lassen. Alles lief perfekt, und dass Sascha nach so viel Stunden der Arbeit manchmal unwirsch und ausgebrannt nach Hause kam, schrieb ich dem kräftezehrenden Job zu. Irgendwann entschlossen wir uns dazu, jemanden einzustellen. Eine Angestellte, die dafür sorgte, dass während der Planung und schließlich bei der Umsetzung alles reibungslos ablief. Meine Aufgabe bestand darin, neben der Kinderbetreuung am Tag der Feier, Aufträge zu koordinieren und zu entscheiden, welche angenommen oder abgelehnt werden.

Doch irgendwann benahm sich Sascha seltsam. Urplötzlich verwehrte er mir den Zugang zum digitalen Postfach. Selbst um die Briefpost und die E-Mail-Eingänge wollte er sich kümmern. Sobald ich nachfragte, verfiel er in sein übliches Muster und gab mir immer nur die gleichen Antworten. Er meinte, mir nur helfen zu wollen, indem er meine Aufgaben übernahm, damit ich mehr Zeit für mich habe, und tat dies mit seiner überzeugenden und charmanten Art, dass ich es einfach glauben musste. Wie hätte ich denn auch ahnen können, welche dubiosen Geschäfte er hinter meinem Rücken eingefädelt und wie sehr er mein Vertrauen missbraucht hatte? Rückblickend habe ich ihm zu schnell Vertrauen geschenkt und bin naiv genug gewesen, bestimmte Anzeichen einfach zu ignorieren. Schließlich fand ich heraus, dass er Gelder verschob, um einen Gläubiger zu beruhigen, was zwangsläufig dazu führte, einen anderen zu verstimmen. Und als eines Tages Janine wutentbrannt in meinem Büro erschien und mit rechtlichen Konsequenzen drohte, weil ihr Gehalt seit drei Monaten ausstand, war das Ende unvermeidbar. Letztendlich hat Sascha mich mit einem Schuldenberg zurückgelassen. Eigentlich wollte ich Insolvenz beantragen, doch dann erhielt ich von deiner Mutter die Erinnerung, das Fest auszurichten. Den Rest kennst du.«

Emily beendete ihre Geschichte, die nichts als die reine Wahrheit enthielt, und wartete gespannt auf Olivers Reaktion. Er erhob er sich, stellte sich ans Fenster und sah lange hinaus.

Sie hielt dieses Schweigen nicht mehr länger aus. »Sag bitte etwas.« Sie wollte nicht betteln, auch wenn es wahrscheinlich genau danach klang.

»Wie hoch sind deine Schulden?«, fragte Oliver und drehte sich ihr endlich wieder zu.

Es war ihr peinlich, die erschreckend hohe Summe preiszugeben, doch da er ohnehin im Bilde war, ergab es keinen Sinn, ihm dieses Detail vorzuenthalten.

»Fünfzigtausend«, offenbarte sie ihm so beiläufig, als hätte sie ihm einen guten Tag gewünscht. Für ihn stellte diese Summe eine Kleinigkeit dar, war vielleicht sogar nicht mehr als lästiges Kleingeld in seiner Geldbörse.

Oliver verschränkte die Arme vor seiner Brust. »Wie ist das möglich, wenn das Unternehmen erfolgreich gewesen ist?«

Eine logische Frage, deren Antwort des Bild vervollständigte. »Sascha ging es nicht schnell genug. Er hat alles beim Glückspiel verjubelt.« Emily fühlte sich matt und ausgelaugt, als hätte ihr die Geschichte den letzten Fetzen Energie geraubt. Nur wenige kannten ihr demütigendes Schicksal. Es war ein Teil ihres Lebens geworden, ein Kapitel, das sie nun mutig einem anderen Menschen anvertraut hatte. Einem Mann, den sie wohl niemals wiedersehen würde, obwohl sie ihr Herz längst an ihn verloren hatte.

Oliver atmete tief aus, trat an sie heran und streckte seine Hand nach ihr aus, die sie bereitwillig annahm, um sich von ihm hochziehen zu lassen. In seinen Augen las sie so viel Anteilnahme. War er bereit, ihr zu vergeben? Sie hoffte es.

»Emily, es tut mir leid. Es ist schrecklich, keine Familie zu haben. Es muss eine furchtbare Zeit für dich gewesen sein.«

Sie nickte und spürte Tränen hinter ihren Augenlidern aufsteigen.

»Meine Eltern haben mir viel bedeutet, und als sie plötzlich nicht mehr da gewesen sind, habe ich mich an jeden Strohhalm geklammert, der sich mir geboten hat.«

»Und der Strohhalm war dieser Sascha.«

Sie nickte abermals. In diesem Augenblick konnte sie ihre Tränen nicht mehr zurückhalten. Wie ein Sturzbach rollten sie ihre Wangen hinunter. Sie wischte sie eilig mit dem Handrücken fort, aber es kamen unentwegt neue. Oliver stand dicht vor ihr, zu dicht, sodass seine Nähe sie überwältigte. Sein Duft, seine Ausstrahlung, all das war intensiv. Sie hätte sich am liebsten in seine Arme geworfen, um Trost zu suchen, doch angesichts der Umstände schuf sie einen kleinen Abstand.

Ein sanftes Lächeln umspielte Olivers Lippen, ehe er ihre Hand freigab, sich mit langen Schritten zu seinem Schreibtisch bewegte und eine Packung Taschentücher hervorholte. Als ein geschäftiger Ausdruck in sein Gesicht trat, kehrte auch das Loch in ihrem Herzen zurück.

Dankend nahm sie ihm das Tempo ab und tupfte sich das Gesicht trocken.

»Emily, ich habe großen Respekt vor dir, vor deiner Entschlossenheit und deinem Willen, das durchzustehen, wieder Ordnung zu schaffen und deine Schulden in den Griff zu bekommen. Doch ich wünschte, du hättest mir früher davon erzählt.«

»Ja, ich weiß. Es war falsch von mir. Aber ich wollte das alles hier nicht verlieren. Anni und Liv und ...« Sie brach ab. »Dich« wollte sie eigentlich sagen. Ob jetzt der Zeitpunkt gekommen war, über Gefühle zu reden, die gleichzeitig genau richtig und doch so unangebracht waren? Immerhin war Oliver ein Adeliger und sie eine Normalsterbliche. In erster Linie galt es, irgendwie unbeschadet aus dieser Lage herauszukommen.

»Und?«, fragte Oliver auf sie herabschauend.

Emilys Herz klopfte. Vielleicht war das ihre Chance, ihre echten Empfindungen zu zeigen. Sie atmete tief ein und wieder aus und straffte sich. »Und dich«, schloss sie den Satz. Doch als Oliver kaum reagierte, hörte ihr Herz auf zu schlagen. Sie hatte es vermasselt. Auf ganzer Linie. »Nun kennst du meine Geschichte. Was du jetzt mit diesem Wissen anfängst, weiß ich nicht. Natürlich hoffe ich, du gibst mir eine Chance, alles wiedergutzumachen. Aber mir ist auch bewusst, was ich da von dir verlange.«

»Das ist wirklich sehr viel. Außerdem denke ich, dass du es ohne Hilfe nicht schaffst, die Feier auszurichten.«

Die Worte trafen sie unvorbereitet mitten in die Magengrube. Eigentlich hätte sie darauf gefasst sein sollen, aber sie hatte sich von seinen treuen Augen täuschen lassen. Das passierte ihr wohl immer wieder. Resigniert nickte sie und war im Begriff zu gehen, um ihre Sachen zu packen, da ergriff er ihren Arm.

»Warte. Es gibt Dinge, die verstehe ich noch nicht ganz. Du hast erzählt, dass du deinen alten Job aufgegeben hast, um in das Geschäft einzusteigen. Was hast du denn vorher gemacht?«

Emily blinzelte. Hatte sie möglicherweise versäumt, ihm das kleine, aber so wichtige Detail zu verraten? »Ich bin staatlich anerkannte Erzieherin und betreue Kinder zwischen zwei und sechs Jahren. Bald werde ich eine Teilzeitstelle in einer Bremer Einrichtung antreten. So kann ich nach und nach meine Schulden abbauen.«

Olivers Augen weiteten sich. Er sah sie an, als wäre sie nicht ganz bei Sinnen oder einfach nur eine gute Geschichtenerzählerin. Sie würde es verstehen, wenn er ihr nicht mehr vertraute. Alles klang so unglaubwürdig, als wäre es frei erfunden.

»Du bist Erzieherin?«

Emily nickte. »Mit Leib und Seele. Wir haben unser Geschäftsangebot um einen Kinderbetreuungsservice erweitert, den ich persönlich geleitet habe. Die Kunden wussten dieses Angebot sehr zu schätzen. Es hat den Erwachsenen ermöglicht, unbeschwert zu feiern, während ich mich um die Betreuung der Kinder gekümmert habe. Die anderen Bereiche, insbesondere die Durchführung der Feste, fielen nicht in meine Zuständigkeit.«

Oliver blieb stumm. Sein Blick ruhte auf ihr, als versuchte er, ihre Seele zu ergründen. Nach einem furchtbar langen Moment presste er die Lippen zusammen und fuhr sich über den Nacken. Dann wandte er sich ab und tigerte zum Fenster. »Wer war das eben am Telefon? Mit wem hast du telefoniert?«, fragte er, bevor er sich zu ihr umdrehte. An die Fensterbank gelehnt wartete er geduldig auf Emilys Erklärung. Bisher hatte er keine Antwort auf die bereits gestellte Frage erhalten.

»Das war Janine. Meine Ex-Angestellte. Ich hole mir bei ihr Tipps und Ratschläge ein.«

»Was macht sie jetzt? Hat sie wieder Arbeit gefunden?«

»Soviel ich weiß, hangelt sie sich so durch. Aber einen festen Job hat sie nicht.«

»Wenn du sie jetzt anrufen und sie bitten würdest, das Fest für dich auszurichten, meinst du, sie würde einwilligen?«

Emily schürzte die Lippen. »Wahrscheinlich schon, aber ich kann mir das doch gar nicht leisten. Ich müsste

Janine bezahlen, und eigentlich hatte ich vor, mit dem Honorar zumindest einen Teil meiner Schulden zu begleichen.«

»Ich werde Janine selbstverständlich bezahlen.«

Emily fühlte sich wie vor den Kopf geschlagen. Er wollte sie ersetzen. In diesen gesellschaftlichen Kreisen musste man den Schein wahren, und eine gelungene Feier war wichtiger als eine gescheiterte Existenz. Zumindest war ihr nun klar, dass seine Freundlichkeit eher seiner guten Erziehung entstammte als echten Gefühlen. Die Teeparty und das Waffelessen hatten ihm dann doch nicht so viel bedeutet, wie er ihr versichert hatte. In ihrem Hals bildete sich ein Kloß, und ihre Augen begannen zu brennen. »Ich kann sie fragen, natürlich«, krächzte sie und hantierte mit zitternden Fingern an ihrem Smartphone, sodass es ihr beinahe heruntergefallen wäre.

Oliver setzte sich derweil auf seinen Bürostuhl und legte seine Hände zu Fäusten verschränkt auf die Tischplatte. »Du bekommst auch dein Geld. Aber als Nanny. Ab sofort bist du für die Mädchen zuständig, solange Marina ausfällt. Du bringst sie morgens zur Schule und holst sie mittags, gegebenenfalls nachmittags wieder ab. Du bist dafür verantwortlich, dass Anni zu ihren extra Ballettstunden kommt. Liv benötigt Nachhilfe in Englisch. Es wäre von Vorteil, wenn du die Vokabeln abfragst. Die meisten Aufgaben bestehen darin, die Kinder irgendwohin zu fahren und wieder abzuholen. Hast du einen Führerschein?«

Emily fehlten die Worte, also nickte sie nur.

»Fein. Gibt es sonst noch irgendetwas, was du wissen möchtest?«

»Du schmeißt mich nicht raus?«, fragte sie vorsichtig. Sie konnte einfach nicht glauben, was hier gerade passierte.

»Nein. Auch wenn meine Enttäuschung gerade nicht größer sein könnte, kommst du mir wie gerufen.« Oliver erhob sich und stellte sich vor sie. »Ich stelle dir eine Übersicht der Tagesabläufe und des Stundenplans der Kinder zur Verfügung. Hast du wirklich keine Fragen?«

Sie legte den Kopf in den Nacken und blickte in seine entschlossenen Augen. Der geschäftsmäßige Ausdruck hatte nichts mehr mit dem gefühlvollen Oliver zu tun, den sie kennengelernt hatte. Nervös knibbelte sie an ihrer Nagelhaut. Mit seiner Autorität brachte er sie völlig durcheinander. »Doch, ich habe eine. Wie erklären wir das deinen Eltern, wenn ich plötzlich die Nanny bin und nicht mehr die Eventmanagerin?«

»Keine Sorge, ich kümmere mich darum.« Er streckte ihr die Hand entgegen.

Emily zögerte einen Moment, obwohl sie wusste, dass ihr keine andere Möglichkeit blieb. Schließlich schlug sie ein.

»Dann ist das abgemacht.« Olivers Finger schlossen sich um ihre.

Sie war sowohl von dem festen Druck fasziniert als auch von der Wärme, die er ausstrahlte. Nach der unerwarteten Wendung fühlte sie sich überwältigt. Dass Oliver ihr nach allem, was passiert war, eine zweite Chance einräumte, war ein Geschenk des Himmels. Selbst wenn er sie von nun an nur noch als Mittel zum Zweck betrachtete.

»Du findest allein auf dein Zimmer?«, erkundigte er sich kühl, sodass ihr eine Gänsehaut den Rücken hinunterlief.

Emily nickte.

Kapitel 12

Oliver

Oliver packte seine kleine Reisetasche. Das kurzfristig einberufene Treffen mit wichtigen Investoren gab ihm die Gelegenheit, die Situation mit Emily zu überdenken. Hätte er sich gestern nicht zufällig in der Bibliothek aufgehalten, wäre sie nun nicht sein Kindermädchen. Er war gerade aus einer hitzigen Auseinandersetzung mit Jule gekommen und hatte nur etwas Ruhe gewollt, als das Schicksal seinen Lauf genommen hatte. Eigentlich war er nicht in der Stimmung gewesen, Emily zur Rede zu stellen, doch er hatte sie nicht einfach gehen lassen können, ohne für Klarheit zu sorgen. Wie sehr man sich doch in Menschen täuschen konnte.

Emilys Augen waren voller Furcht gewesen. Am liebsten hätte er ihr gesagt, dass sie sich vor ihm nicht zu fürchten brauche, doch seine Enttäuschung war in dem Moment so stark gewesen. Es hatte ihm den Boden unter den Füßen weggerissen. Doch nicht nur ihre Lüge hatte ihn tief im Inneren geschmerzt. Die tragische Geschichte ihrer Eltern, der Unfall und die Tatsache, dass sie in ihrer Not ausgerechnet an die falsche Person geraten war, hatten sein Herz in tausend Teile zerrissen.

Die Welt war voller Ungerechtigkeiten. Da waren Menschen wie Jule, die niemanden an ihrer Seite brauchten und die Einsamkeit für sich beanspruchten. Und dann gab es Menschen wie Emily, die sich nichts mehr wünschten als eine Familie, die ihnen jedoch verwehrt blieb. Oliver konnte sich nicht vorstellen, wer er ohne seine Eltern wäre. Wenn er ganz allein dastehen würde. Natürlich wusste er, dass der Vergleich hinkte: Selbst wenn er morgen niemanden mehr hätte, wäre seine Existenz nie bedroht, denn Geld hatte er zur Genüge. Aber Geld allein machte nicht glücklich, wie er so oft schon festgestellt hatte. Die meiste Zeit fühlte er sich einsam in seinem großen Bett, wenn die Seite neben ihm kalt und verlassen dalag. Irgendwann hatte er sich mit dem Gedanken abgefunden und sich darauf eingestellt, dass es für einen alleinerziehenden Vater von zwei heranwachsenden Kindern schwierig war, eine Partnerin zu finden, die seine Töchter akzeptierten und nicht als störend empfanden.

Seufzend schloss er den Reißverschluss seiner Tasche, als es an der Tür klopfte. Verwundert hob er den Kopf. »Ja?«

Vorsichtig wurde die Tür aufgeschoben, und als Liv mit hängenden Schultern in sein Schlafzimmer trat, hatte er schon die schlimmsten Befürchtungen. »Hey, alles in Ordnung?«, fragte er besorgt.

»Ja, ich ...«, fing sie an, brach jedoch wieder ab. Sie fixierte einen Punkt, als würde sie dort nach den richtigen Worten suchen. Dann holte sie noch einmal tief Luft und richtete den Blick auf Oliver. »Entschuldige, dass ich hinter deinem Rücken die Fingernägel machen lassen habe. Es war falsch, Mama statt dich nach der

Einverständniserklärung zu fragen. Ich war sicher, dass du es mir verbietest.«

Herzenswärme durchflutete Oliver. Er hatte mit allem gerechnet, dass sie erneut eine schlechte Note in Englisch erhalten oder etwas anderes in der Schule ausgefressen hatte, aber nicht mit einer reumütigen Entschuldigung. Er rechnete es seiner Tochter hoch an, dass sie diesen Schritt gewagt hatte. Es war ihr bestimmt nicht leichtgefallen.

»Dein Verhalten hat mich sehr gekränkt. Ich tue wirklich mein Bestes und gebe alles, um euren Wünschen gerecht zu werden. Genauso erwarte ich von dir und Anni, dass ihr mir die gleiche Unterstützung entgegenbringt. Wir sollten an einem Strang ziehen und nicht gegeneinander arbeiten.«

Liv nickte. »Emily hat was ganz Ähnliches gesagt.«

Oliver zog überrascht seine Brauen hoch. »Hast du mit ihr darüber geredet?«

Entsetzt riss Liv die Augen auf. »War das falsch? Ich weiß, sie ist noch nicht lange hier, aber ich vertraue ihr.«

Sie vertraute Emily. Tief in seinem Inneren tat er es ebenfalls, trotz der aufgeflogenen Lüge. Liv hatte keine Ahnung von dem Schwindel, den Emily ihnen vorgespielt hatte. Dementsprechend handelte sie völlig unvoreingenommen.

»Nein, es ist wunderbar, dass du einen guten Bezug zu ihr hast. Mit einer Frau über Probleme zu reden, ist was ganz anderes als mit dem Vater.« In dem Alter war eine weibliche Bezugsperson wichtig. Es gab womöglich Dinge, die Liv lieber mit einer Frau besprechen würde als mit einem Mann. Wobei sie ihre Mutter jederzeit anrufen konnte. Jule hatte den Mädchen stets versichert, dass sie für sie da sei, sollten sie sie brauchen – zumindest in der Theorie.

»Ach, Dad.« Liv verdrehte die Augen. Das Gespräch wurde ihr unangenehm. Vielleicht war es an der Zeit für einen Themenwechsel.

»Schon gut. Entschuldigung angenommen.« Oliver schenkte ihr ein Lächeln, nahm ihre Hand und begutachtete die Nägel. »Wie kommst du denn damit zurecht?«, erkundigte er sich und verzog den Mund. Für ihn war es ein Rätsel, wie man mit solch langen Fingernägeln einen Stift hielt.

»Na ja. Wenn ich bei den Pferden bin, sind sie eher hinderlich.«

Er lächelte. Gerade als er zum Reden ansetzen wollte, erinnerte sein Handy ihn daran, dass er es eilig hatte. Er griff nach seiner Tasche. »Tut mir leid, aber ich muss los. Viel Erfolg bei der Englischprüfung!«

Kaum hatte er das gesagt, verfinsterte sich Livs Gesicht. Ihr zuvor reuevolles Auftreten war mit einem Schlag wie weggewischt.

***

Nach dem Meeting hatten Chris und Oliver sich in einer Bar verabredet. Weil sein bester Freund geschäftlich in Kassel unterwegs war und Oliver dort einen Zwischenstopp einlegen musste, ergab sich die Gelegenheit.

Sie saßen an einem abgelegenen Platz, wo gedimmtes Licht für die richtige Atmosphäre sorgte. Vor ihnen auf dem Tisch lag zur Dekoration ein Tannenzweig mit einer kleinen goldenen Kugel, was Oliver daran erinnerte, dass er dringend Weihnachtsgeschenke besorgen musste.

»Du hast was?«, fragte Chris entsetzt.

»Du hast schon richtig gehört«, brummelte Oliver in sein alkoholfreies Bier, das er gerade an die Lippen hob. »Emily ist jetzt meine Nanny.«

»Sie ist eine Hochstaplerin.«

Dieser Gedanke war ihm unzählige Male während ihres Gesprächs durch den Kopf gegangen. Doch konnte eine Betrügerin so ängstlich vor ihm stehen und das nur vorspielen? Wahrscheinlich schon, aber Emily? Die gleiche Emily, die mit ihm und Anni Kakao getrunken und eine ausgelassene Teeparty veranstaltet hatte?

»Nein, sie ist keine Betrügerin. Sie hat mir ganz sicher die Wahrheit gesagt, und außerdem lieben die Kinder Emily. Selbst Liv ist seitdem handzahm.«

»Liv ist handzahm? Wohl eher du.«

Er bereute das Treffen mit Chris, der bereits sein sechstes Bier getrunken hatte. Es war ihm unverständlich, weshalb er unaufhörlich gegen Emily schoss, obwohl er sie gar nicht persönlich kannte. Oliver hatte ihm die Geschichte ihres ersten Zusammentreffens am Flughafen und ihrer erneuten Begegnung im Flugzeug erzählt, was er nun bedauerte. »Emily hat einen guten Einfluss auf die beiden und macht ihren Job gut.«

»Das beurteilst du nach so kurzer Zeit?« Chris hob den Arm, um der Bedienung zu signalisieren, dass er noch etwas bestellen wollte.

Oliver antwortete nicht darauf. Drei Tage waren bereits vergangen, seitdem er in den Zug gestiegen war. Er hätte auch das Auto nehmen können, aber so konnte er die Zeit nutzen, um zu arbeiten. Was er jetzt erledigte, würde er später für seine Kinder haben. Er freute sich darauf, mit ihnen Weihnachtsplätzchen zu backen oder Schlitten zu fahren – all die Aktivitäten, die die Adventszeit so besonders machten.

»Kann es sein, dass du dich ein klein wenig in Emily – *deine Nanny* – verliebt hast?« Das Wort Nanny hatte er zusätzlich mit Gänsefüßchen unterlegt, als wollte er Oliver die Absurdität der Situation darlegen.

Der sagte erst mal nichts, stattdessen drehte er versonnen an seinem Glas. Diese Frage wollte er nicht beantworten. Nicht aus Zweifel oder Unsicherheit, sondern weil ihm seine Gefühle für Emily durchaus bewusst waren, und es war genau diese Gewissheit, die ihm solche Angst einflößte. Vor allem nachdem sie ihn so verletzt hatte. Nach Jule hatte er keine längeren oder ernsthaften Beziehungen geführt. Und wie Chris schon erwähnt hatte: Sie war die Nanny. Er war Emilys Arbeitgeber. Auf Zeit! Früher oder später würde Marina wieder einsetzbar sein und den Job übernehmen. Es war tatsächlich absurd.

»Du verlierst dein Herz viel zu schnell an jemanden, den du kaum kennst. Du siehst eine Frau und ...« Chris schnippte mit dem Finger. »Zack. Verliebt! Bei Jule lief es genauso. Und du weißt, wohin das geführt hat.«

»Das stimmt nicht. Jule und ich sind auf dieselbe Schule gegangen. Wir kannten uns sehr wohl«, erinnerte Oliver seinen Freund.

»Sie hat dir die Babyfalle gestellt. Sie wollte unbedingt zu deiner Familie gehören, den Nachnamen von Hohenlich tragen.«

Chris konnte es einfach nicht lassen. »Liv war nicht geplant«, widersprach er seinem Freund nachdrücklich, ohne ihn eines Blickes zu würdigen. Er spielte lieber mit dem Bierdeckel. Diese These hatte Chris ihm schon tausendmal vorgebetet, und auch wenn ihm jedes Mal bewusst wurde, dass er wahrscheinlich sogar richtiglag, wehrte sich Oliver vehement dagegen. Er wollte und konnte nicht akzeptieren, dass Liv nicht aus Liebe, sondern aus reiner Gier und Berechnung entstanden war. Er hatte doch alles versucht, Jule glücklich zu machen. Oliver hatte sie geliebt und sie ihn, das hatte er zumindest gedacht. Es brach ihm das Herz.

»Liv und Anni sind das Beste, was mir passieren konnte, und ohne Jule wäre ich nicht stolzer Papa der beiden. Es ist, wie es ist. Ich akzeptiere es, und das solltest du genauso tun.« Er warf einen Blick auf die Uhr. Hätte er mal den Anschlusszug genommen, stattdessen saß er nun hier und hörte sich gebetsmühlenartig an, was sein Freund über seine vermeintlichen Lebensfehler zu sagen hatte. Dass Jule und er sich auseinandergelebt hatten, kam in den besten Familien vor. Der einzige Unterschied war, dass sie sich nichts aus Kindern machte. Im Grunde konnte es ihm recht sein, denn so blieb ihm der Sorgerechtsstreit erspart.

»Als dein bester Freund fühle ich mich verpflichtet, auf dich aufzupassen. Und wenn du dich in eine Frau verguckst, die es mit der Wahrheit nicht ganz ernst nimmt, dann bereitet mir das eben Sorgen. Ich möchte doch nur nicht, dass du wieder denselben Fehler machst.«

Olivers Kopf begann sich zu drehen. Er war für das offene Ohr und die wertvollen Ratschläge seines Freundes sehr dankbar, doch war es nicht das, was er hören wollte.

»Sich zu verlieben, kann ja nicht falsch sein.«

»Doch, wenn du dich blenden lässt. Du bist ein viel zu gutmütiger Mensch. Du siehst manchmal nur das, was du sehen willst. Nur weil sie gut mit Kindern umgehen kann, heißt das nicht, dass sie nicht auch scharf auf dein Geld ist. Mir kommen diese Zufälligkeiten seltsam vor. Das ist wie in so 'nem kitschigen Weihnachtsliebesschnulzenfilm.«

»Die sind meistens mit Happy End.«

Chris verdrehte die Augen.

»Vielleicht ist das nur wieder so ein Ding zwischen mir und meinem Herzen und dem Wunsch nach einer Beziehung.« Er mochte es, wenn sein Herz schneller schlug. Das behielt er jedoch für sich. Chris würde ihn womöglich als Weichei abstempeln. »Die rosarote Brille ist ohnehin grau angelaufen«, sagte er stattdessen.

Im nächsten Moment kam die Bedienung und nahm Chris' Bestellung auf. Oliver hob abwehrend die Arme, als die junge Frau ihn erwartungsvoll ansah. »Für mich bitte die Rechnung.«

»Die übernehme selbstverständlich ich«, bot Chris freundlich an und signalisierte der Kellnerin, dass er für alles aufkommen würde. »Übrigens, Jules Rechtsanwalt beharrt weiterhin auf den Landsitz. Sie selbst könnte sich vorstellen, einen Kompromiss einzugehen.«

Sie selbst? Es hörte sich so an, als hätte er persönlichen Kontakt mit ihr gehabt. Er fragte lieber nicht nach. Es war ihm egal, Hauptsache, Jule würde ihn irgendwann in Ruhe lassen. »Ein Kompromiss? Welcher sollte das sein?«

»Du könntest ihr das Chalet anbieten.«

Oliver fuhr sich nachdenklich mit der Hand über die Wange. »Das Chalet«, murmelte er. Das charmante, kleine Holzhaus, das er in einem schwachen Moment gekauft hatte, als Jule ihm vorgeschwärmt hatte, wie romantisch es gerade im Winter dort wäre. Es lag in einem österreichischen Skigebiet, obwohl Jule diesen Sport nie ausgeübt hatte. Ganze zwei Mal waren sie dort gewesen. Was ihn betraf, lag ihm nichts an dem Chalet, während das Landhaus seit Jahrhunderten im Familienbesitz war und er es nicht übers Herz brachte, es aufzugeben. »Sie kann es haben.«

Chris atmete auf. »Ich werde mich mit ihrem Anwalt in Verbindung setzen.«

Oliver sah abermals auf die Uhr und unterdrückte ein Gähnen. »Okay, ich mache mich mal los. Ich bin hundemüde.«

»Echt schade. Wir sehen uns zum Fest.«

»Ja. Hab ne gut Zeit bis dahin.«

Er erhob sich, und Chris tat es ihm gleich. In einer herzlichen Umarmung klopfte er seinem Freund auf den Rücken.

»Wenn du eine Frau im Zug triffst, die Masseurin oder andere Qualitäten aufweist, dann sag mir ruhig Bescheid.« Chris wackelte verheißungsvoll mit seinen Augenbrauen und gab ihm zum Abschied einen Hieb auf den Oberarm. »Halt die Ohren steif.«

Oliver hob ein letztes Mal zum Gruß den Arm. »Du auch.«

Als er aus der Tür trat, schlug ihm Eiseskälte entgegen. Kleine Atemwölkchen verließen seinen Mund und verschmolzen mit der dunklen Abendluft. Obwohl auch hier Schnee lag, war es nicht annähernd so viel wie bei ihm zu Hause. Ein Ort der Sehnsucht und der Enttäuschung, und dennoch freute er sich darauf.

Das Hotel befand sich in der Nähe der Bar, an einer stark befahrenen Straße. In seinem Zimmer angekommen setzte er sich auf das Bett, das bei Weitem nicht so komfortabel war wie sein eigenes zu Hause, und ließ sich rücklings nach hinten fallen. Er vergrub das Gesicht in den Händen und seufzte tief. Vielleicht hing er nicht ganz so sehr in den Seilen, wie er es Chris vermittelt hatte. Er hatte sich lediglich nach Ruhe gesehnt, nach einem Ort, an dem er nachdenken konnte. Über sich, sein Herz und die Frage, ob es sich überhaupt lohnte, darüber zu grübeln. Ihm war jetzt schon klar, dass er kein Auge zumachen würde. Als sein Handy vibrierte und eine neue Nachricht ankündigte, setzte er sich auf. Sie war von seiner Mutter. Wie gut, dass seine Eltern seine Planänderung ohne lästige Fragen hingenommen hatten. Selbstverständlich nahmen sie an, dass Janine, die den Deal ohne Zögern akzeptiert hatte, ein festes Mitglied des Teams wäre. Nun erkundigte sich Cecilia nach seiner Verfassung und teilte ihm mit, dass bei ihnen alles in Ordnung sei. Sie schrieb von Schneefall und davon, wie die Kinder mit Emily einen Schneemann gebaut hatten.

Seine Sehnsucht wuchs ins Unermessliche. Schnell antwortete er mit einem Daumen-hoch-Emoji, um anschließend in der Bahn-App nach Verbindungen zu suchen. Er konnte nicht länger an diesem Ort bleiben.

Leider fuhr kein ICE mehr, der ihn schnell nach Hause bringen konnte. Also kaufte er eine Fahrt, die zwar länger dauerte, dank der er aber pünktlich um sieben Uhr morgens ankommen würde, bevor die Kinder zur Schule gebracht werden mussten. Wenn alles nach Plan lief, sah er sie noch.

Dann war Eile geboten. Hastig packte er seine Sachen und meldete sich kurz darauf an der Rezeption ab.

Mit eiligen Schritten überquerte er die Straße, während feine Schneeflocken im orangenen Schein der Laternen tanzten. Schließlich kam er am Bahnhof an, der umgeben von zahlreichen imposanten Säulen vor ihm lag.

Er hatte keine Mühe, seinen Bahnsteig zu finden, als schon der Zug einfuhr und die Türen öffnete.

Wohlig ließ er sich in die Rückenlehne fallen und atmete tief aus. Er schloss kurz die Augen, gerade lang genug, um das Bild von Emily in diesem Moment hinter seinen Lidern aufblitzen zu lassen. Offenbar reichte nicht einmal ihr Verhalten, um nicht für diese Frau zu schwärmen. Einen winzigen Moment lang spielte er mit dem Gedanken, ihr eine Nachricht zu senden. Sie hatten ihre Nummern ausgetauscht, bevor er aufgebrochen war. Emily hatte regelmäßig geschrieben, Bilder gesendet, oft von Anni, die sich ins Bett kuschelte. Doch zu seinem Bedauern war Emily selbst nie auf den Fotos zu sehen. Sein Daumen schwebte über der Tastatur, um sie darüber zu informieren, dass er früher als geplant nach Hause kommen würde. Doch er entschied sich dagegen. Es war viel zu spät, und wahrscheinlich schlief sie schon. Außerdem wollte er ihre Reaktion sehen, wenn er unerwartet auftauchte, ob sie freudig überrascht sein würde, oder ob sie sich gleichgültig zeigte. Er vermutete Letzteres, nachdem er sie so kühl aus dem Büro geschickt hatte.

Die Zeit verstrich nur langsam, sodass er gegen die Müdigkeit ankämpfen musste, ein Schläfchen konnte er sich nicht erlauben. Das Risiko, zwei Mal den Umsteigemoment zu verpassen, war zu groß, das würde all seine Bemühungen zunichtemachen. Schließlich gelang es Oliver, rechtzeitig seine Anschlüsse zu erreichen.

Trotz seiner überwältigenden Müdigkeit erinnerte er sich an die Szene, wie Emily ihm frech das Taxi vor der Nase weggeschnappt hatte, als er in eines stieg.

Seine Mutter behielt recht damit, dass hier mehr Schnee lag als in Kassel und Potsdam. Trotz der tiefen Dunkelheit draußen warfen die Straßenlaternen ihr Licht auf die Landschaft, die aussah, als wäre sie in eine Schicht aus Zuckerwatte gehüllt. Die Straßen waren jedoch gut geräumt.

Kribbelige Vorfreude, die Kinder endlich in den Armen zu nehmen, strömte durch seinen Körper, als der Fahrer um die letzte Kurve bog und die Auffahrt hinauffuhr. Noch bevor er hielt, wäre Oliver am liebsten aus dem Auto gesprungen, doch zuerst beglich er die Fahrt. Einen Augenblick blieb er vor dem Gebäude stehen und atmete tief ein, ehe er die Haustür aufschloss. Sofort umfing ihn der vertraute Duft von frischen Blumen und Geborgenheit. Mit jedem Schritt in Richtung

Küche erfüllte Kaffeeduft die Luft, und das leise Kichern der Kinder vermischte sich mit dem Aroma aufgewärmten Toasts.

Unauffällig blieb er im Türrahmen stehen und beobachtete still das heimische Treiben. Sein Herz quoll vor Freude über. Anni war damit beschäftigt, ihren Schulrucksack zu packen und zu prüfen, ob ihre Trinkflasche ausreichend für den Tag gefüllt war. Liv war in ihr Handy vertieft, und Emily ... Emily sah umwerfend aus in ihrem dunklen Rollkragenpullover und der schwarzen Hose, die ihre Figur perfekt zur Geltung brachte. Sie war die Ruhe selbst, und es schien, als hätte sie alles im Griff. Plötzlich überkam ihn eine Erkenntnis. War er etwa wegen Emily so freudig erwartungsvoll? Jetzt ärgerte er sich über sein frostiges Verhalten. Er hätte mehr Verständnis zeigen sollen.

»Macht euch bitte fertig. Wir fahren jetzt«, sagte Emily, als sie den Orangensaft in den Kühlschrank stellte. Sie wandte sich zur Uhr über der Tür und erblickte Oliver. Ihre Augen weiteten sich vor Schreck, doch dann glaubte er ein Leuchten darin zu erkennen.

Ehe Oliver sich versah, sprang Anni vor ihn und schlang die Arme um seinen Körper. »Papiii!«

»Hey, Maus.« Er gab ihr einen sanften Kuss auf den Scheitel und drückte Anni fest an sich. Sie war mittlerweile zu groß, als dass er sie noch wie früher einfach hochheben und auf seine Hüfte setzen konnte.

»Wolltest du nicht später kommen?«

Oliver zwinkerte ihr zu. »Ja, aber ich habe es ohne euch nicht ausgehalten.«

»Hey, Dad«, sagte Liv mit zurückhaltender Begeisterung, doch an ihrem Ausdruck erkannte er, dass sie sich freute.

»Hallo, Oliver.« Emily begrüßte ihn mit einem Lächeln, das sein Herz schneller schlagen ließ, doch spürte er auch eine gewisse Zurückhaltung. »Bist du die ganze Nacht durchgefahren? Du siehst müde aus«, erkundigte sie sich und rieb sich verhalten den Arm.

Schlagartig kehrte Olivers Müdigkeit mit Macht zurück. Seine Knochen schmerzten, und jede Faser seines Körpers sehnte sich nach seinem Bett, doch ein Gespräch mit Emily lag ihm noch auf dem Herzen. Er wollte sich bei ihr entschuldigen. »Ja, das bin ich.«

»Papi, gestern haben wir einen Schneemann mit Emily gebaut. Wir haben ihn Olaf getauft. Wie Olaf von *Die Eiskönigin.* Hast du ihn schon gesehen?«

Oliver strich Anni sanft über die Wange. »Nein. Draußen ist es noch zu dunkel, aber sobald es hell wird, werde ich das nachholen.«

Emily klatschte in die Hände. »Wir müssen los, sonst kommt ihr zu spät in die Schule.« Hastig griff sie nach dem Schlüsselbund, der auf der Anrichte lag, und scheuchte die Kinder vor sich her.

»Tschüss, Papi. Bis später.«

Liv nahm sich im Vorbeigehen einen Apfel aus der Obstschale und warf ihn einmal hoch, um ihn wieder aufzufangen. »Bye, Dad.«

»Deine Eltern sind übrigens eben zu einer Wohltätigkeitsveranstaltung aufgebrochen. Du hast sie knapp verpasst. Carl hat im Wohnzimmer bereits das Feuer im Ofen entfacht, dort kannst du dich aufwärmen.«

Ehe er darauf etwas erwidern konnte, hörte er die Haustür hinter sich zufallen und Stille breitete sich aus.

Er hatte keine Ahnung, wie er seinen schlaffen Körper ins Wohnzimmer geschleppt hatte, jedenfalls kniete er vor den tanzenden Flammen, stocherte mit einem Schürhaken in der Glut und schichtete neues Holz auf. Dann machte er es sich auf der Couch bequem, und im nächsten Moment fielen ihm die Lider zu.

Kapitel 13

Emily

»Weil ich für den Test gelernt habe, habe ich bestanden.« Emily warf Liv einen kurzen Seitenblick zu und lächelte aufmunternd. Liv und sie hatten die letzten Tage für den bevorstehenden Englischtest gepaukt, und Emily war überzeugt, dass nichts schiefgehen konnte.

»Because I studied for the test, I passed.«

»Ja, sehr gut. Du schaffst das.«

Liv nickte und griff nach ihrem Rucksack, als Emily vor der Schule stehen blieb. »Bis nachher«, murmelte sie, öffnete die Tür und stieg aus.

»Eine letzte Vokabel noch: begründen.« Es war der Begriff, bei dem es Liv die größte Mühe gekostet hatte, sich ihn zu merken.

»Substantiate«, kam es wie aus der Pistole geschossen.

Emily hob ihre zwei Daumen und grinste breit. »Viel Glück.«

»Danke«, entgegnete Liv und schmiss die Tür zu, als wäre sie von der anstehenden Klausur unbeeindruckt.

Emily wusste, wie wichtig sie war. Sie hoffte inständig, dass Liv mit einer guten Note bestehen würde. Für

Emily war es die Gelegenheit zu beweisen, wie ernst sie ihre Aufgabe nahm.

Bevor sie den Rückwärtsgang einlegte, beobachtete sie Liv noch einen Moment, wie sie zielsicher auf eine Gruppe zuging. Die Mädchen und Jungen begrüßten sie herzlich, und sofort gerieten sie ins Plaudern. Liv hatte wohl ein Auge auf einen der gut aussehenden Jungen geworfen, der sie fast um einen Kopf überragte. Nervös klemmte sie sich fortwährend eine Strähne hinter das Ohr und sah zu ihm hoch. Der Junge mit den Locken, die ihm über die Stirn fielen, trug ein Lächeln auf den Lippen.

»Das ist Tristan, den Liv so anhimmelt. Sie ist total in ihn verknallt.«

»Woher weißt du das?« Endlich riss sich Emily von dem Pulk los. Sie fuhr aus der Parklücke und rollte zu Annis Schule, die nur ein paar Straßen weiter lag.

»Ich habe sie bei einem Telefonat mit Selina belauscht.«

»Anni, das macht man nicht«, empörte Emily sich. »Stell dir vor, das Gleiche macht Liv mit dir. Das würdest du auch nicht wollen.« Lebhaft erinnerte sie sich an den Moment, als Oliver mit enttäuschtem Gesichtsausdruck in der Bibliothek vor ihr gestanden und die Wahrheit über sie erfahren hatte. Sie konnte immer noch nicht glauben, dass er ihr diesen Job angeboten hatte, statt sie rauszuwerfen.

Anni zuckte unbeeindruckt die Schultern. »Wenn ich so alt bin wie Liv und ich mich für Jungs interessiere, ist sie doch gar nicht mehr bei uns. Sie wird in England sein und auf die Universität gehen, die Großvater und Papa besucht haben.«

Emily setzte den Blinker, machte einen Schulterblick und bog schließlich ab. »Wow, das ist bestimmt so eine altehrwürdige, wie die bei Harry Potter, nur ohne Zauberei.« Einmal hatte sie das Glück gehabt, einen Blick in die historischen Hallen der Universität Cambridge werfen zu dürfen, die malerisch von einem breiten Wasserlauf umrahmt waren. Der Rasen war akkurat im Stil eines englischen Gartens getrimmt, und noch heute war sie beeindruckt von den Lesesälen und der imposanten Kirche, die sich seit Jahrhunderten nicht verändert hatten.

»Ich bin schon ganz neugierig und freue mich drauf. Aber ich werde Papa vermissen, und Oma und Opa auch.«

Emily lächelte. »Du bist doch gerade mal in der zweiten Klasse. Bis dahin hast du deinen Papa für dich allein.«

»Ja, da hast du recht. Liv hat da viel weniger Zeit. Wenn sie zwischendurch nicht sitzenbleibt, dann sind es noch dreieinhalb Jahre, bis sie nach England geht.«

Emily runzelte die Stirn. Ein letztes Mal setzte sie den Blinker, fuhr an die Straßenseite und hielt an. Dann drehte sie sich zu Anni um und sah ihr direkt in die Augen. »Das hört sich ja so an, als hättet ihr gar keine andere Wahl.«

»Papa sagt, dass wir zwar eine recht moderne Familie sind, doch wenn es um die Schule oder Ausbildung geht, dann möchte er keine Kompromisse eingehen und hält an den Traditionen fest.« Anni grinste und schlüpfte durch die Wagentür. Bevor sie diese zuschmiss, fragte sie: »Können wir heute Nachmittag Plätzchen backen?«

»Natürlich.«

Freudestrahlend hopste Anni in das Gebäude.

Genau wie bei Liv verweilte sie einen Moment, ehe sie weiterfuhr. Emily dachte einen kurzen Augenblick darüber nach, überlegte, wie es sich anfühlen musste, als Mutter den Zeitpunkt des Abschieds von den Kindern zu kennen. Dann wanderten ihre Gedanken zu Oliver. Er hatte so unheimlich erschöpft und doch so glücklich ausgesehen. Am liebsten hätte sie ihn in den Arm genommen, um ihm etwas seiner Müdigkeit zu nehmen, aber damit wäre sie zu weit gegangen. Emily schüttelte den Kopf und schalt sich. Sie war die Nanny, nicht seine Freundin. Außerdem war sie sich unsicher, wie er zu ihr stand, ob er ihr die Lüge noch immer übel nahm. Am besten fand sie es heraus.

Fester als nötig umschloss sie das Lenkrad mit ihren Fingern und widmete sich der Straße. Ganz konnte sie die Hoffnung nicht abschütteln, dass er vielleicht auch wegen ihr früher zurückgekehrt war.

In der Zwischenzeit war die Dunkelheit gewichen, und der Schnee funkelte in der frühen Morgensonne. Emily überlegte, schnell zum Bäcker zu fahren, entschied sich jedoch dagegen. Außerdem wollten sie ja später Plätzchen backen, vielleicht würde Oliver sich ihnen anschließen. Sie stellte sich vor, wie es wäre, neben ihm zu stehen, seine Wärme zu spüren und dem fröhlichen Geplapper von Anni zu lauschen. Ihr Herz schlug allein bei der Vorstellung Purzelbäume, und je näher sie dem Anwesen kam, desto stärker wurden Aufregung und Erwartung. Doch die Unsicherheit verschwand nicht gänzlich.

Emily parkte das Auto und schloss gleich darauf die Haustür auf. Den Schlüssel, den Oliver ihr zur Verfügung gestellt hatte, warf sie scheppernd in das Schälchen. Sie schlüpfte aus ihren Schuhen und ihrer Jacke und lief zielstrebig ins Wohnzimmer.

»Hey, ich bin wieder da. Wollen wir ...« Sie unterbrach sich und hielt sich die Hand vor den Mund. Oliver ruhte in einer halb sitzenden, halb liegenden Position mit verschränkten Armen auf dem Sofa und atmete gleichmäßig. Das Feuer war heruntergebrannt, sodass sie erst ein Scheit auf die Glut legte, bevor sie ihn mit einer dünnen, flauschigen Decke zudeckte.

Einerseits war sie enttäuscht, andererseits erleichtert, dass Oliver so fest schlief. So konnte sie die Gelegenheit nutzen, sich um das zu kleine Ballettröckchen von Anni zu kümmern, das gegen ein größeres ersetzt werden musste, bevor ihr Auftritt nächsten Samstag stattfinden würde. Zudem wollte sie nachschauen, ob noch genug Vanillezucker und Mehl für die Plätzchen vorhanden waren, ansonsten würde sie noch mal losfahren müssen.

Ihr Herz blähte sich bei Olivers Anblick auf. Eine Strähne hing ihm in die Stirn, die sie ihm aus Reflex fast weggestrichen hätte. Zu gern hätte sie gefühlt, ob seine Haare so weich waren, wie sie aussahen. Doch sie umging den Impuls, ihn zu berühren, und verließ den Raum. In ihrem Schlafzimmer prüfte sie, wie viel Wäsche sie noch zur Verfügung hatte. Da sie nur mit einer kleinen Auswahl an Klamotten angereist war, wurde es Zeit, die erste Fuhre schmutziger Kleidung zu waschen. Cecilia hatte ihr freundlicherweise den Hauswirtschaftsraum gezeigt und ihr versichert, dass sie die

Waschmaschine und den Trockner benutzen konnte, wann immer sie wollte. Sogar das Personal hätte sie damit beauftragen können, aber das hatte sie dankend abgelehnt.

Nachdem sie den Startknopf betätigt hatte, ging sie in die Küche, und während sie ihren Tee zubereitete, überprüfte sie ihre E-Mails und den WhatsApp-Austausch mit Janine. Die Nachricht über den Deal hatte ihre Freundin zunächst sprachlos gemacht, doch dann hatte sie so lautstark zugestimmt, dass Emily das Handy von ihrem Ohr weggehalten hatte. Janine hatte sich alles Wichtige notiert und war umgehend in Kontakt mit den Dienstleistern getreten. Sie hatte sogar den Blumenladen angerufen und einige kleine Anpassungen vorgenommen.

Emily musste zugeben, dass bisher alles perfekt lief, sogar besser als erwartet. Sie kam sich vor wie in einem Märchen, in dem das traditionelle *»und wenn sie nicht gestorben sind«* plötzlich eine tiefere Bedeutung bekam. Wäre sie nur nicht so unsicher Olivers Einstellung betreffend.

Emily versuchte sich abzulenken. Erst prüfte sie den Bestand der Backzutaten im Schrank und stellte fest, dass Mehl und Puderzucker fehlten. Sie notierte sich dies und setzte noch Vanilleschoten dazu. Danach surfte sie im Internet. Sie verlor sich in den niedlichen Tüllröckchen in Weiß und Rosa, den Ballettschuhen, Stulpen und Duttnetzen, die mit feinen Silberfäden durchzogen waren. Die Artikel, die Emily besonders gefielen, fügte sie ihrer Merkliste hinzu, um sie später Anni zeigen zu können.

Eine Werbeanzeige eines Reiseveranstalters ploppte auf, die New York zur Weihnachtszeit zeigte. Sofort fing sie an zu träumen. Es war ihr großer Wunsch, mit einer Kutsche durch den Central Park zu fahren, den berühmten Weihnachtsbaum am Rockefeller Center auf Schlittschuhen zu bestaunen und die bunten Lichter in den Schaufenstern beim Weihnachtseinkauf funkeln zu sehen. Und der ihrer Mutter, kurz bevor der Unfall passiert war. Tiefe Traurigkeit überkam sie. Sie vermisste sie so furchtbar.

»Ist das New York?«

Erschrocken klappte Emily den Laptop zu und drehte sich um. »Oliver!« Es war ihr äußerst unangenehm, während der Arbeitszeit bei einer privaten Angelegenheit ertappt worden zu sein. »Ja.« Sie spürte, wie ihre Wangen vor Verlegenheit glühten, denn Oliver musste klar sein, dass eine Reise dorthin unerschwinglich für sie wäre.

»Zur Weihnachtszeit ist New York auf jeden Fall eine Reise wert. Aber ehrlich gesagt ist es hier mindestens genauso schön. Unsere Weihnachtsmärkte, Schlittschuhbahnen und beleuchteten Bäume können da problemlos mithalten, nur ist es hier etwas weniger imposant und, was ich wirklich zu schätzen weiß, nicht so überfüllt.« Oliver versuchte, seine Haare zu bändigen, die nach allen Seiten abstanden und lächelte entwaffnend. »Entschuldige, ich muss wohl eingeschlafen sein.«

»Ja, du hast tief und fest geschlafen. Ich wollte dich nicht wecken.« Sie war erleichtert über den Themenwechsel, der es ihr ersparte, sich weiter erklären zu müssen. »Magst du einen Kaffee?«, fragte sie und hantierte bereits an der Maschine.

»Sehr gern. Der sollte mich auf Touren bringen.«

»Wie war deine Reise?«, erkundigte sich Emily und hielt ihm, nachdem der Automat ein zischendes Geräusch von sich gegeben hatte, die Tasse hin.

»Anstrengend. Ich musste zweimal umsteigen, sodass ich es mir nicht erlauben konnte einzuschlafen.«

Emily lachte. »Das hast du ja nachgeholt.« Sie bereitete sich ebenfalls einen Kaffee zu und kostete von der herrlichen Crema, die sie nur aus Cafés kannte. Über den Tassenrand hinweg sah sie zu Oliver, der trotz seiner Müdigkeit und der dunklen Ringe unter den Augen immer noch sehr attraktiv auf sie wirkte.

Abermals versuchte er seine Haare in Form zu bringen. »Eigentlich wollte ich die Zeit anders nutzen.«

»Ich könnte jetzt sagen, dass Fliegen wesentlich entspannter ist, doch hinsichtlich deiner Flugangst trifft das bei dir wohl nicht zu.«

Olivers weiße Zähne blitzten auf. »Das stimmt. Deswegen ist New York zu stressig für mich.«

Als das Gespräch sich in die falsche Richtung bewegte, färbten sich ihre Wangen erneut, doch ansonsten ließ sie sich nichts anmerken. »Dann warst du schon einmal dort?«

Oliver winkte ab. »Das ist Jahre her. Vor der Geburt der Kinder.«

»Hattest du da noch keine Flugangst?« Emily hatte sich mittlerweile hingesetzt. Oliver folgte ihrem Beispiel und zog sich einen Stuhl heran.

»Die ist im Laufe der Zeit immer schlimmer geworden. Der Auslöser war eine Notlandung wegen eines technischen Defekts.« Er fuhr sich durch das Haar. Es schien ihm schwerzufallen, darüber zu sprechen. »Es war ein Kurzstreckenflug innerhalb Deutschlands. Keine Stunde sollte er dauern. Als wir noch im Steigflug gewesen sind und bereits eine beträchtliche Höhe erreicht haben, sind plötzlich Turbulenzen aufgetreten, gefolgt von Rauchentwicklung. Unter den Passagieren ist Panik aufgekommen. Kinder und selbst die Erwachsenen haben geschrien. Ich habe mich so hilflos gefühlt, nichts machen zu können und nur zu warten und zu hoffen. Die Flugbegleiterinnen sind ruhig und professionell geblieben, während die Piloten im Cockpit ihren Job gemacht haben. Schließlich ist es ihnen gelungen, das Flugzeug sicher zu landen. Abgesehen von einigen Leichtverletzten sind wir alle glimpflich davongekommen.«

Emily stellte sich vor, wie es sein musste, zwischen den angsterfüllten Fluggästen zu sitzen, die Kontrolle abzugeben, sich dem Schicksal zu überlassen und im Ungewissen zu sein, ob man die ganze Sache überlebte. Sie hatte oft darüber nachgedacht, was ihre Eltern in den letzten Sekunden durchgemacht haben mussten, bevor der LKW sie von vorn erfasst hatte, und welche Gedanken sie wohl zuletzt gehabt hatten. Eine Antwort darauf würde sie nie erhalten. Aber nun bot sich ihr die Chance, jemanden, der in einer ähnlichen Situation gewesen war, zu fragen. »Was ist dir in dem Moment durch den Kopf gegangen?«, fragte sie leise und blinzelte ihre aufsteigenden Tränen weg.

»Meine Kinder«, antwortete Oliver, ohne zu zögern.

Sie nickte. Ob auch die letzten Gedanken ihrer Eltern Emily gegolten hatten? »Dann verstehe ich natürlich, wenn du lieber den Zug nimmst oder das Auto.« Ihre Stimme klang rau, als hätte sich ein mandarinengroßer Pfropfen in ihrem Hals gebildet. Sobald sie an den schrecklichen Unfall dachte, der hätte verhindert werden können, wenn der Fahrer nicht am Lenkrad eingeschlafen wäre, spürte sie tiefe Trauer und Hilflosigkeit in sich aufsteigen.

Als ahnte Oliver, warum Emilys Kinn zitterte, legte er sanft seine Hand auf ihre. »Glaub mir, du warst ganz sicher das letzte Bild, das deine Eltern gesehen haben, und gewiss haben sie dir Liebe und Kraft geschickt«, versicherte er ihr, während er tief in Emilys Augen sah.

Sie versank in seinem liebevollen Blick, der tiefes Mitgefühl ausstrahlte. Es fühlte sich wie eine innige Umarmung an. Jetzt war sie sich sicher, dass er ihr die Flunkerei nicht mehr übel nahm. »Ja, ich denke, es war so«, erwiderte sie mit einem vorsichtigen Lächeln und ließ einer Träne ihren freien Lauf. Plötzlich schien alles so furchtbar schicksalsträchtig. Sie hatten sich zufällig im Flugzeug getroffen, an einem Ort, den Oliver normalerweise gemieden hätte und den Emily nur aufgrund eines nicht zu stornierenden und gut bezahlten Auftrags betreten hatte. Gab es so etwas wie vorherbestimmte Begegnungen?

Olivers Hand ruhte weiterhin auf ihrer, und während sie sich still in Augenschein nahmen, schien es, als würde die Zeit stillstehen. In diesem Augenblick war sich Emily der Antwort auf ihre Frage sicher. Es musste so sein.

Eine eingehende Nachricht auf ihrem Handy holte die beiden aus ihrer still gestrickten Verbindung. Emily kappte den Blickkontakt, wischte sich die verräterische

Träne mit dem Handrücken weg und sah nach. Es könnte eine dringende Nachricht der Kinder sein, vielleicht musste eins früher von der Schule abgeholt werden. Doch es stellte sich heraus, dass es Janine war und sie eine Dekorateurin gefunden hatte, die freie Kapazitäten hatte. Erleichtert legte sie das Handy beiseite und entschied sich gegen weitere Sentimentalitäten, auch wenn sie Olivers Trost schätzte und seine Nähe in diesem schwierigen Moment als Stütze empfand. Sie lenkte das Thema um und berichtete davon, was er in der Zwischenzeit hier verpasst hatte.

»Anni ist so ein wunderbares Kind. Gestern haben wir wieder eine Teeparty veranstaltet. Dieses Mal war sie Lady Arabella.«

»O ja, Lady Arabella von Whimsicott of Windermere. Sie ist bekannt für ihre exotischen Schmetterlinge, und manchmal saß einer ihrer farbenprächtigen Lieblinge auf ihrer Schulter. Außerdem hat sie ausgefallene Teetassen gesammelt, die sie nur an geraden Tagen benutzt hat.«

»Aber sie ist nicht echt, oder? Ich meine, die gab es doch nicht wirklich?« Gelegentlich kam es Emily vor, als wären die Personen und Geschichten um sie herum erfunden oder einem Märchen entsprungen, so kurios wie sie sich allesamt anhörten. Selbst wenn die Erzählungen nur ausgedacht waren, störte sie das nicht. Sie genoss es, Olivers Stimme zu lauschen, wie farbenfroh er die Personen zum Leben erweckte.

»O doch. Sie ist im Jahr 1897 geboren und viel auf Reisen gewesen. Von ihr gibt es eine Fotografie, wie sie auf einem Elefanten geritten ist.«

Emilys Grinsen wurde breiter. »Okay. Und ich wette, sie hat einen grauen Sonnenschirm in der Hand gehalten«, sagte sie mit einem Hauch Sarkasmus in der Stimme.

»Natürlich. Es handelt sich ja um ein Schwarz-Weiß-Foto.« Oliver zwinkerte und leerte dann seine Tasse.

Sie überkreuzte die Arme vor der Brust, und ihre Mundwinkel zuckten. »Und bei Vollmond an geraden Tagen trifft sie sich mit Eleonore in der Turmkammer und sie trinken aus einer ihrer exquisiten Teetassen.«

»Kommt es mir nur so vor, oder machst du dich gerade über mich lustig?« Oliver bemühte sich um eine ernste Miene, doch das leichte Beben seiner Brust verriet seine Belustigung.

Emily legte den Kopf in den Nacken und lachte. »Nein, über dich nicht, nur über deine schrullige Familie.«

»Ja, schrullig.« Er drückte seine Lippen aufeinander und wiegte seinen Kopf hin und her. »Vielleicht ist sie das, wenigstens ein bisschen. Wenn ich da an Lady Arabellas schrecklichen Sonnenschirm denke.«

Emily lachte erneut auf, und diesmal wischte sie sich eine Freudenträne aus dem Augenwinkel.

Oliver ließ sich von ihrem herzlichen Kichern anstecken, und als sich die beiden wieder beruhigt hatten, verkeilten sich ihre Blicke. Aus dem Gelächter wurde eine stille Verbundenheit. Emily war sich der Anziehung und dieses besonderen Moments bewusst, dass sich hier mehr als nur freundschaftliches Geplänkel entwickelte. In ihrem Herzen keimte ein tiefes Gefühl von Geborgenheit auf. Sicherlich wäre es klüger, aus der verwirrenden Situation zu flüchten, wäre sie nicht so fasziniert von Olivers unerwarteter Nähe. Wäre eine Liebe zu ihm nicht undenkbar, ein Spiel mit dem Feuer? Sie erinnerte sich daran, wie leichtfertig sie ihr Herz verschenkt hatte, an Menschen, die Nähe und Vertrauen vorgespielt hatten. Eine Schwäche, die ihr mit Sascha zum Verhängnis geworden und deren bitteres Ende ihr bekannt war. Aber Oliver war nicht Sascha. Er war ein herzensguter Mensch, ein Vater, der seine Kinder über alles liebte. Er würde niemals Zuneigung vortäuschen, um sie dann im nächsten Augenblick zurückzunehmen. Nein, so einer war er einfach nicht.

Überwältigt von dieser Erkenntnis erhob sie sich und räumte die Tassen zusammen, die sie auf die Spüle stellte. »Übrigens schreibt Liv heute die Englischarbeit. Wir haben Vokabeln bis zum Umfallen geübt«, erzählte Emily in dem Versuch, ihre Gefühle zu sortieren. Sie lächelt, damit Oliver nichts von ihrem Gedankenkarussell bemerkte.

Er blinzelte und fuhr sich dabei mit der Hand über die Wange, als wäre er gerade aus einem Traum erwacht. »Danke, dass du das machst, mit ihr lernst. Eigentlich bin ich dafür zuständig, oder meine Eltern übernehmen das. Vielleicht hast du ja eine Methode, die bei Liv greift. Ich bin jedenfalls mit meinem Latein bald am Ende. Egal wie vorbereitet Liv ist, sie versemmelt die Klassenarbeit.«

Endlich gelang es Emily, sich auf das Wesentliche zu konzentrieren – die Kinder, ihre Aufgabe. Sie runzelte die Stirn. »Das kann ich gar nicht glauben. Liv hat eine gute Aussprache, die Vokabeln kommen ihr sofort über die Lippen und die Grammatik ist hervorragend. Wir haben uns sogar auf Englisch unterhalten.«

»Du machst Scherze. Hast du sie die Vokabeln aufschreiben lassen?«

»Ja, natürlich. Bis auf ein paar Fehler ist ihre Rechtschreibung tadellos.«

Oliver sah sie an, als würde sie ihm einen Bären aufbinden. »Okay, ja, allmählich verstehe ich, warum du unsere Familiengeschichte nicht für voll nimmst. Das klingt tatsächlich ziemlich erfunden.«

Emily konnte nicht anders, als ihm einen Hieb auf den Arm zu verpassen, woraufhin er mit einem scherzhaften »Autsch« und einem fetten Grinsen reagierte.

»Nur, dass Liv wirklich gut in Englisch ist.« Emily verschränkte die Arme vor der Brust und sah ihn herausfordernd an. »Oder zweifelst du etwa an meinen Englischkenntnissen?«

Seine Augen funkelten wie ein lamettabehangener Weihnachtsbaum. Sein Mund öffnete sich gerade zum Sprechen, als Emilys Blick zur Wanduhr glitt. »Oh, ich muss los. Mehl und Puderzucker für das Plätzchenbacken besorgen. Und danach kann ich schon die Kinder holen. Und außerdem wartet die Wäsche auf mich.« Sie stieß sich von der Arbeitsplatte ab und rief über ihre Schulter hinweg: »Heute Nachmittag backen wir Plätzchen. Möchtest du uns dabei helfen?« Sie war viel zu schnell aus dem Zimmer, sodass sie seine Antwort nicht hören konnte. Ohnehin hielt sie es für unwahrscheinlich. Mit Sicherheit musste er arbeiten, was ihr recht war – oder nicht? Einerseits fühlten sich ihre Gefühle zu ihm so echt und richtig an, und dann wiederum ermahnte sie sich zur Vorsicht. Aber eines konnte sie mit Gewissheit sagen: Nachtragend war Oliver nicht.

***

Nachdem Emily die Wäsche gemacht und die Zutaten im Supermarkt besorgt hatte, sammelte sie zuerst Anni und dann Liv ein.

Voller Zuversicht erkundigte sie sich über den Test. »Wie war Englisch?«

Liv teilte Emilys Optimismus gar nicht. Ohne ein Wort der Begrüßung lümmelte sie sich in den Beifahrersitz und bohrte ihre Faust in die Wange. Schließlich quetschte sie sich ein »Ging so« heraus.

Emily umfasste das Lenkrad fester als nötig und rutschte unbehaglich auf dem Sitz hin und her. »Hast du denn alles geschafft?«

»Nein«, gab sie knapp als Antwort und seufzte daraufhin.

Tausend Dinge geisterten durch Emilys Kopf. Sie hatte Oliver doch nicht etwa zu viel versprochen? Es wäre ihr furchtbar unangenehm, wenn Liv durch ihre Schuld versagt hätte. Sie würde es nicht ertragen, ihn ein zweites Mal zu enttäuschen. »War der Text denn so schwer? Oder haben wir die falschen Vokabeln gelernt?«

Da von rechts keine Antwort zu erwarten war und Liv nur stur aus dem Fenster blickte, entschied Emily, nicht weiter auf die Prüfung einzugehen. Vielleicht war ihr gerade eine ganz andere Laus über die Leber gelaufen. Eine, die Tristan hieß.

165

Statt sich von Livs Stimmung beeinflussen zu lassen, sah sie in den Rückspiegel und widmete sich Anni. »Wenn du mit den Hausaufgaben fertig bist, spricht nichts dagegen, Plätzchen zu backen.«

»Hab keine auf. Ich erledige die immer dann, wenn die anderen noch bei den Aufgaben sind und ich schon fertig bin.«

»Streber«, brummelte Liv.

»Was kann ich dafür, wenn du nichts verstehst?«

»Du, du bist diejenige, die nichts rafft.« Liv wandte sich ihrer Schwester zu und fuchtelte mit dem Arm nach Anni. Das ließ diese sich natürlich nicht gefallen und konterte mit ebenso energischen Hieben.

»Hört ihr bitte auf. Sonst mache ich wegen euch noch einen Unfall.« Emily runzelte besorgt die Stirn und bemühte sich, trotz des Versuchs, die beiden Streithähne zu bändigen, auf den Verkehr zu achten. Was war nur in Liv gefahren, dass sie derart ruppig auf ihre Schwester reagierte? Inständig hoffte sie, dass ihr Verhalten nur eine Laune der Pubertät war.

Nach Emilys eindringlicher Ermahnung herrschte für den Rest der Fahrt Stille. Liv schwieg, verschränkte die Arme und blickte aus dem Fenster, während Anni leise vor sich hin summte.

Nach zehn Minuten Fahrt parkte Emily das Auto vor dem Herrenhaus. Die Mädchen liefen voraus, und sie überlegte, ob sie Oliver von dem kleinen Zwischenfall erzählen sollte. Ihr war bewusst, dass es sich nur um harmlose Streitereien zwischen Geschwistern handelte, dennoch missfiel ihr Livs Wutausbruch.

Als sie in den Flur trat und sich aus ihren dicken Sachen schälte, erschien Oliver aus dem Wohnzimmer und kam freudestrahlend auf sie und die Mädchen zu. Er wirkte nicht mehr zerknautscht, sondern sah frisch und ausgeruht aus.

»Hey, wie lief's heute in der Schule? Wie war die Englischarbeit?«, fragte er mindestens genauso begeistert, wie es Emily getan hatte.

Liv rollte mit den Augen, schulterte ihren Rucksack und verschwand wortlos in ihr Zimmer.

Er sah ihr mit gerunzelter Stirn nach. Liv hatte längst die Tür hinter sich zugeschlagen, erst dann wanderte sein fragender Blick zu Emily und verlangte förmlich nach einer Erklärung.

Kapitel 14

Oliver

Oliver saß an seinem Schreibtisch, den Laptop aufgeklappt, und starrte mit leerem Blick auf den Bildschirm. Eigentlich hatte er vorgehabt, mit Liv über die Englischarbeit zu reden, sich zu erkundigen, was ihr auf dem Herzen lag, doch aus Erfahrung wusste er, dass es sinnlos war, zu früh das Gespräch zu suchen. Unbewusst ballte er die Hand zur Faust. Er war nicht wütend oder sauer auf Liv, falls sie den Test versemmelt hatte, eher war er enttäuscht über ihr Verhalten, einfach schweigend an ihm vorbeizuziehen.

Sie musste doch wissen, dass er immer ein offenes Ohr für sie hatte, ganz gleich, was ihr auf dem Herzen lag. Und selbst wenn sie die Prüfung in den Sand gesetzt hatte, dann gab es daran nichts mehr zu ändern. Aber reden konnte sie doch mit ihm. Warum ging sie ihm aus dem Weg? Seufzend vergrub er das Gesicht in den Händen und verweilte so lange, bis winzige Punkte vor seinen Lidern erschienen.

Blinzelnd öffnete er die Augen. Der dunkle Bildschirm vor ihm erinnerte ihn an seine Arbeit. Oliver ließ seine Finger über die Tastatur gleiten, um eine E-

Mail zu verfassen, als plötzlich ein verführerischer Duft nach Vanille und Weihnachtsgebäck unter der Tür hindurch zu ihm strömte. Wie an einem unsichtbaren Band gezogen, erhob er sich. Ihm kam die Einladung in den Sinn, mit Emily und Anni Plätzchen zu backen. Auf keinen Fall wollte er sich den Spaß entgehen lassen. Er mochte Emilys Humor und ihre aufmerksame Art, seinen Familiengeschichten zu lauschen. Sie entsprachen durchweg der Wahrheit, auch wenn er sie hier und da etwas lebhafter gestaltete. Er lächelte, als ihm klar wurde, dass sich an diesem Vormittag etwas zwischen ihnen verändert hatte. Es war keine Einbildung. Ihr Gespräch hatte sich vertraut angefühlt, weit entfernt von belanglosem Smalltalk. Es war ein tiefgründiger Austausch gewesen, der ihn berührt hatte. Um seine Flugangst wussten nur wenige Menschen, und nun war diese Geschichte ein Teil von Emily. Genau wie er wusste, welche Last der Unfall ihrer Eltern für sie darstellte und was für Fragen sie bewegten.

Er joggte die Treppe hinunter und kam keine drei Atemzüge später in der Küche an, die einem Schlachtfeld glich. Teig tropfte vom Rührgerät in eine Schüssel. In einem geöffneten Karton lagen aufgeschlagene Eierschalen und leere Vanillepäckchen verteilten sich auf der Arbeitsfläche. Über Emilys Haar lag ein feiner weißer Mehlschleier, selbst die Spitzen ihrer geschwungenen Wimpern waren staubig. Annis Wangen waren gerötet, und ihre Augen strahlten voller Freude.

»Darf ich mich noch einklinken, oder bin ich zu spät?«

Emily fuhr hoch. »Hey, na klar. Du kannst uns gern später beim Aufräumen helfen.« Sie zwinkerte, ehe sie zielstrebig den Kühlschrank öffnete und die Johannisbeermarmelade aus dem Fach nahm. »Vermeng bitte ein paar Löffel davon mit dem Puderzucker. Die Mischung kannst du auf die Plätzchen verteilen.«

»Ich liebe Marmeladenplätzchen über alles. Euch sollte bewusst sein, dass ich sie allein essen werde.«

»Untersteh dich! Ich mag sie auch sehr gern. Entweder müssen wir die doppelte Portion machen oder ich beschütze sie wie meinen größten Schatz und passe auf, dass jeder die gleiche Anzahl bekommt«, erklärte sie mit einem schelmischen Funkeln in den Augen. »Und wenn jemand versucht, sich heimlich mehr zu nehmen, wird er es mit mir zu tun bekommen!«, fügte sie lachend hinzu, während sie ihre Hände in die Hüften stemmte.

Oliver grinste und nahm sich eine kleine Schüssel, in der er alles vermengte.

»Darf ich die Marmelade drauftun?«, fragte Anni, die sich das Blech vor die Brust zog, fast so, als befürchtete sie, ihr Vater würde sein Versprechen jetzt schon wahr machen.

»Natürlich. Ich übernehme übrigens gern die Verantwortung und prüfe, ob alles seine Richtigkeit hat«, schlug Oliver mit einem Augenzwinkern vor.

»Du meinst, du möchtest als Qualitätsbeauftragter fungieren?«

»Genau. Ich prüfe zum Beispiel, ob du deine Finger gewaschen hast.« Ohne zu zögern, umschloss er Emilys Handgelenk und inspizierte sie. »Sie sind schmutzig«, stellte Oliver mit gespielter Empörung fest.

»Ja, weil sie voller Teig und Mehl sind.« Emily kicherte. Doch als er sanft mit dem Daumen über ihren

Handrücken fuhr und ihre Blicke sich trafen, verstummte sie. Ein zartes Prickeln drang durch seine Finger bis in sein Herz. Und wieder wuchs das Gefühl in ihm, dass diese Verbindung etwas ganz Besonderes war.

Emily rührte sich als Erste. Sacht entzog sie ihm die Hand, wandte sich ab und schob ein Blech in den Ofen. Während sie mit dem Rücken zu ihm die Temperatur einstellte und die Ofentür schloss, zog sich sein Herz zusammen. Beruhten seine Gefühle nicht auf Gegenseitigkeit? Vielleicht war der Moment unpassend, ihr seine Empfindungen zu offenbaren. Zumal Anni anwesend war und ihr nichts so schnell entging. Chris' Stimme flüsterte ihm ins Ohr, dass es unklug wäre, sich Hals über Kopf zu verlieben. Dabei wollte er einfach nur eine unbeschwerte Zeit verbringen.

Den restlichen Puderzucker füllte er in den Behälter und übergab ihn seiner Tochter. »So, wenn du fertig bist, übernimmt die Puderzuckerfee den Rest.«

Das ließ Anni sich nicht zweimal sagen und streute dick eine weiße süße Schicht über die Plätzchen, sodass sie nun einer verschneiten Landschaft glichen.

»Das sieht aber lecker aus.« Emily schnappte sich eines in Form eines Sternes und biss herzhaft hinein.

»Hey«, rief er empört. »Hatten wir nicht ausgemacht, dass ich die Qualitätsprüfung übernehme?« Seine Augen funkelten amüsiert.

Sie lachte und wischte sich den Puderzucker aus den Mundwinkeln, während Oliver den Impuls verspürte, ihr den feinen Staub sanft von den Lippen zu küssen. Stattdessen kostete er selbst von den Plätzchen. »Ja, also, ich muss sagen ...«, begann er, während er nachdenklich zur Decke sah und kaute. »Nein, ich befürchte, ich sollte noch eins testen, bevor ich meine Meinung äußere.« Grinsend griff er nach dem Blech. Emily schlug nach seiner Hand, die er lachend zurückzog.

»Erst setze ich Tee auf und ihr räumt in der Zwischenzeit auf, dann kosten wir die Plätzchen.«

Oliver und Anni blickten leicht schockiert auf das Durcheinander. Marmeladenreste und Puderzucker verteilten sich als klebrige Masse über die Arbeitsfläche. Aus dem Eierkarton tropften Eiweißreste, und genau in diesem Augenblick kippte die Mehltüte um und hinterließ eine feine Wolke, als hätte sie nur darauf gewartet.

Für einen kurzen Moment herrschte Stille, bis Anni sich zu Wort meldete. »Papi, mir ist gerade eingefallen, dass ich ganz dringend meine Buntstifte für den Kunstunterricht anspitzen muss.« Sie zuckte mit den Schultern. »Schule geht nun mal vor.«

Ehe Oliver zum Widerspruch ansetzen konnte, war sie schon aus der Küche geflüchtet. Mit aufgeklapptem Mund sah er ihr nach. Trotz des intensiven Vanilledufts und des von Emily aufgesetzten Zimt- und Pflaumentees vernahm er plötzlich ihr zartes Parfüm. Irritiert wandte er den Kopf zur Seite. Unbemerkt war sie an seine Seite getreten.

»Anni ist ganz schön gewieft, sich aus der Affäre zu ziehen. Mach dir aber keine Sorgen, ich lasse dich nicht allein mit dem Chaos.« Emily grinste, während sie das Mehl in die Schublade stellte.

»Mir ist auch gerade eingefallen, dass ich unbedingt …«, begann Oliver grinsend, doch brach ab, da ihm kein geeigneter Einfall kam.

Emily durchschaute ihn sofort. Mit verschränkten Armen sah sie ihn herausfordernd an. »Ja?«

»Ich …«, setzte er erneut an, um sich der Situation zu entziehen, aber vergeblich. Ihr entschiedenes Auftreten imponierte ihm zutiefst. Andere hätten ihn aufgrund seines Standes vielleicht weggeschickt, doch nicht Emily. In ihren Augen zählte jeder Mensch gleich.

Ehe er sich versah, drückte sie ihm Schwamm und Spülmittel in die Hand und grinste so süß wie ein Honigkuchenpferd.

Gespielt seufzend fing er an, die Küche auf Vordermann zu bringen, obwohl Aufräumen noch nie zu seiner Lieblingsbeschäftigung gehört und er immer eine Ausrede parat hatte, es zu umgehen. Nun aber war die Lage anders, Emily brachte ihn dazu, Dinge zu erledigen, die er sonst mied.

Sie hielt ihr Wort, zusammen waren sie rasch fertig, und alle Spuren des Plätzchenbackens waren beseitigt. Zu guter Letzt stellte sie Tassen auf den Tisch und zündete die Kerze im Windlicht an, das im Schein einen Wald mit einem Reh zeigte. Den weihnachtlich verzierten Teller, auf dem eine Auswahl der abgekühlten Plätzchen lag, drapierte sie in die Mitte.

»Jetzt fehlen nur noch Anni und Liv«, sagte Emily und goss von dem nach Zimt und Pflaume duftenden Tee ein.

Wie aufs Stichwort erschien Annis strahlendes Gesicht im Türspalt, ehe sie in die aufgeräumte Küche ging und sich neben Emily setzte.

»Na, sind deine Stifte angespitzt?«, erkundigte sich Oliver und konnte sich ein Schmunzeln nicht verkneifen.

Anni nickte. »Ja, und ich benötige dringend Gelb. Gelb ist meine Lieblingsfarbe, deswegen ist sie bald aufgebraucht.«

»Wir kaufen dir neue«, entgegnete er.

Anni schob trotzig ihr Kinn nach vorn und überkreuzte ihre Arme vor der Brust. »Wenn Liv mitkommt, dann bleibe ich lieber zu Hause. Eben habe ich sie freundlich gefragt, ob sie mit uns Tee trinken mag, aber alles, was sie gesagt hat, war ein: *Lass mich in Ruhe.*«

»Ich werde gleich nach ihr sehen und fragen, was passiert ist. Seit heute benimmt sie sich seltsam.«

»Bestimmt ist sie wegen der Englischarbeit aufgewühlt. Mir war auch immer hundeelend, wenn ich gedacht habe, ich hätte sie vermasselt. Aber genau bei denen waren die Noten okay und die ganze Aufregung war umsonst«, versuchte Emily ihn zu beruhigen und nahm sich von den Plätzchen.

Er schätzte ihre aufmunternden Worte, nur kannte er seine Tochter leider zu gut. Dennoch nickte er.

Als hätte sie sein Zögern wahrgenommen, nahm sie das Gespräch mit Anni auf.

»Im Internet habe ich hübsche neue Ballerinakleider für dich rausgesucht. Wenn du magst, zeige ich sie dir, oder wir fahren in das Einkaufszentrum und probieren welche an, dann können wir auch gleich neue Stifte kaufen.«

Anni spitzte ihre Lippen und schielte an die Decke. Nach einem kurzen Moment des Überlegens sagte sie:

»Ich würde viel lieber bestellen und danach einen Schneemann bauen.«

»Aber wir haben doch schon einen gebaut«, erinnerte Emily sie.

»Olaf braucht dringend eine Freundin, sonst ist er einsam.« Anni stand auf und sah aus dem Fenster in den Garten, und Emily gesellte sich zu ihr. Auch Oliver folgte ihrem Beispiel und trat näher als nötig an Emily heran, sodass er ihre Wärme und den Duft des Shampoos wahrnahm. Es raubte ihm schier den Verstand.

»Du hast recht. Das liegt an dem riesigen Grundstück, dass er so bemitleidenswert verlassen wirkt«, sagte E-mily mit einem Hauch Traurigkeit in der Stimme.

Obwohl er nichts gegen einen gemütlichen Tag vor dem Kamin mit ihr und weiteren Plätzchen gehabt hätte, tauchten Bilder vor seinem inneren Auge auf, wie sie dem Schneemann gemeinsam ein Gesicht ver-passten, sich mit Schneeballen neckten und sich schließlich in einem innigen Kuss wiederfanden. Für einen kurzen Moment hielt er die Luft an. Was für eine verheißungsvolle Aussicht.

»Es ist aber schon fast dunkel. Wie wäre es, wenn wir Olaf morgen eine Freundin bauen?«, schlug Emily vor.

Annis Freude rutschte ab. Sie schob ihre Unterlippe vor und atmete tief aus. Bereits im nächsten Augen-blick hellte sich ihre Miene auf. Ihre Mundwinkel ho-ben sich. »Papi, ist heute nicht Vollmond?«

Olivers Brauen fuhren hoch. »Und es ist ein gerader Tag.«

Emily lachte. »Und was bedeutet das?«

»Dass wir dir die Turmkammer zeigen. Ich finde, es wird Zeit«, sagte er geheimnisvoll.

»Okay, ich bin gespannt.« Sie führte ihre Tasse an die Lippen und sah ihn über den Rand hinweg an.

»Wer zuerst da ist«, rief Anni und war auch schon durch die Tür verschwunden.

Nun waren sie allein.

Die plötzliche Zweisamkeit war ihm mehr als bewusst und wieder überkam ihn die Sehnsucht, seine Hände in ihren Nacken zu legen, sie sanft an seinen Körper zu ziehen und sie zu küssen.

»Also, was ist? Kneifst du nun doch?« Emily sah ihn herausfordernd an, während es in Olivers Bauchgegend ganz warm wurde.

»Nein. Ganz und gar nicht.«

Kapitel 15

Emily

Emily schlüpfte rasch in ihren beigefarbenen Cardigan, bevor sie sich gemeinsam auf den Weg machten. Sie hatte keine Ahnung, wo und wie die sagenumwobene Turmkammer zu finden war. Ihr war nur bekannt, dass sich der Turm im anderen Teil des Gebäudes befand. Nachdem sie zuvor versagt hatte, vom Ballsaal zurück in ihr Zimmer zu finden, wünschte sie sich nichts sehnlicher, als dass Oliver sie an die Hand nahm und sie führte.

Anni eilte voraus, während sie gemächlich durch die langen Flure schlenderten.

»Bevor es gruselig wird, müssen wir ein wenig durch die Zeit reisen. Dieser Flügel beherbergt das Museum. Ich kann dir ein paar Räume zeigen, wenn du möchtest.«

Emily nickte sofort. »Ja, bitte.«

Oliver musterte sie eingehend. »Bist du sicher? Ich will nicht, dass du dich langweilst.«

»Machst du Witze? Ich liebe das Leben von früher. Was die Menschen getragen haben, wie sie den Tag verbracht haben. So ganz ohne Fernseher und Smartphone.«

»Sie haben sich wahrscheinlich viel unterhalten.« Er lächelte, öffnete die erste Tür und betätigte den Lichtschalter.

Oliver führte sie in ein prächtiges Zimmer, das mit einem opulenten Himmelbett und einem Ofen mit dunkelgrünen Kacheln ausgestattet war. Die Wände waren mit dunklem Holz vertäfelt, daneben stand ein massiver Stuhl, dessen Armlehnen mit Löwenkopfschnitzereien verziert waren.

»Das war einst der Rückzugsort von ... Anni, weißt du es noch?«

»Selbstverständlich. Von Margarete Katharina Luise zu Finkenburg, deiner Ururgroßmutter.«

»Mütterlicherseits.« Oliver schenkte Emily erneut ein Lächeln, das zwar aufrichtig wirkte, sie jedoch insgeheim vermuten ließ, dass er sich mal wieder einen Spaß daraus machte, Geschichten auszuschmücken. Sie erwiderte das Grinsen und ließ ihren Blick durch den Raum schweifen. Die Decken waren hoch, und überall gab es etwas zu entdecken. In einer Glasvitrine präsentierte sich ein weit ausgestelltes, beigefarbenes Kleid mit tiefem Ausschnitt, übersät mit unzähligen Stickereien und Knöpfen. Ein dazu passender Fächer war kunstvoll am zarten Stoff angebracht. Neben dem Gewand standen Schuhe, die farblich darauf abgestimmt waren. Ein Schauer lief Emily den Rücken hinunter, als sie an Gruselgeschichten anderer Art dachte, laut derer sich die Damen in viel zu enge Schuhe gezwängt hatten. Trotzdem war sie von dem handgefertigten Kleid ganz hingerissen, das einst und wahrscheinlich auch heute noch ein kleines Vermögen wert war.

»Ist es nicht faszinierend, die Vergangenheit in Erinnerungsstücken weiterleben zu lassen? Wie viele Geheimnisse wohl in den Wänden schlummern?«, sagte sie mehr zu sich selbst, während sie weiter auf Erkundungstour ging.

Auf Olivers Gesicht zeichneten sich Stolz und Melancholie ab, doch Emily glaubte, ebenso eine Spur von Zärtlichkeit in seinem Blick zu erkennen.

»Mir ist bewusst, dass nicht jeder unmittelbaren Zugang zu seiner Familiengeschichte hat wie ich. Daher fühle ich mich in der Verantwortung, das Andenken an die Vergangenheit aufrechtzuerhalten. Es ist wichtig, zu sehen, dass sich die Gesellschaft weiterentwickelt hat und der Adelsstand heute nicht mehr dieselbe Rolle wie in früheren Zeiten spielt.«

Emily sah Olivers Kehlkopf hüpfen. So stolz er sich zeigte, umso verletzlicher schien er, wenn das Gespräch auf seine gesellschaftliche Position kam. Sicher war er Menschen begegnet, die sich ihm gegenüber allein aufgrund seines Nachnamens verstellt und ihn nicht wegen seiner Persönlichkeit gemocht hatten. Ihr Herz verkrampfte sich. Im Prinzip waren sie sich doch so ähnlich.

Er schluckte erneut und schritt zur nächsten Tür, die er aufschob. Gespannt und voller Neugier, was es dort zu entdecken gab, folgte sie ihm.

Das Zimmer war genauso geräumig, und auch hier gab es einen Ofen, der sich lediglich durch die rote Farbe der Kacheln unterschied. Die dicken Vorhänge waren aus samtigem, aber schwerem Stoff gefertigt. Eine Frisierkommode mit einer Porzellan-Waschschüssel und einer dazu passenden Kanne befand sich vor einem Spiegel, der dunkle Flecken zeigte. In einer Vitrine auf der anderen Seite des Raumes war ein prachtvolles Collier ausgestellt, besetzt mit vielen Diamanten. Im Mittelpunkt glänzte ein großer dunkelblauer Saphir. Zweifellos war dieses Schmuckstück von hohem Wert.

»Das war ein Geschenk von Josias an seine Ehefrau ...«

»Margarete Katharina Luise zu Finkenburg«, vervollständigte Emily den Satz und zwinkerte.

»Dein Gedächtnis beeindruckt mich. Du scheinst ja wirklich Interesse zu haben.«

»Das habe ich auch. Insbesondere, ob Arabella und Eleonore sich heute noch zur Teatime im Turm verabreden.«

Olivers Mundwinkel zuckten. »Du wirst es gleich erfahren, doch zuerst möchte ich dir die Geschichte erzählen, aus welchem Grund Josias Margarete diese prunkvolle Kette geschenkt hat. Anni, Schatz, komm her und hör zu. Ich glaube, dieses Detail kennst du noch nicht.«

Anni stellte sich mit großen Augen neben Emily und spitzte die Ohren.

»Wir erinnern uns, dass Josias Margarete und die Kinder oft allein gelassen und sie das Herrenhaus erbauen lassen hat. Tatsächlich hat Josias das mit der Treue nicht ganz so ernst genommen, was für damalige Zeit nicht unüblich war. Während er ...« Oliver unterbrach sich kurz, um den Satz kinderfreundlich auszudrücken. »... Spaß mit anderen Frauen hatte, hat sich Margarete einsam gefühlt und sich ebenfalls einen neuen Freund gesucht.«

»Wer war das?«

»Friedrich Wilhelm zu Götzenbach. Er war ihr Cousin zweiten Grades.«

Anni verzog angewidert den Mund. »Das wäre ja so, als würde ich mich mit Frederik zum Spielen verabreden. Er macht sich sicherlich nichts aus Puppen.« Demonstrativ schüttelte sie den Kopf.

Oliver lachte. »Aber Frederik hat ein viel freundlicheres Auftreten als Friedrich, und vor allem sieht er besser aus.«

»Gibt es ein Bild von ihm?«, fragte Emily wissbegierig.

»Ein Porträt von ihm hängt in der Ahnengalerie. In Uniform, mit vielen Orden behangen und strengem Blick. Aber zurück zu Margaretes Liaison. Josias hat sie als Anlass genommen, über seine eigenen Abenteuer nachzudenken, und hat ihr als Entschädigung das Collier geschenkt.«

Emily sog jedes einzelne Detail auf und stellte sich vor, wie Josias vor seine Frau getreten war und um ihre Zuneigung gebettelt hatte. »Hat sie ihm verziehen?«

Oliver wiegte seinen Kopf hin und her. »Ihre Ehe wurde damals aus politischem Interesse und nicht aus inniger Liebe arrangiert. Während Seitensprünge für Männer selbstverständlich waren, wurden sie bei Frauen nicht toleriert. Deswegen denke ich, dass Margarete sich darauf eingelassen hat, Friedrich nicht mehr zu treffen, um einen Skandal zu umgehen, der Josias' Ansehen und Ehre, aber auch ihr selbst geschadet hätte.« Olivers Blick haftete fest auf Emilys Gesicht, und wieder erschien etwas Weiches, Zärtliches in seinen Zügen, ehe er fortfuhr. »Heute ist das anders. In den Königshäusern heiraten Prinzessinnen und Prinzen aus Liebe.«

Emilys Körper prickelte von ihrem kleinen Zeh bis hoch in die Haarspitzen.

Anni, die sich zwischendurch abgewandt hatte, zog nun erwartungsvoll an Olivers Pullover. »Können wir jetzt bitte in die Turmkammer?«

»Das ist ja unser Ziel.«

Sie nahm ihn beim Wort und düste zur nächsten Tür. Es schien, als kannte sie sich bestens aus. Emily folgte ihr zu einer steinernen Wendeltreppe. Sie schlang den Cardigan etwas fester um die Taille und nahm Stufe um Stufe, die allesamt abgelaufen waren.

»Pass ein bisschen auf, die Steine sind tückisch und rutschig«, warnte Oliver sie.

Obwohl ihr das selbst aufgefallen war, war sie um eine schlagfertige Erwiderung nicht verlegen. »Nun, wenn Arabella und Eleonores Geister hier seit Jahrhunderten wandeln, ist das kaum verwunderlich.«

Da er hinter ihr lief, vernahm sie ein leises, doch amüsiertes Grunzen. »Ich bin gespannt, ob du gleich immer noch große Töne spuckst«, gab er als Antwort und lachte dabei.

Je höher sie stiegen, desto stärker brannten Emilys Waden, außerdem nahm die Kälte zu. Zum Glück hatte sie sich für die Strickjacke entschieden, ansonsten würde sie am ganzen Körper schlottern. Alle zehn Stufen gab es Fenster, die an Schießscharten erinnerten. Gerade als sie sich fragte, wie weit der Weg noch führen würde, erschien eine schwere, mit Eisenverschlägen versehene Holztür.

Anni drehte den Schlüssel und schob die Tür mit aller Kraft auf. Plötzlich wurde Emily mulmig zumute. Im Gegensatz zu dem perfekt inszenierten Museum, das eingerichtet war, als könnte man darin leben, sah es hier ganz anders aus. Die kahlen Mauern erinnerten sie eher an eine Burg ohne Heizung und fließend Wasser. Ähnliche Vorhänge wie die im Museum hingen vor einem Fenster, das nicht dem heutigen Standard entsprach. Ein kleiner Holztisch mit zwei Stühlen befand sich in der Mitte des recht überschaubaren Zimmers. Eine eingestaubte Holztruhe stand an der Wand, gleich daneben befand sich ein Plastikeimer mit einem Wischmopp. Beides stammte aus diesem Jahrtausend.

Emily verschränkte ihre Arme vor der Brust und funkelte Oliver verschwörerisch an. »Hier wird wohl eher eine Putz- als eine Teeparty gefeiert.«

Er hob entwaffnend die Arme und grinste über beide Ohren. »Okay, ich gebe es zu. Die Erzählung über Arabella und Eleonore entspricht nicht ganz der Wahrheit. Wenigstens das mit dem Vollmond und dem Herumgeistern. Dennoch halten sich die Mythen rund um die Kammer.«

»Du hältst daran fest, dass es hier spukt?« Emilys rechte Augenbraue wanderte nach oben.

Im selben Moment bewegte sich etwas hinter dem Vorhang, und eine scheußliche Kreatur mit langer

Nase und dicker Warze trat hervor und gestikulierte wild mit den Armen.

Emily erschrak so heftig, dass sie sich schützend in Olivers Arme warf. Keine Schrecksekunde später wurde ihr klar, wer sich hinter der Maske verbarg. Sie spürte, wie Olivers Brust vor Heiterkeit vibrierte, doch der Gedanke, sich von ihm zu lösen, bescherte ihr ein Frösteln. Sie wusste nicht, ob sie ihm jemals wieder so nahe kommen würde.

Anni kicherte, als sie die Maske abnahm.

»Das war ganz schön gemein von euch«, beklagte Emily sich lachend und nahm nun doch etwas Abstand von Oliver, der genauso verloren aussah, wie sie sich fühlte. Am liebsten hätte sie sich gleich wieder in seine Arme geschmiegt, um etwas von seiner Wärme zu stibitzen, aber in Annis Gegenwart hielt sie das für keine gute Idee.

»Papi, ich habe Hunger.«

Er warf einen überraschten Blick auf die Uhr. »Ja, es ist Zeit fürs Essen.«

»Darf ich vorgehen? Oma und Opa sind eben mit dem Auto vorgefahren. Durch das Fenster habe ich sie gesehen.«

»Natürlich, sag ihnen wir sind gleich da.«

Emily und Oliver blieben allein zurück. Die Stille im Raum war fast schon unerträglich, während sie sich ansahen. Eine Mischung aus Aufregung und Unsicherheit stieg in ihr auf. Die Anziehung zwischen ihnen war so greifbar und intensiv, dass sie sie nicht mehr ignorieren konnte. Sie wusste nicht, was sie sagen sollte, also lächelte sie nur.

Oliver schloss die Lücke zwischen ihnen mit nur einem Schritt und strich ihr eine gelöste Strähne aus der Stirn. Ihr Herz schlug aufgeregt in der Brust, als er sich zu ihr vorbeugte. »Emily ...«, hauchte er auf ihre Lippen. »Keine Ahnung, ob das eine gute Entscheidung ist, vielleicht ist es ein Fehler, aber ich muss es herausfinden.«

Ihr gesamter Körper stand unter Strom, und durch ihren Unterleib zog ein sehnsüchtiges Ziehen. Das Blut rauschte in ihren Ohren, und sie glaubte, genickt zu haben. Emily stellte sich auf die Zehenspitzen, um die letzte Distanz zu überbrücken, und ihre Hände wanderten über seine Brust hinauf zu seinen Schultern, in sein Haar. Auch Oliver legte seine Hand in ihren Nacken und zog sie dichter an seinen Körper, der sich stark und fest anfühlte und gleichzeitig Geborgenheit ausstrahlte. Ihre Lippen trafen sich sanft zu einem zögerlichen Kuss, während ihre Zungen sich vorsichtig und spielerisch erkundeten. Die Welt um sie herum verschwamm. Der Kuss würde sie auf eine Ebene bringen, auf der nichts mehr so sein würde wie zuvor, doch es war ihr egal. Sie wollte einfach nur den Moment genießen, den sie sich so lange herbeigesehnt hatte.

Wann genau sie sich aus dem Kuss lösten und wie viel Zeit vergangen war, konnte sie nicht sagen, aber ihre Sehnsucht nach seinen Lippen war so stark, dass ihr Verlangen danach sofort wieder entfachte.

Oliver hielt ihr Gesicht noch immer in seinen Händen und lächelte. »Wow, das war wirklich schön.« Lächelnd löste er seine Hände von ihren Wangen und verschränkte seine Finger mit ihren. Eine Geste, die Emily ein Gefühl von Sicherheit gab. »Nur wäre das Wohnzimmer vor dem prasselnden Kaminfeuer viel romantischer gewesen.«

»Das können wir ja nachholen«, schlug sie zwinkernd vor.

»Okay.« Sanft, aber bestimmt schob Oliver sie am Rücken hinaus und schloss sorgfältig die Tür hinter ihnen. »Nur zur Sicherheit«, bemerkte er schmunzelnd, nahm wieder ihre Hand und führte sie den gleichen Weg zurück, durch das Treppenhaus, durch das Museum, entlang der Flure, bis sie im Wohnzimmer ankamen.

Erleichtert stellten sie fest, dass sich sonst niemand in dem Raum aufhielt. Vor Kurzem hatte jemand mehrere Scheite Holz in die Glut gelegt, deren Flammen nun aufgeregt wie Emilys Herz tanzten. Sie fragte sich, wie der Kuss diesmal enden würde, falls es überhaupt zu einem käme, und ob er einen Schritt weitergehen würde. Dachte sie da etwa zu weit? Ihre Hormone mussten schuld daran sein.

Ihre Gedanken lösten sich in Luft auf, als Oliver dicht vor sie trat. Er hob ihr Kinn sanft mit dem Finger, und sie öffnete die Lippen. Der Kuss begann nicht harmlos, wie eben in der Turmkammer. Er war stürmischer und fordernder. Seine Hände fanden den Weg unter ihren Pullover, unter ihren BH. Emily drückte sich ein wenig enger an seinen Körper, der ihr sagte, wie sehr er sie wollte. Sie erschauerte und stöhnte leise an seine Lippen.

»Vielleicht ist das hier auch nicht der geeignete Ort«, flüsterte er ihr ins Ohr, was Emily fast den Verstand raubte. Sie ließ sich erneut von ihm fortziehen. »Was ist mit Anni?«, fragte sie nach Luft schnappend.

»Ihr geht es gut. Sie ist bei meinen Eltern.«

»Woher weißt du das?«

»Das läuft immer so ab, wenn sie fort gewesen sind. Sie liebt es, ihre Geschichten anzuhören.«

***

Als sie sich zum ersten Mal in Olivers Zimmer wiederfand, war die Luft mit Verlangen und freudiger Erwartung gefüllt. Ihr blieb kaum Zeit, sich ein Bild von seinem Schlafzimmer zu machen, außer dem sorgfältig gemachten Bett, auf das sie geradewegs zusteuerten. Oliver küsste ihren Hals, während er geschickt die Häkchen ihres BHs löste und sie in gemächlicher Ruhe auszog, ehe er sie auf die Matratze manövrierte. Er öffnete die Schnalle seines Gürtels und stieg aus seiner Hose. Emily half ihm mit zittrigen Händen aus dem Pullover und tastete mit den Fingerkuppen ehrfürchtig über seinen wohlgeformten Körper, der in ihrer Fantasie bei Weitem nicht das entfacht hatte, was gerade in ihr loderte.

Geschickt entledigte er sie ihrer letzten störenden Kleidungsstücke. Seine heißen Küsse wanderten von ihrem Schlüsselbein tiefer, über die aufgestellten Brustwarzen, wo er kurz verharrte, um daran zu knabbern, dann setzte er seinen Weg fort zum Bauchnabel und hinterließ eine kribbelige Schneise, bis hin zu ihrer intimsten Stelle. Emily wandte sich unter seinen Berührungen und vergrub ihre Hände in sein Haar. Ihr Körper brannte, und sie wollte nichts mehr, als ihn zu spüren. Oliver rutschte höher und bedeckte wieder ihren Hals und ihren Mund mit seinen Lippen, während er ihr Gesicht umschloss. Sein Blick ging tief, während er in sie eindrang. Emily verlor sich in dem Strudel des Verlangens, hörte sich leise seinen Namen wispern. Und als sie ihren Rhythmus gefunden hatten, verschränkten sie ihre Hände ineinander und steuerten gemeinsam auf den Höhepunkt zu.

Kapitel 16

Oliver

Seine Fingerkuppen fuhren sanft über Emilys Taille, die so verführerisch aus dem Laken lugte, dass er am liebsten dort weitermachen würde, wo sie aufgehört hatten. Doch es standen noch andere Dinge an der Tagesordnung, die erledigt werden mussten. So gern er den Abend mit ihr im Bett verbringen würde, er musste auf jeden Fall seine Eltern begrüßen und mit Liv reden. Oliver zog Emily etwas näher an seinen Körper heran und sog ihren Duft ein, der ihn schier verrückt machte. Ihre wilde Mähne, die vereinzelt auf ihrer schweißnassen Stirn klebte, umrahmte ihr lächelndes Gesicht, sodass ihm ganz warm in der Bauchgegend wurde. Wie sie dort lag, so echt und bedingungslos, konnte er nicht anders als sie erneut zu küssen. Zärtlich strich er ihr eine Locke aus der Stirn und versank abermals in ihren Augen, die ihn zuvor leidenschaftlich angefleht hatten, ihr das zu geben, was sie in dem Moment gebraucht hatte.

»Du warst unglaublich«, wisperte er ihr ins Ohr. Ihm lag noch so viel auf der Zunge, wie sehr er sie begehrte, wie lange er auf den Augenblick gewartet hatte, sie endlich berühren zu können. Doch nichts dergleichen kam ihm über die Lippen, stattdessen überhäufte er sie weiterhin mit Tausenden Küssen.

Plötzlich bemerkte er ihre bekümmerte Miene, die sein Herz schwer werden ließ. »Was bedrückt dich?«

Emily stemmte sich seufzend hoch und quälte sich ein Lächeln ab.

Ein eigenartiges Gefühl stieg in ihm auf, das nach Verzweiflung schmeckte. Was, wenn sie dachte, dass es für ihn nur eine einmalige Angelegenheit gewesen war? Er musste das sofort klarstellen. »Emily, ich ... Es ist mir ernst mit dir«, sprudelte es fast schon panisch aus ihm heraus.

Ein vages Lächeln umspielte ihre Mundwinkel, was ihm Hoffnung schenkte. »Das glaube ich dir. Mir geht es ja genauso. Aber was werden deine Eltern dazu sagen? Nicht zu vergessen: Liv und Anni?«

Erleichtert atmete er aus. Diese Sorgen konnte er ihr sogleich nehmen. »Carl und Cecilia vertreten moderne Ansichten, was heutige Beziehungen angeht. Sie legen Wert darauf, dass ich meinen eigenen Weg zum Glück finde und ein erfülltes Leben führe.« Er sah ihr tief in die Augen. »Und im Moment sieht es so aus, als würden ihre Wünsche endlich in Erfüllung gehen.«

Emily beugte sich ihm entgegen und quittierte seine romantische Erklärung mit einem langen Kuss. »Ich weiß, dass du es lieb meinst. Trotzdem bin ich mir unsicher, wie ich ihnen entgegentreten soll.«

»Verstell dich nicht. Sei du selbst. Das ist wahrscheinlich einfacher gesagt als getan, aber was soll schon passieren, außer dass sie sich für uns freuen?« Ganz gewiss würden sie das tun, da war er sich sicher. Ohnehin sollten seine Eltern die Wahrheit über seine Gefühle zu Emily erfahren, schließlich lebten sie unter einem Dach. Geheimnisse voreinander zu haben, empfand er als unangebracht und falsch. Nur wann war der beste Zeitpunkt dafür? Oder war es zu früh, sie darüber in Kenntnis zu setzen? Seine Gedanken wurden im nächsten Augenblick von seinem Handy unterbrochen.

»Entschuldige, es könnte wichtig sein.« Oliver angelte nach seiner Hose, die er zuvor achtlos abgelegt hatte, und zog sein Smartphone hervor. Als er den Absender erkannte, öffnete er sofort die E-Mail, die von Frau Schellberg-Döring stammte.

Emily schien die Besorgnis in seinem Gesicht bemerkt zu haben. »Alles in Ordnung?«, erkundigte sie sich.

»Ich weiß nicht. Livs Englischlehrerin bittet für morgen um ein persönliches Gespräch«, murmelte er, ohne den Blick von dem Bildschirm zu nehmen.

»Oh«, kam es ihr nur knapp über die Lippen, und als wollte sie ihm Mut und Zuversicht schicken, hellte sich ihr Gesicht auf. Beruhigend legte sie die Hand auf seinen Arm. »Mach dir keine Sorgen. Das kann alles und nichts bedeuten«, sagte sie sanft, und ihre Fürsorge traf ihn direkt ins Herz.

Oliver war sich nicht sicher, wie er die Belastungen und Ängste des Alltags all die Jahre ohne Emily bewältigt hatte.

»Es ist wohl besser, wenn ich mit Liv über die Englischarbeit rede.« *Und über die Beziehung zu Emily*, setzte er in Gedanken hinzu, behielt es aber für sich. Liv war eine sensible junge Frau, die vielleicht beunruhigt war, weil sie nicht mit der Situation umgehen konnte. Die Funken, die zwischen Emily und ihm sprühten, waren ihr gewiss nicht entgangen. Vor etwas länger als einem Jahr hatte er eine Frau namens Eva mitgebracht, von der er eigentlich sofort gewusst hatte, dass sie nie die Liebe seines Lebens werden würde. Liv hatte damals sofort mit ihrer charmanten Art klargestellt, dass Eva ihren Vater nicht einfach so für sich beanspruchen konnte. Nun gut, sie war zu dem Zeitpunkt gerade noch dreizehn gewesen. Heute würde sie wahrscheinlich reifer und erwachsener auf vermeintliche Partnerinnen reagieren. Im Gegensatz zu Anni, der jede Frau recht wäre, solange sie ihre Teepartys duldete.

»Okay, das ist in der Tat wichtig. Ich werde dann mal den morgigen Tag planen. Anni muss zum Balletttraining, das habe ich mir in mein Gehirn gebrannt, damit ich den Termin auf keinen Fall vergesse. Außerdem braucht sie dringend ein neues Kleidchen.« Emily sah auf die Uhr. »Statt der Gute-Nacht-Geschichte hole ich die Bestellung nach, die wegen Arabella und Eleonore ausfallen musste. Ich hoffe, das ist kein Problem für dich.« Schwungvoll hob sie ihre Beine über die Bettkante und stellte sich, wie Gott sie erschaffen hatte, vor ihn. Ihre wilden roten Locken fielen ihr auf die Schultern, was Oliver fast um den Verstand brachte. Emily wusste, wie sie ihn um den Finger wickelte. Seufzend zog er sich an und verließ den Raum.

***

»Guten Abend, ihr zwei. Wie war denn die Gala?«
»Langweilig«, kam es prompt von Carl.

Oliver schmunzelte, während er das Feuer im Kamin schürte und zusätzlich ein Holzscheit auf die Glut legte. Sein Vater hatte noch nie viel für Bälle und Wohltätigkeitsveranstaltungen übriggehabt, auch wenn es ihm eine Herzensangelegenheit war, Gutes zu tun.

»Carl«, schimpfte seine Ehefrau. Sie legte den Roman *Jane Eyre* von Charlotte Brontë zur Seite, was Oliver fast schon als Ironie des Schicksals betrachtete. Es war die Geschichte einer Gouvernante und des Hausherrn, die sich trotz aller Gegensätze und Missverständnisse ineinander verliebten und zum Schluss heirateten.

»Man darf ja wohl noch seine Meinung äußern«, sagte Carl und knetete Cecilias Knie, worauf sie mit einem vagen Lächeln reagierte. »Du weißt, wie wichtig diese Anlässe für mich sind, dennoch sind sie ermüdend, und wo kann ich meinen Standpunkt ausdrücken, wenn nicht hier bei meinen Liebsten?«

Cecilia seufzte und legte ihre Hand auf Carls. »Du hast wie immer recht. Wenn man so viele Feiern hinter sich hat wie wir, wird der Ablauf irgendwann zäh, sodass man die Ansprachen auswendig mitreden könnte. Aber, Oliver, wie war denn dein Tag? Ist irgendetwas Besonderes vorgefallen?«

Er erhob sich und nahm in dem Ohrensessel Platz. »Ja«, begann er, rieb sich die Fäuste und fragte sich, mit welcher Angelegenheit er anfangen sollte. Seine und Emilys Beziehung oder Livs Englischarbeit, die sie allem Anschein nach in den Sand gesetzt hatte? Er entschied sich für Ersteres. »In der Zwischenzeit ist tatsächlich etwas passiert, was ich euch gern mitteilen möchte. Es ist wegen Emily.« Obwohl er sich sicher war, dass seine Eltern sich nie abfällig über sein Liebesleben äußern würden, war ihm das Thema doch ein wenig unangenehm.

Cecilias Augenbrauen fuhren überrascht in die Höhe, während Carls Stirn sich krauste.

»Ist ihr nicht wohl?«, erkundigte sich Cecilia mit sorgenvoller Miene.

»Doch, doch. Ihr geht es gut. Bis eben war das auf jeden Fall noch so. Nein. Emily und ich, wir ...« Er brach ab, weil er einfach nicht die richtigen Worte fand. Zudem zweifelte er nun, ob der Moment passend war, um über seine Empfindungen zu sprechen. Er fühlte sich wie ein Kind, dass sich rechtfertigen musste – so wie Liv wegen ihrer Leistungen in Englisch.

Cecilias Gesicht nahm einen weichen, mütterlichen Ausdruck an, der ihm zeigte, dass sie längst verstanden hatte.

»Emily ist reizend, sie versteht, mit den Kindern umzugehen.«

»Sie gefällt dir also«, haute Carl etwas weniger sensibel als seine Ehefrau raus, brachte es aber somit auf den Punkt.

»Ja. Wir fühlen gleich.«

Carl überschlug die Beine und nickte kaum wahrnehmbar. Oliver spürte den fragenden Blick auf sich ruhen, warum ausgerechnet das Kindermädchen. Aber vielleicht bildete er sich das nur ein. Normalerweise war sein Vater offen gegenüber seinen Bekanntschaften, allerdings wusste er auch, dass Carl nach der gescheiterten Beziehung mit Jule zurückhaltender geworden war.

»Ich freue mich für dich«, beteuerte sein Vater und lächelte. »Eine neue Liebe ist wie ein neues Leben. Emily hat einen guten Einfluss auf Liv. Die beiden haben intensiv für die Englischarbeit gepaukt.«

Oliver war erleichtert, hatte er doch zwischendurch Bedenken gehabt, wie er zu der Verbindung stehen würde. Zweifellos hätte er sich sorgenvoller gezeigt, wenn er die volle Wahrheit über Emily gekannt hätte, dass sie sich als Eventplanerin ausgegeben hatte. Ächzend fuhr er sich durch das Haar und wandte sich direkt dem nächsten wichtigen Thema zu. »Die Mühe war wohl vergeblich. Liv ist mir nach der Schule aus dem Weg gegangen. Vermutlich hat sie den Test versemmelt. Die Lehrerin hat mich um ein Gespräch gebeten. Schon morgen.«

»Ich verstehe nicht, wieso Livs Leistungen immer schlechter werden«, grübelte Cecilia und sah gedankenverloren in die tanzenden Flammen. Plötzlich, als hätte sie eine Eingebung, schnellten ihre Brauen hoch. »Oder Frau Schellberg-Döring hat gute Neuigkeiten. Wer weiß. Ein Elterngespräch muss ja nicht immer negativ behaftet sein.«

Oliver schmunzelte. »So ähnlich hat Emily sich auch ausgedrückt.«

Auf dem Gesicht seiner Mutter erschien wieder dieser sanfte Ausdruck. »Ich denke, ich verstehe, warum du dein Herz an sie verloren hast. Ihre positive Einstellung und ihre Fähigkeit, Ruhe zu bewahren, sind beeindruckend.«

Sein Magen verknotete sich. Obwohl er Cecilia zustimmte, führte sie ihm vor Augen, dass Emilys Arbeit hier irgendwann erledigt sein würde. Er meinte sich zu erinnern, dass sie nächstes Jahr eine Teilzeitstelle antreten wollte. Emily war keine Person, die auf der faulen Haut lag. Nein, sie war sehr fleißig und fest entschlossen, ihre Schulden auf eigene Faust zu begleichen.

»Sprich am besten mit Liv darüber, damit du nicht unvorbereitet auf die Lehrerin triffst«, riet seine Mutter ihm.

Oliver nickte dankbar und erhob sich. »Dann werde ich jetzt wohl in den sauren Apfel beißen.«

»Soviel ich weiß, hält Liv sich im Stall auf«, rief seine Mutter ihm nach.

Überrascht warf Oliver einen Blick auf die Uhr. Für einen Teenie war die späte Zeit okay, für Anni hieß es, bald ins Bett zu gehen. Ein freudiges Ziehen zog durch seinen Magen, als er sich vorstellte, wie Emily Anni eine gute Nacht wünschte. Er würde sich beeilen müssen, um diesen Anblick nicht zu verpassen.

Oliver wickelte sich seinen Schal mehrmals um den Hals und zog den Reißverschluss seiner dunkelgrünen Wachsjacke bis zum Kinn, die selbst bei Minusgraden warmhielt. Zusätzlich setzte er sich die grob gestrickte Wintermütze auf den Kopf und trat hinaus. Kleine Atemwölkchen stiegen aus seinem Mund in den dunklen Abendhimmel, der mit Tausenden Sternen bestückt war. Feines Licht der Außenbeleuchtung führte ihn an den schneebedeckten Wiesen vorbei zu den beleuchteten Stallungen. Er holte ein letztes Mal tief Luft, straffte die Schultern und schob das Tor auf. Als er eintrat, empfing ihn der satte Geruch nach Leder, Heu und Stroh. Ein Duft, den Liv als angenehm und vertraut empfand, während er ihre Leidenschaft für das Reiten nie geteilt hatte. An einer der vier Boxen stand seine Tochter. Sie lehnte ihre Stirn gegen den Kopf ihres Lieblingspferdes Shakira. Wie Oliver war sie dick eingepackt. Sie trug keine Reitsachen, sondern eine Jeans und einen dunkelroten Wintermantel, der ihr bis zur Kniekehle reichte. Als sie ihren Vater bemerkte, löste sie sich von dem Tier und fuhr mit der Hand über die helle Blesse.

»Hey«, sagte Oliver und klopfte der Stute über das braune Fell am Hals.

»Hey, Dad«, erwiderte Liv, ließ von ihr ab und prüfte gewissenhaft die Verriegelung der Box. »Ich komme jetzt rein. Es ist schon spät.« Liv checkte die anderen Stallbereiche und verabschiedete sich von jedem Pferd mit einer Streicheleinheit.

»Ich wollte kurz mit dir über die Englischarbeit sprechen. Frau Schellberg-Döring bittet schon morgen um ein Gespräch mit mir. Hast du eine Ahnung, worum es dabei gehen könnte?« Oliver steckte seine Hände in die Jackentaschen und wünschte sich wärmende Handschuhe herbei.

Um Livs Nase schimmerte es plötzlich weiß, und sie mied seinen Blick. Sie nahm eine Trense vom Haken, um sie erneut zusammenzulegen, obwohl Oliver der Meinung war, dass sie bereits perfekt gefaltet war.

»So?«, zog sie die Frage etwas mehr als nötig in die Länge. »Sie will mit dir reden?«

»Ja«, sagte er knapp und hoffte, Liv würde von sich aus den Grund des anstehenden Gesprächs nennen. Doch er irrte sich. Nichts deutete darauf hin, dass sie über ihre Probleme sprechen wollte. »Ich gehe jetzt mal davon aus, dass du die Arbeit in den Sand gesetzt hast.«

Er sah sie schwer schlucken. Sie wandte sich ab und hängte das Zaumzeug wieder auf.

»Ich hatte einen Blackout.« Liv mied seinen Blick noch immer.

»Es gibt Wege, Prüfungsangst zu umgehen.« Oliver hob die Hand, während er aufzählte. »Entspannungsübungen. Genug Schlaf. Sport.«

Liv verdrehte die Augen. »Ja, und rechtzeitiges Lernen. Ich weiß.«

Er nahm die Hand wieder runter. »Lag es an Emilys Lernmethode, mit der du nicht zurechtgekommen bist?« Er hoffte, dass dem nicht so war. Eigentlich hatte er den Gedanken tief in sein Inneres verbannt, weil er sich nicht vorstellen konnte, dass sie der Grund ihres Misserfolgs war.

»Nein, an Emily liegt es nicht.«

Vernehmbarer als beabsichtigt atmete er aus. »Okay, das beruhigt mich. Ich kann dann aber auch ausschließen, dass du Emily nicht vergraulen willst, so wie du es bei Eva gemacht hast?«

»Echt jetzt, Papa? Als das mit dir und Eva war, da war ich dreizehn. Ein Baby. Du kannst mit Frauen ins Bett hüpfen, wie du lustig bist. Ich halte mich schon lange aus deinen Liebesangelegenheiten raus.«

Olivers Augen weiteten sich. Abgesehen davon, dass er nach Eva keine ernsthafte Beziehung mehr eingegangen war, war er schlichtweg empört über ihre Auffassung, er würde leichtfertig mit Frauen schlafen. »Liv! Wie kommst du bitte darauf, dass ich wahllos durch Betten springe, ohne dabei an die Konsequenzen zu denken?«

Liv zuckte belanglos mit den Schultern. »Ich bin doch das beste Beispiel.«

Oliver klappte der Mund auf. Er musste sich verhört haben. Das meinte sie doch nicht ernst!

Als sie ihm den Rücken zukehrte, löste er sich aus der Schockstarre und hielt sie rechtzeitig am Arm zurück. Seine Hände lagen auf ihren Schultern und er sah ihr fest in die Augen. »Nein! Bitte, denk das nicht. Auch wenn deine Mutter und ich noch sehr jung waren, heißt das doch nicht, dass du nicht aus Liebe gezeugt worden bist.« Er verstand nicht, warum sie damit nun wieder anfing. Sie hatten bereits offen darüber geredet. Mehrmals sogar.

»Ja, ich weiß«, gab sie zu und sah an ihm vorbei, um kurz darauf seinem Blick wieder zu begegnen. Ihr Mund öffnete sich zum Sprechen, doch dann drehte sie ihren Kopf zur Seite und löste sich von ihm. Mit einem Schritt war sie an der Tür und drückte sie auf.

Es lag auf der Hand, dass sie irgendetwas belastete, aber was auch immer es war, irgendetwas schien sie daran zu hindern, darüber zu reden. Es war nicht seine Absicht, sie zu zwingen. Sie sollte sich ihm öffnen, wenn sie sich dazu bereit fühlte.

Kapitel 17

Emily

»Ein letztes Mal, s'il vous plaît.« Madame Chevalier, Annis Ballettlehrerin, stand vor dem Spiegel in ihrem klassischen Ballettanzug und klatschte einmal. Die schwarze Strumpfhose und das hautenge Oberteil, das in ein Röckchen überging, betonte ihre grazile Figur. Als die Musik ertönte, nickte sie im Takt von Tschaikowskys *Der Nussknacker* und ging auf und ab, ohne den Blick von ihren Schülerinnen zu lassen.

Emily wartete gemeinsam mit den Eltern der anderen Kinder vor der Besucherscheibe, neben der offen stehenden Tür im langen Flur und beobachtete die Mädchen und Jungen, wie sie ihre Arme und Beine koordinierten. In Emilys Augen waren Annis Körperhaltung und Schritte perfekt. Die anderen Kinder waren ebenso talentiert, doch bei Anni ging ihr das Herz auf, als wäre sie ihre eigene Tochter. Obwohl sie nicht die Hauptrolle der Klara tanzte, sondern eine Schneeflocke, minderte dies ihren Stolz keineswegs.

Mit einem Lächeln gratulierte sie den anderen Müttern still. Ihre Gesichter verrieten, dass sie ähnlich wie Emily dachten. Trotzdem war unübersehbar, dass ihre

Anwesenheit Fragen aufwarf. Einige der Mütter steckten ihre Köpfe zusammen und tuschelten miteinander, während andere Emily mit durchdringenden Blicken musterten. Plötzlich fühlte sie sich underdressed in ihrem langen Mantel, dessen Nähte sich lösten, und ihren abgetragenen Stiefeln. Verstohlen ließ sie den Blick über die allesamt modern und nach dem neusten Trend gekleideten Frauen wandern. Selbst ihre Lippen schimmerten in den angesagtesten Farben, und ihre Haare glänzten in den verschiedensten Gold- und Blondtönen. Emilys Naturlocken dagegen hingen ihr immer widerspenstig, ein wenig spröde und kraus auf den Schultern.

Obwohl sie Anni heute nicht zum ersten Mal vom Training abholte und einige Gesichter kannte, scheuten die Frauen nicht davor, ihre Vermutungen leise zu äußern. Emily bemühte sich, die Spekulationen zu ignorieren, was genau sie mit der Familie von Hohenlich zu tun haben könnte, doch fiel es ihr schwer »Marina«, »Bein gebrochen« und »die schrecklich angezogene Neue« zu überhören. Es hätte ihr klar sein müssen, dass geredet werden würde, wenn sie sich häufiger in der Öffentlichkeit blicken ließ. Egal, ob mit den Kindern oder mit Oliver. Sie fühlte sich unwohl bei dem Gedanken, zum Stadtgespräch zu werden. Obwohl niemand wissen konnte, in welcher Beziehung sie und Oliver standen. Im gleichen Moment fragte sie sich, wie er mit derartigen Situationen umging. Zweifellos füllte die eine oder andere Boulevardzeitung ihre Seiten mit Geschichten über ihn und seine Familie. Ihr Herz wurde bleischwer, als ihr klar wurde, was die Kehrseite der Medaille für sie bedeuten würde, falls ihre Beziehung sich überhaupt festigte. Ein Leben in Luxus würde ein Teil von ihr werden, und ihr Bild würde in zahlreichen Klatschblättern auftauchen. Hätte sie überhaupt Privatsphäre, wenn sie ständig unter Beobachtung der anderen stand? Was würde die Presse über sie schreiben? Würde sie ihren Kleidungsstil bemängeln oder ihre Herkunft, gar ihre Frisur? War das etwa der Preis für die Liebe zu Oliver? Oder dachte sie zu weit? War das, was sie führten, überhaupt eine Beziehung? Und was passierte, wenn Marina wieder gesund war und sie somit ihren Job verlor?

Heute Morgen hatte sie keine Zweifel gehabt. Sie war froh gewesen, dass Olivers Eltern schon sehr früh das Haus verlassen hatten und ihr nicht begegnet waren, als sie die Pausenbrote zubereitet hatte. Oliver hatte sich leise von hinten an sie herangeschlichen und erst ihren Hals und dann ihren Mund mit Tausenden Küssen bedeckt. Erst als die Kinder müde und schlaftrunken in die Küche gekommen waren, hatten sie zwangsweise Abstand nehmen müssen, aber nur, damit Anni und Liv ihr Frühstück bekommen konnten.

Jemand hustete und holte ihre Gedanken zurück in den Wartebereich.

Die Musik in dem Übungsraum wurde leiser, und die Kinder fielen anmutig zu Boden. Madame Chevalier klatschte, nachdem der letzte Ton verklungen war. Mit ihren ungeschminkten Lippen lächelte sie begeistert. »Bis Samstag«, verabschiedete sich die Lehrerin mit ihrem französischen Akzent.

Die Schülerinnen erhoben sich leichtfüßig und tapsten in ihren Ballettschuhen zu ihren Taschen, die an der Wand lehnten. Die Mädchen blieben kurz zusammen, tranken aus ihren Flaschen und sprachen miteinander.

Die Vorführung war bereits an diesem Wochenende. Heute war Mittwoch, es blieben nur noch wenige Tage. Emily hätte die Vorstellung gern gesehen, doch die begehrten Plätze waren bereits vergeben. Außerdem wäre es seltsam, gemeinsam mit Oliver dort zu erscheinen, insbesondere aus den Gründen, die ihr eben durch den Kopf gegeistert waren. Sie würde sich niemals mit ihrer mitgebrachten Kleidung an seiner Seite zeigen können. In Wahrheit war sie nichts weiter als ein modernes Aschenputtel. Ob es in der zeitgemäßen Version genauso ein Happy End gab, blieb abzuwarten.

Anni nahm ihren Beutel, zog ihr Getränk heraus und ging zu Emily in den Flur.

»Wow, du bist die entzückendste Schneeflocke weit und breit«, sagte sie und verscheuchte so ihre kreisenden Gedanken. Sie verspürte den Drang, ihr liebevoll durchs Haar zu fahren, aber der streng zurückgebürstete Dutt verbot es ihr.

»Danke. Wenn ich weiterhin so gut tanze, darf ich nächstes Jahr die Klara sein.«

Emily hob überrascht die Augenbrauen. »Na, da bin ich mir aber ziemlich sicher, dass das passieren wird. Ich drücke dir die Daumen«, versicherte sie ihr mit einem aufrichtigen Lächeln.

Die beiden zwängten sich durch den schmalen, doch lebhaften Gang zwischen den anderen Eltern hindurch, bis Anni kurz abbog und ihre Jacke aus der Umkleide holte.

Erneut hafteten neugierige Blicke auf Emily. Sie wünschte sich, dass diese Menschen den Mut aufbringen würden, sie ohne Scheu anzusprechen. Sie gab sich freundlich und lächelte selbstbewusst, obwohl ihr hundeelend war.

***

Auf den Weg nach Hause plapperte Anni unentwegt auf Emily ein, was ihr ein Schmunzeln entlockte. Ihr fiel es nie besonders schwer, Annis Geschichten zu lauschen, doch heute schweiften ihre Gedanken zu Oliver und dem Gespräch, das er mit Livs Lehrerin geführt hatte.

Als sie die Auffahrt hochfuhr, wummerte ihr Herz heftig in der Brust. In den Fenstern brannte Licht, und Olivers Auto stand ordnungsgemäß in der Garage, was ihr versicherte, dass er zu Hause war.

Anni rutschte vom Sitz, griff nach ihrer Tasche und rannte zur Tür. Emily folgte ihr und schloss auf. Die Abläufe waren ihr mittlerweile so vertraut, dass ein wohliges Gefühl durch ihren Körper strömte. Es fühlte sich an, als würde sie nach Hause kommen. Während Anni zielstrebig in ihr Zimmer stürmte, marschierte Emily ins Wohnzimmer, in der Hoffnung, Oliver dort anzutreffen.

Er saß gedankenverloren auf der Couch und rieb sich die Hände. Lange Schatten des prasselnden Feuers hüllten einen Teil seines Gesichts in Dunkelheit.

Ihr ganzer Körper geriet in Aufruhr, und am liebsten hätte sie mit nur einer Geste all seine Sorgen aus seinem Gesicht gewischt. Seine Stirn glättete sich, als er

204

Emily bemerkte. Sie nahm neben ihm Platz und fuhr mit der Hand durch sein Haar. Es fühlte sich weich und fest an, wie in ihrer Erinnerung, als ihre Finger sich in ihrer Leidenschaft darin verfangen hatten. Oliver erwiderte ihre Geste mit einem sanften Kuss, der zwar sehr kurz ausfiel, aber dennoch von tiefer Zärtlichkeit zeugte.

»Wie wars beim Ballett?«, erkundigte er sich und legte seinen Arm um ihre Schultern.

Sie überlegte, ob sie ihm von den tuschelnden Eltern erzählen sollte, doch entschied sich dagegen. Ihre Probleme, wenn es denn überhaupt welche waren, waren im Gegensatz zu seinen nicht der Rede wert. »Anni sieht richtig niedlich in ihrem Dress aus. Ich bin gespannt, wie das Neue ihr stehen wird, und besonders neugierig bin ich auf das Kostüm, das sie bei der Aufführung tragen wird.«

»Wie schnell die Zeit vergeht. In ein paar Tagen ist es schon so weit. Ich wünschte, du könntest mich begleiten. Aber die Karten sind seit Wochen ausverkauft.«

Obwohl Olivers enttäuschter Gesichtsausdruck sie berührte und sie Anni gern gesehen hätte, beruhigte es sie, dass sie nicht von fremden Augen begutachtet werden würde. »Da kann man wohl nichts machen.« Sie seufzte im Versuch, traurig zu klingen. Oliver runzelte die Stirn, und damit erst gar keine Fragen aufkamen, lenkte sie die Unterhaltung um. »Wie lief das Gespräch mit der Englischlehrerin?«, erkundigte sie sich und schmiegte sich an seine Schulter.

Als sie einen leisen Seufzer von ihm vernahm, beugte sie sich vor, um in sein Gesicht zu sehen.

»Sie hat eine Fünf minus geschrieben«, sagte er und fuhr sich ächzend durch das Haar. »Sie kann die Englischnote ausgleichen. Aber wenn die Leistungen schlecht bleiben, was in der Oberstufe nicht ungewöhnlich ist, wird sie nicht auf die Universität gehen können.«

Emilys Herz raste, während sich ein dicker Kloß in ihrer Kehle bildete. Sie wartete einen kurzen Augenblick, um sicherzugehen, dass er sie nicht auf den Arm nahm. Aber seine Miene blieb unbewegt. Sie hatte versagt. Emily sah an ihm vorbei und kaute gedankenverloren auf der Wangeninnenseite, ging die Vokabeln und Grammatikregeln durch, die Liv alle beherrscht hatte. Nein! Das konnte nicht sein. Sie wollte es einfach nicht glauben. »Hast du ihre Arbeit einsehen können?«

»Ja, natürlich. Ich habe sie sogar dabei.«

»Darf ich sie bitte sehen?«

Oliver wiegte den Kopf unschlüssig hin und her. »Das musst du Liv selbst fragen. Ich möchte nichts hinter ihrem Rücken entscheiden. Es ist ihre Klassenarbeit.«

Emily lächelte anerkennend. Andere Väter oder Mütter hätten ohne Zustimmung des Kindes gehandelt, wie sie aus Erfahrung und zahlreichen Einrichtungen wusste. »Vielleicht ist es ohnehin besser, wenn ich persönlich über die vermasselte Arbeit mit ihr rede. Weißt du, ich fühle mich in gewisser Weise schuldig.«

Oliver strich ihr zärtlich eine Strähne aus dem Gesicht und lächelte dabei. »Was ich dir definitiv zusichern kann, ist, dass du nicht der Grund bist. Das ist bereits geklärt. Sie redet sich mit einem Blackout aus der Affäre.«

Emily runzelte die Stirn. »Glaubst du ihr etwa nicht?«

»Die Lehrerin steht dem eher skeptisch gegenüber. Dafür hat sie zu entspannt im Unterricht gewirkt.«

»Aha«, murmelte sie. »Dann wird es wohl einen anderen Grund geben.« Entschieden erhob sie sich und machte sich auf den Weg, das Rätsel zu lösen.

***

»Ja, bitte«, bat Liv Emily herein, nachdem sie geklopft hatte. Liv saß auf der Fensterbank, ein Bein aufgestellt, während das andere herunterhing. Ihr Zimmer war nicht so verspielt wie das ihrer Schwester, was an dem Altersunterschied lag. Der Raum war schlicht in Weiß und Grau gehalten. Die Bettdecke lag unordentlich auf der Matratze, als wäre sie in diesem Moment erst aufgestanden. Im Gegensatz dazu war ihre Frisierkommode aufgeräumt, mit einer Vielzahl an Tuben, Tiegeln und Pinseln ausgestattet.

»Hi, Liv. Was machst du gerade?«, fragte Emily und trat etwas näher.

»Och. Eigentlich gucke ich nur aus dem Fenster.«

Sie schmunzelte. »Das hört sich entspannt an.« Sie erhaschte einen kurzen Blick in den schneebedeckten Garten, in dem Olaf noch immer allein ohne Freundin verharrte. Danach fiel ihr Augenmerk auf die Lektüre *A Christmas Carol*, die unter einem Kissen hervorlugte, fast so, als hätte Liv das dünne Buch verstecken wollen. Lächelnd zog sie es hervor und blätterte darin. »Euer neues Thema in Englisch?«, fragte Emily, während sie die Seiten wie bei einem Daumenkino durch die Finger gleiten ließ.

»Ja, passend zur Weihnachtszeit. Die Lehrerin hat die Geschichte verteilt«, sagte Liv knapp.

Emily beendete ihre Durchsicht und verharrte auf den ersten leeren Seiten. »Dann gehört sie der Schule?« Obwohl ihr irgendetwas seltsam vorkam, hielt sie Liv die Lektüre entgegen.

Sie nickte.

»Ich liebe diese Geschichte. Meine Mutter hat mir auf Englisch daraus vorgelesen, als ich ein kleines Kind gewesen bin. Du hast ja bestimmt mitbekommen, dass meine Eltern aus England stammen und ich zweisprachig groß geworden bin.«

Liv fuhr mit dem Daumen ehrfürchtig über den Buchumschlag und nickte erneut.

»Es liegt eine Weile zurück, dass ich über einen längeren Zeitraum Englisch gesprochen habe. Nach einer gewissen Zeit geht einiges verloren, wenn man aus der Übung ist. Deswegen mache ich mir große Vorwürfe, dass das mit der Arbeit in die Hose gegangen ist.«

»Nein, das brauchst du nicht«, entgegnete sie rau und mied Emilys Blick.

»Okay, dann bin ich ja schon mal beruhigt, aber nicht wirklich schlauer. Denn es muss ja einen Grund für deine Fünf minus geben.«

»Ich habe Papa schon gesagt, dass ich einen Blackout hatte.«

»Deine Englischlehrerin ist der Ansicht, dass du zu gelassen für so eine Situation reagiert hättest. Oft ist dieses Gefühl nur vorübergehend. Wenn du kurz rausgegangen wärst, hättest du es vielleicht überwunden.«

»Ich wollte niemanden stören.«

Emily stand kurz davor aufzugeben. Doch es war zu früh. Tief in ihr wusste sie, dass es einen Grund für all das gab. »Das ist sehr rücksichtsvoll von dir. Aber nur um anderen nicht zur Last zu fallen, verspielst du deine Chance, auf eine renommierte Universität zu gehen. Es ist doch Olivers größter Wunsch.«

Das erste Mal, seit Emily dieses Gespräch mit ihr führte, zeigte Liv eine echte Regung. Ihre Augen sprühten regelrecht und ihre Lippen bebten leicht. »Ein Vater ist also nur dann stolz auf seine Tochter, wenn sie seinen Erwartungen entspricht?«, spie sie wie ein wütender Drache, sodass Emily instinktiv einen Schritt nach hinten wich.

»Nein. Liv, so war das nicht gemeint. Oliver liebt euch. Er möchte nur das Beste für dich und Anni.«

»Ach, und weil er annimmt, dass er uns einen Gefallen damit tut, schickt er uns weg.«

Emily blinzelte. Aus Livs Perspektive hatte sie das noch nie betrachtet. Sie erinnerte sich an das Gespräch mit Anni im Auto, als sie munter über Olivers Pläne und die Familientraditionen geplaudert hatte. In ihrem Kopf wirbelten so viele Gedanken durcheinander, dass sie einen Moment brauchte, um die Informationen zu sortieren. Währenddessen fiel ihr Blick erneut auf die Lektüre – und sie erkannte, was ihr daran seltsam erschien. »Macht es dir etwas aus, wenn ich mir den Test mal anschaue?«

»Papa hat die Arbeit. Er muss sie unterschreiben.«

»Dann lass uns zu ihm gehen, so kannst du ihm ja auch gleich sagen, warum du sie absichtlich in den Sand gesetzt hast.«

Liv bekam große Augen, woraufhin Emily schmunzelte und sie zu sich winkte. Sie hakte sich bei ihr ein, als wären sie auf dem Weg zu einem Mädelstag. »Ach, Liv. Mir entgeht so schnell nichts. Du hast dich mit deiner Lektüre selbst verraten.«

Kapitel 18

Oliver

»Du schreibst absichtlich schlechte Noten, weil du nicht nach England auf die Universität willst?« Oliver starrte seine Tochter an, als hätte sie jemanden ermordet. Obwohl Wärme von dem lodernden Kamin ausging, bildete sich Gänsehaut auf seinem Körper.

Liv nickte. Die Arme hingen schlaff an ihr herab, als hätte die Aussprache ihr jegliche Energie geraubt. »Ich möchte nicht fort von hier. Mama hat uns im Stich gelassen und interessiert sich null für uns. Wenn ich gehe, vergisst du mich auch. Und Oma und Opa und Anni ebenfalls. Dann habe ich niemanden mehr. Ich bin ganz allein.«

Oliver hatte nie in Betracht gezogen, dass Livs schlechte Noten ein Ausdruck ihrer Liebe zu ihm sein könnten. Aber das … Im ersten Moment fühlte er sich überwältigt und im nächsten erleichtert, endlich zu verstehen, was Liv so lange bedrückt hatte.

Er sah Tränen in ihren Augenwinkeln schimmern, was ihn ermutigte, seine Tochter in die Arme zu schließen. Mit einem Schritt war er bei ihr, und als er Liv an seiner Brust spürte, blieb der erwartete Protest aus. Ein

Hauch ihres Pfirsichshampoos verteilte sich in seiner Nase. Es war ihr Lieblingsduft, seit ihrer Kindheit. Vor seinem inneren Auge sah er, wie sie als hilfloses Baby in seinen Armen lag und später stolz mit ihrer kleinen rosafarbenen Tasche in den Kindergarten marschierte. In der Grundschulzeit lächelte sie ihn mit ihrer breiten Zahnlücke an. Und nun stand sie vor ihm, erwachsen geworden als junge Frau und doch angsterfüllt. Es riss ihm schier das Herz aus dem Brustkorb, als er begriff, was für ein Druck er auf seine Tochter ausgeübt hatte. Sanft löste er sich von ihr, umfasste ihre Schultern und sah sie eindringlich an.

»Liv. Natürlich ist und bleibt es mein Wunsch, dass du die Universität besuchst, aber bevor es so weit ist, musst du erst das Abitur bestehen. Bis dahin sind es noch gute drei Jahre. In der Zwischenzeit wird so viel passieren. Du wirst neue Freunde finden und Bekanntschaften schließen. Du wirst dich verlieben und dich auch wieder entlieben. Dein Herz wird dir gebrochen, du brichst welche. Vielleicht stellst du fest, dass es dein sehnlichster Wunsch ist, doch nach England zu gehen – oder eben nicht. Lass es auf dich zukommen. Ich werde dich zu nichts zwingen.«

Er nahm seine Hände von ihr und betrachtete seine Tochter voller Stolz, die den Mut gefunden hatte, ihm ihre Ängste und Sorgen zu offenbaren. Auch wenn E-mily einen großen Teil dazu beigetragen hatte, hatte es letztendlich an Liv gelegen, sich ihm anzuvertrauen.

»Danke, Papa.« Ein letztes Mal umarmte sie ihren Va-ter, bevor sie die Türklinke umschloss.

»Und was machen wir mit der Englischarbeit?«, hielt er sie zurück. Oliver wedelte auffordernd damit. »Dir ist doch klar, dass sie wiederholt werden muss. Wenn du magst, rede ich mit der Lehrerin.«

Selbstbewusst nahm Liv das lose Blatt mit den vielen roten Anmerkungen darauf und gab sich zuversichtlich. »Das regele ich«, sagte sie.

»Ach, Liv!« Nun war es Emily, die sie daran hinderte, den Raum zu verlassen.

»Ja?«

»Werden die Schulbücher noch mit diesen Schulstempeln versehen? Du weißt schon, auf der ersten Seite sind diese Angaben vermerkt, wer das Buch in welchem Jahr benutzt hat.«

Sie zuckte unbeeindruckt die Schultern. »Ja, klar.«

Auf Emilys Lippen erschien ein breites Lächeln. »Okay.«

»Darf ich jetzt gehen?«, fragte Liv mit einem leicht genervten Unterton.

»Natürlich«, antwortete Oliver. Er wandte sich fragend an Emily, sobald die Tür hinter Liv zugefallen war.

»In der Ausgabe ihrer Englischlektüre war nichts dergleichen abgedruckt. Ich vermute, dass sie es freiwillig liest.«

Mit nur einem Schritt schloss er die Lücke zwischen ihnen. Er legte seine Hand auf ihren unteren Rücken und zog sie an sich heran. »Heißt du in Wirklichkeit Nanny McPhee oder Mary Poppins? Du musst Zauberkräfte besitzen«, flüsterte er und hinterließ eine heiße Spur seines Atems auf ihrem Hals. Emily genoss seine Zärtlichkeiten, und er spürte ihr Herz schneller schlagen.

»Nein, weder noch. Ich kann gut zuhören und mich in Kinder- beziehungsweise Teenagerherzen einfühlen. Es ist mein Job.«

Oliver sah sie bewundernd an, während er seinen Daumen über ihre Wange gleiten ließ. Am liebsten hätte er sie geschnappt, um mit ihr nach oben zu gehen, aber er wollte sie ein wenig länger im Schein der Flammen betrachten und die Vorfreude genießen. Bisher hatten sie getrennt in ihren jeweiligen Zimmern geschlafen, obwohl er sich nach ihr verzehrt hatte, aber heute würde er sie bitten, die Nacht bei ihm zu verbringen.

»Meinst du, das Schicksal hat uns zusammengeführt?«, fragte er und kniff leise stöhnend die Augen zusammen. Hörte er sich nicht zu rührselig für einen Mann an? Es wäre ihm unangenehm, wenn Emily jetzt losprustete, weil er sich zu gefühlsbetont gezeigt hatte. Doch seine Bedenken waren unbegründet. Sie lächelte zart und strich ihm eine Haarsträhne aus der Stirn.

»Ja, es könnte sein.«

»Die erste Begegnung war etwas holperig, aber ich denke, unsere Kennenlerngeschichte passt hervorragend in die Ahnengalerie.« Auch wenn er so unglaublich weit in die Zukunft dachte, konnte er es sich gut vorstellen. Oliver zwinkerte und verschränkte seine Finger mit ihren.

»Und indem du mir magische Fähigkeiten andichtest, veränderst du ein klein wenig die Realität, damit ich interessanter wirke?« Zur Veranschaulichung hielt Emily Daumen und Zeigefinger einen guten Zentimeter auseinander, woraufhin Oliver die Augenbrauen gespielt empört in die Höhe zog.

»Allein deine Haarpracht verleiht dir die Ausstrahlung einer faszinierenden Persönlichkeit. Außerdem werde nicht ich derjenige sein, der Geschichten über uns erzählt. Unsere Nachfahren werden uns zum Leben erwecken müssen, wenn wir gemeinsam nachts in den Gemäuern Hand in Hand herumgeistern und über das Erbe der Familie wachen.«

Emily grinste und verpasste ihm einen sanften Seitenhieb in die Rippen. »Du willst nur, dass ich an deine Geistergeschichte glaube, damit ich mich fürchte.«

»Nein. Ich möchte, dass du heute Nacht bei mir bleibst.«

***

Oliver fühlte sich so erfüllt und ausgeglichen wie lange nicht mehr. Selbst die Nachricht, dass Jule das Angebot, das Chalet zu bekommen, abgelehnt hatte, ließ ihn kalt. Irgendwann würde sie zur Ruhe kommen, möglicherweise mit dem richtigen Partner an der Seite, ähnlich wie er sein Glück mit Emily gefunden hatte.

Er saß Freitagnachmittag an seinem Schreibtisch und las die E-Mail von Frau Schellberg-Döring zum zehnten Mal, obwohl sie ihn vor Stunden erreicht hatte. Liv hatte bei der Nachprüfung eine glatte Eins geschrieben, was seine Tochter wiederum kurze Zeit später durch ein trötendes Emoji und ein Foto der Note bestätigt hatte.

Oliver fiel ein tonnenschwerer Stein vom Herzen. Da er sich bewusst war, dass Emily nicht unwesentlich zu diesem Erfolg beigetragen hatte, wollte er sich bei ihr revanchieren. Er hatte alle Hebel in Bewegung gesetzt und eine Eintrittskarte beschafft. Es war eine Herausforderung gewesen, da alle Plätze bereits vergeben waren. Doch den Wunsch eines von Hohenlichs konnte niemand ausschlagen, insbesondere dann nicht, wenn eine kleine finanzielle Zuwendung in Aussicht stand. Nur selten spielte er den Joker aus, doch diesmal schien es ihm nützlich.

Ein warmes Gefühl breitete sich bei der Vorstellung in seiner Magengrube aus, wie Emily bei der Aufführung neben ihm saß und sie sich berührten. Er war gespannt, wie sie auf seine Einladung reagieren würde.

Da sie mit Anni bei der Generalprobe war, musste er sich ein klein wenig gedulden. Er erhob sich und sah aus dem Fenster. Es schneite leise vor sich hin, was die Welt gleich langsamer und ruhiger wirken ließ.

Genau in diesem Moment tauchten die Lichter der Scheinwerfer auf, die er Emilys Wagen zuordnete. Sein Herz trommelte wild in seiner Brust und ein wohliger Schauer rieselte seinen Rücken hinunter.

Er wollte nicht übertrieben eilig die Treppe hinunterstürzen, um sie zu empfangen. Sie sollte nicht denken, dass er wie ein liebeskranker Teenager auf sie gewartet hatte. Deswegen ließ er sich Zeit die Stufen hinunterzugehen, um den beiden die Gelegenheit zu geben, anzukommen und sich aufzuwärmen.

Er fand sie in der Küche vor. Anni trug ihr neues Ballettkleidchen, das Emily ihr bestellt hatte. Sie sah bezaubernd aus in ihrer weißen Strumpfhose und dem rosafarbenen Übungskleid, das mit einem seidenen Schleifchen an der Seite zusammengehalten wurde.

Als seine Tochter ihn entdeckte, sprang sie ihm regelrecht in den Arm. »Papiii«, begrüßte sie ihn voller Euphorie.

»Du siehst wie eine Prinzessin aus«, sagte er und gab ihr einen Stups auf die Nase. »Wie war die Generalprobe?«

»Toll«, erwiderte sie. »Es sind nur ganz kleine Patzer passiert, aber das ist fast gar nicht aufgefallen.«

»Ich fand sie perfekt. Wenn morgen der Ablauf genauso ist, dann wird das Publikum vor Begeisterung aufstehen und so oft Zugabe rufen, bis ihr nicht mehr stehen könnt.«

Obwohl Emily sich um Heiterkeit bemühte, glaubte Oliver Gegenteiliges in ihren Zügen zu lesen. Irgendetwas belastete sie. Möglicherweise war genau jetzt der richtige Zeitpunkt gekommen, sie mit der Karte zu überraschen, um sie aufzumuntern.

Just in diesem Moment kam Liv in die Küche, öffnete mit einem knappen »Hallo« die Tür des Kühlschranks und steckte ihren Kopf hinein.

»Schön, dass du da bist. Ich habe eine kleine Mitteilung zu machen«, begann Oliver und wurde sogleich unterbrochen.

»Hey, Liv. Gratulation zu deinem Einserschnitt. Ich wusste, dass du das packst.«

Er war erstaunt, dass Emily bereits Bescheid wusste, doch vermutlich hatte Liv sie auf die gleiche Weise wie ihn informiert. »Okay«, versuchte er es ein zweites Mal. »Ich habe eine Überraschung.«

»Du hast eine Eins in Englisch? Hast du die Lehrerin bestochen?«

Liv streckte ihrer Schwester die Zunge raus. »Gewöhn dich an den Gedanken, dass deine Tage als Klassenbeste hier in der Familie gezählt sind.«

»Liv, bitte!«, ermahnte Oliver und tadelte sie mit strengem Blick. Woraufhin sie noch schnell einen Hieb gegen ihre Schwester austeilte.

Als nun endlich die ganze Aufmerksamkeit auf ihn gerichtet war, wollte er seine Überraschung nicht unnötig in die Länge ziehen. »Wie ihr wisst, sind die Ballettkarten ausverkauft, aber ich habe es geschafft, eine weitere zu ergattern. Was bedeutet, dass Emily sich das Stück morgen angucken kann.«

Anni streckte freudig ihre Arme empor und stieß ein jubelndes »Yippie!« aus, während Liv etwas besonnener reagierte und kommentierte: »Das wird stinklangweilig. Am besten packst du dir ein Nackenkissen ein.« Woraufhin sie sich erneute Hiebe ihrer Schwester einheimste.

Emilys Teint wechselte von ihrem natürlichen Rosa zu ungesund Weiß, was Oliver erkennen ließ, dass er sich geirrt hatte, als er angenommen hatte, sie würde sich über einen gemeinsamen Abend freuen. Sein Herz rutschte ihm in die Hose, denn Emilys Reaktion war nicht die, die er sich erhofft hatte.

»Stimmt etwas nicht?«, fragte er fast schon tonlos.

»Oliver, das ist wirklich lieb gemeint, aber …« Emily brach ab und sah an ihm vorbei. Sie presste ihre Lippen aufeinander, als würde sie die Worte mit aller Macht zurückhalten. Ihr Blick wanderte unruhig durch die Küche, verweilte kurz bei ihrer Bluse und der zerbeulten Jeans, die an ihren abgelaufenen Schuhen endete. Leise seufzte sie.

Oliver runzelte die Stirn. Was war in der kurzen Zeit geschehen, dass sie nicht bei ihm sein wollte? Mittlerweile hatten auch die Kinder aufgehört, sich zu necken, und sahen Emily genauso fragend an, wie er es tat.

Nach einem schrecklich langen Moment der Stille erriet Liv Emilys Bedenken als Erste. »Papa. Ist doch logisch. Emily hat nichts anzuziehen. Ihre Jacke löst sich in Wohlgefallen auf und ihre Bluse ...« Sie legte ihren Kopf schief und betrachtete Emily, als wäre sie ein Model, das es anzukleiden galt. »Nicht mehr up to date.«

»Den Eltern im Wartebereich ist das auch schon aufgefallen«, murmelte Emily, deren Wangen die Farbe ihrer Haare annahmen.

»Du kannst in meinem Schrank mal gucken. Da ist sicherlich etwas für dich dabei«, bot Liv freundlich an.

»Ist das so? Du fühlst dich wegen deiner Kleidung nicht willkommen?«

»Eigentlich fühle ich mich wohl in meinen Sachen, nur gefallen sie den anderen nicht. Wenn ich in dieser Aufmachung neben dir erscheine, könnte es zu Getuschel kommen. Ich möchte nicht, dass wegen mir getratscht wird, und noch weniger möchte ich, dass mich jeder wegen einer abgetragenen Jacke ansieht.«

Oliver hörte Emily bis zum letzten Wort zu. Er kannte das Gefühl, gemustert zu werden, obwohl er selbst noch nie in die Verlegenheit gekommen war, sich falsch angezogen zu fühlen.

Ein Lächeln erschien auf seinen Lippen. »Okay, dann gehen wir eben einkaufen. Mädels zieht euch an.«

Liv und Anni zeigten ihre Begeisterung, indem sie einen verschwörerischen Blick wechselten. Er verkniff sich ein Grinsen, denn er ahnte, dass sie etwas für sich abstauben wollten. Das störte ihn nicht, er war in Spendierlaune. Hauptsache, er hatte Emily morgen an seiner Seite, egal, in welchem Outfit. Und wenn sie sich erst einmal vom Einkaufsfieber hatte anstecken lassen, würde ihre Freude von selbst erwachen.

Kapitel 19

Emily

Emilys Augen leuchteten im weihnachtlichen Glanz der Mall. Überall waren die Schaufenster mit Lichterketten und schillernden Weihnachtsdekorationen versehen. Ein Lebkuchenstand verströmte den Duft nach Nüssen, Zimt und Schokolade. Leise Musik unterstrich die festliche Atmosphäre.

»Welches Geschäft wollen wir eigentlich unsicher machen?«, fragte Oliver, der sich fragend im Kreis drehte und bis hoch zur Spitze des riesigen Weihnachtsbaumes schaute.

»Dort gibt es einen H&M«, entgegnete Emily und zeigte zu den großen Buchstaben. Sie empfand es als äußerst großzügig, auf Olivers Kosten einzukaufen, dennoch sollte er nicht denken, dass sie seine Freundlichkeit ausnutzen würde, indem sie in teure Boutiquen ging.

»Na bitte, dafür müssen wir in den zweiten Stock«, erklärte Anni voller Tatendrang und zog Emily zur Rolltreppe.

Ihre Zurückhaltung hielt an. Aber als sie im Ladenlokal waren und Liv ihr eine cremefarbene Bluse unter die Nase hielt, verlor sie ihre Hemmungen. Das Oberteil sollte im Angebot gerade mal zwanzig Euro kosten. Und auch die Hose, die Liv aus dem Regal nahm, wies einen roten Aufkleber auf dem Preisschildchen auf. Von ihrer anfänglichen Befangenheit war nichts mehr zu spüren.

Anni führte sie zu den Ankleidekabinen, in denen das Licht furchtbar grell leuchtete und die Spiegel jedes Pölsterchen zur Geltung brachten.

Während Emily die zahlreichen Hosen, Blusen und Kleider durch den Schlitz des Vorhangs in der Umkleidekabine empfing, verwahrte Oliver die dicken Jacken der Kinder und beobachtete anschließend schmunzelnd das Schauspiel.

Emily zog das erste Outfit an, schob den Sichtschutz beiseite und trat in einem kurzen schwarzen Kleid hervor, das eher für eine Cocktailparty als für eine Theateraufführung geschaffen war. Ihr Herz klopfte, als sich alle Blicke auf sie richteten. Es lag eine Weile zurück, dass sie sich die Meinung anderer eingeholt hatte, um eine Entscheidung zu treffen. Wärme breitete sich in ihrer Brust aus, und ein tiefes Gefühl der Zugehörigkeit nistete sich in ihrem Herzen ein. Es fühlte sich angenehm an, dass es Menschen gab, auf deren Unterstützung sie bauen konnte. Aber ein bisschen kam sie sich wie bei *Germany's Next Topmodel* vor, wenn über das Weiterkommen entschieden wurde. »Es ist schön und es passt, aber das bin doch nicht ich.«

»Du siehst hinreißend aus«, kommentierte Oliver sofort.

»Das Kleid steht dir, doch für den Anlass etwas zu überzogen«, erklärte Liv und schürzte die Lippen.

Die drei waren sich einig und schüttelten gemeinsam die Köpfe, als hätten sie sich abgesprochen, woraufhin Emily sich in die Kabine verkrümelte, um kurze Zeit später in einer engen Bluejeans und einer schlichten weißen Bluse mit einer Kordel an der Taille zu erscheinen.

Abermals verneinten sie in einer Geste, woraufhin sie eilig einen Schritt zurücktrat und den Vorhang zuzog.

Resigniert pellte sie sich aus der Bluse, streifte sich das letzte Outfit über. Ein Blick in den Spiegel ließ ihr Herz hüpfen. Um sicherzustellen, dass der Jumpsuit perfekt saß, drehte sie sich in alle Richtungen. Sie war hingerissen. Sollte auch nur eine Person Kritik daran üben, würde sie die Shoppingtour sofort beenden, nach Hause gehen und der morgige Auftritt würde ohne sie stattfinden. Ein letztes Mal atmete sie tief aus, schob den Vorhang beiseite und präsentierte ihren smaragdgrünen Jumpsuit, der vorn gebunden und leicht gerafft war und ihre Haarfarbe zur Geltung brachte.

»Wow, du siehst toll aus.« Liv fühlte mit Daumen und Zeigefinger den Stoff. »Grün ist ja so gar nicht meins, aber dir steht die Farbe hervorragend.«

»Danke«, sagte Emily und wartete gespannt auf Olivers Reaktion.

»Du siehst bezaubernd aus«, antwortete er mit einem sanften Lächeln, während seine Augen vor Wärme und Zuneigung nur so strahlten.

»Finde ich auch«, bestätigte Anni und übergab ihr mit einem breiten Grinsen einen grauen Wollmantel. »Probiere ihn an.«

In einer geschmeidigen Bewegung schlüpfte Emily in den weichen, angenehmen Stoff, der ihr bis zu den

Kniekehlen reichte. Sorgfältig schloss sie die drei in Holzoptik gehaltenen Knöpfe.

»Mhm«, murmelte Oliver, woraufhin sich ihre Stirn in Falten legte.

»Mir gefällt das Outfit«, erwiderte sie selbstbewusst, begutachtete sich im Spiegel und fragte sich, was es jetzt auszusetzen gab.

»Ja, es ist perfekt, aber du brauchst neue Schuhe. Deine harmonieren nicht damit, außerdem haben sie ausgedient.«

»Oh«, entschlüpfte es Emily. Sie sah auf ihre Stiefel hinab, in die sie in der Hektik nur sporadisch geschlüpft war.

»Ja, komm. Lass uns das passende Paar für dich finden«, schlug Anni vor und war schon drauf und dran, sie aus dem Geschäft zu ziehen. Ihre Begeisterung war so ansteckend, dass Emily es kaum erwarten konnte, das Outfit perfekt zu machen.

Während Liv die ausgemusterten Sachen an eine Stange hing, übergab Emily Oliver den Jumpsuit und die Jacke mit einem dankenden Blick, den er zärtlich erwiderte.

Nachdem die stark geschminkte Kassiererin ihm die braune Papiertüte übergeben hatte, traten sie aus dem Laden, um direkt in den nächsten zu gehen.

In dem Geschäft roch es nach Leder und Luxus. Das Licht tauchte die Regale voller Einzelexemplare in einen warmen, goldenen Ton. High Heels bis hin zu bequemen Straßenschuhen, die mit funkelnden Glitzersteinen verziert waren und deren Prunk mit dem bloßen Auge ersichtlich war, boten für jeden Geschmack etwas. Ehrfürchtig schritt Emily durch den Gang und traf auf eine Verkäuferin mit vollen, glänzenden Lippen, geschwungenen Wimpern und schimmernden Wangen. Ihr schwarzes Haar war streng nach hinten gekämmt und endete in einem seidig fallenden Pferdeschwanz. Sie trug einen dunklen Anzug, als wollte sie den roten Teppich in Hollywood durchschreiten, und wirkte genauso edel wie die angepriesenen Schuhe. Panik überkam Emily, als ihr bewusst wurde, dass sie sich nicht einer Deichmann-Filiale befand. Entschieden wollte sie das Geschäft wieder verlassen, doch Oliver hielt sie sanft, aber bestimmt zurück.

»Es ist okay. Such dir ein schönes Paar aus. Der Preis spielt keine Rolle.«

Sie wollte gerade zum Protest anheben, als die Verkäuferin ihnen gegenübertrat. »Guten Tag, Herr von Hohenlich. Kann ich Ihnen behilflich sein?«

Emily war zunächst überrascht, dass sie Oliver mit Namen ansprach, aber vermutlich ging er hier ein und aus. Ein Blick auf seine Schuhe genügte, um das festzustellen.

»Das können Sie. Wir sind auf der Suche nach den perfekten Schuhen zu einem grünen Jumpsuit und einem grauen Mantel, den meine entzückende Begleitung morgen tragen wird.«

Emily war sich sicher, einen Anflug von Stolz in Olivers Blick zu erkennen, während das Lächeln der Dame wie eingemeißelt blieb. Sie musterte Emily kurz, aber durchdringend und stellte sie sich vermutlich in dem beschriebenen Outfit vor.

Emilys Wangen färbten sich rosa. Doch das bekam die Verkäuferin gar nicht mit. Sie lief zu einem Regal, um gleich darauf mit einer Stiefelette mit dicker Sohle und in einer ähnlich grauen Farbe wie der Mantel zurückzukehren. »Das ist Größe achtunddreißigeinhalb. Die müssten Ihnen passen.«

Ehrfürchtig nahm Emily ihr die Stiefel ab. Das Leder fühlte sich weich und edel an. Sie überlegte, wann sie jemals derart teure Schuhe in ihrem Leben getragen hatte, als sie sich auf einen Stuhl setzte, der extra für die Anprobe bereitstand. Erst schlüpfte sie in den rechten und schließlich in den linken Schuh. Als sie aufstand und ein paar Schritte darin lief, war sie längst überzeugt. Das komfortable Fußbett passste sich sanft der Form ihrer Sohle an.

»Und?«, fragte Oliver neugierig.

»Ich liebe sie.«

»Dann ist das gebongt.«

Emily streifte sie ab und versuchte herauszufinden, ob irgendwo ein Preisschildchen zu finden war, aber sie entdeckte auf die Schnelle keines. Bestimmt waren sie völlig überteuert, ging es ihr durch den Kopf, während Oliver der Verkäuferin signalisierte, dass sie die Schuhe mit zur Kasse nehmen konnte. Emily sah ihr dabei zu, wie sie den schwindelerregenden Preis in das Gerät tippe, und schaffte es nicht, das alles zu stoppen. Erst als Oliver Anni und Liv herbeirief, erwachte sie aus ihrer Starre.

»Hast du dich etwa schon entschieden?«, erkundigte sich Liv mit großen Augen.

»Du bist doch deswegen nicht traurig, oder?«, fragte Emily und fand ihr Lächeln wieder.

»Nur, dass wir schon fertig sind und wohl nach Hause fahren«, gab sie zu.

Ein sanfter Ausdruck erschien auf Olivers Gesicht, der Emilys Herz erwärmte. Sie spürte regelrecht, wie die beiden zusammenwuchsen, seitdem alle Missverständnisse aus dem Weg geräumt waren. Auch Emily wollte nicht, dass der Ausflug schon zu Ende war. Sie warf einen kurzen Blick auf die Uhr. »Was haltet ihr davon, wenn wir eine Kleinigkeit essen? Gegen einen kleinen Snack auf dem Weihnachtsmarkt hätte ich nichts einzuwenden.«

»Ja, warum nicht?«, stimmte Oliver zu.

Kapitel 20

Oliver

»Wenn man dich so reden hört, könnte man meinen, du wärst nicht nur verliebt, sondern Emily regelrecht verfallen.« Chris lachte schallend, sodass Oliver das Handy ein kleines Stück vom Ohr weghalten musste. Fast klang es so, als würde sich sein bester Freund über seine Schwärmerei lustig machen, dabei hatte er ihm bloß von der gestrigen Shoppingtour und dem Besuch auf dem Weihnachtsmarkt erzählt. Sie hatten Kakao getrunken und zu zweit eine Tüte gebrannte Mandeln geteilt, während die Mädchen ein Crêpe genossen hatten. Es war ein Tag wie aus dem Bilderbuch gewesen.

»Hey, Oliver«, beschwichtigte sein Freund ihn. »Ich will, dass du glücklich bist, deswegen werde ich dir in Liebesangelegenheiten nicht mehr reinreden. Du bist alt und erfahren genug, um zu wissen, mit wem du dich einlässt.«

»Danke«, brummte er missmutig und fuhr sich durch die für den Auftritt gestylte Frisur. Nun standen sie vermutlich in alle Himmelsrichtungen ab. Seufzend stellte er sich vor den Spiegel und prüfte den Sitz seines Anzugs. Sein Hemd war knitterfrei, eine Haarsträhne ragte störrisch empor. Seine Bemühungen, sie zu bändigen, misslangen.

»Okay, jetzt mal zu einem ernsteren Thema. Ich habe Neuigkeiten, was deine Ex anbelangt.«

Nun wurde er hellhörig. Er wandte den Blick von seinem Spiegelbild ab und marschierte im Zimmer auf und ab. »Geht sie auf den Deal ein?« Für einen kurzen Moment hielt er den Atem an. Es wäre solch eine Erleichterung. Er würde ihr sogar einen kleinen Betrag zusteuern. Hauptsache, das Landhaus blieb in seinem Besitz.

Chris ließ sich nach seinem Geschmack zu viel Zeit, spielte mit seiner Geduld, die allmählich aufgebraucht war.

»Nur wenn du den monatlichen Betrag für den nachehelichen Unterhalt erhöhst, wird sie zustimmen. Ich nehme an, dass ihr Anwalt sie angewiesen hat, das Angebot anzunehmen und nicht länger zu pokern.«

Erleichtert atmete er aus. Um Geld brauchte er sich ohnehin keine Gedanken zu machen. Sollte sie es haben. Das, was er dafür bekam, nämlich Ruhe, war unbezahlbar. »Wie hoch soll denn der Ausgleich ausfallen?«, fragte er und richtete seinen Schlips, der, wie er fand, zu lang gebunden war.

»Wir stehen noch in Verhandlung. Aber, hey. Vertrau mir. Mehr als tausend Euro werden es nicht.«

Oliver würde auch das Dreifache zahlen. Umständlich hantierte er an seiner Krawatte, die er so nicht mehr lassen konnte. Resigniert ließ er die Hand sinken. »Danke. Ich schulde dir was.«

Abermals lachte Chris laut. »Du wirst deine Meinung ändern, wenn ich dir die Rechnung schicke.«

Dafür hatte er nur ein müdes Lächeln übrig. »Wir sehen uns nächste Woche. Halt die Ohren steif.«

»Du auch«, entgegnete Oliver und beendete das Gespräch. Er steckte das Handy in die Hosentasche und knotete erneut seinen Schlips, was gründlich in die Hose ging. Nach einem weiteren Versuch resignierte er. Ob Emily gelernt hatte, Krawatten zu binden? Bei der Vorstellung, wie sie mit ihren zierlichen Fingern einen Knoten band, vollführte sein Herz einen berechtigten Freudentanz.

Kurze Zeit später stand er vor ihrer Tür und klopfte.

Sie reagierte nicht.

Drei Mal wiederholte er sein Klopfen, aber sie schien nicht auf ihrem Zimmer zu sein. Enttäuscht drehte er sich weg und erwischte Anni dabei, wie sie gut gelaunt und vollgepackt mit diversen Make-up-Fläschchen und Pinseln an ihm vorbei stob.

»Hi, wohin gehst du?«, fragte er.

»In mein Zimmer«, antwortete sie knapp und öffnete die Tür trotz der vielen Utensilien in akrobatischer Meisterleistung.

Was er dort vorfand, entlockte ihm ein Schmunzeln. Liv betupfte Emilys Lippen und forderte sie auf, sie aufeinanderzudrücken.

Als seine Tochter ihn entdeckte, verdrehte sie die Augen und schnaubte theatralisch aus. »Papa, kannst du bitte gehen und wiederkommen, wenn wir hier fertig sind?«

»Eigentlich wollte ich Emily fragen, ob sie Krawatten binden kann«, entgegnete Oliver konsterniert. Wobei seine Verwunderung eher dem Wort Papa, als ihrem entschiedenen Auftreten galt.

»Ich erledige das, sobald Liv mich hier weglässt«, hörte er Emily amüsiert sagen.

»Okay, dann, gehe ich mal wieder.«

»Ich komme mit. Oma macht mir doch immer den Dutt. Und umziehen muss ich mich auch noch.« Anni tippte auf ihr Handgelenk, wo man eine Armbanduhr vermuten würde, wenn sie denn eine tragen würde. »In einer Dreiviertelstunde müssen wir los«, erinnerte sie streng.

»Das schaffe ich, wenn ich meine Ruhe vor euch habe«, sagte Liv und arbeitete konzentriert weiter.

Oliver zog die Tür hinter sich zu und zuckte die Schultern.

»Ich ziehe mich rasch um und düse zu Oma. Tschüss.«

Lächelnd sah er Anni nach. »Wenn du Hilfe brauchst ...«, rief er hinter ihr her, aber da war sie schon in ihr Zimmer verschwunden.

Da er nur den Schlips zu binden hatte und sonst für den Auftritt fertig war, ging er ins Wohnzimmer, wo er seine Eltern vermutete.

Carl saß vor dem Kamin und blätterte in der Zeitung. Er trug einen grauen Anzug, feine Lederschuhe, die im Schein des Feuers glänzten, und dazu ein blütenweißes Hemd mit seinen Initialen auf den Manschettenknöpfen. Seine Mutter trug einen zweiteiligen, knielangen Rockanzug aus beigefarbenem Tweed und dazu passende Schuhe, die nicht ganz dem Wetter entsprachen.

»Du siehst hervorragend aus, aber dein Schlips ...« Sie trat vor ihn und nestelte an seiner Krawatte. Mit einer sanften Geste hielt er sie davon ab.

»Danke, Mama. Mach dir keine Umstände. Anni ist in ihrem Zimmer und wartet darauf, dass du ihr den Dutt machst.«

»Ach Gott, ja. Wo habe ich nur wieder meinen Kopf gelassen?« Cecilias Schuhe hallten hektisch über das Parkett, bevor der Flur das Geräusch verschluckte.

Die Zweisamkeit zwischen Vater und Sohn kam ihm gelegen. Oliver sprach lieber allein mit seinem Vater über die Scheidungsangelegenheit, da Carl nüchterner handelte als seine Mutter, die viel emotionaler reagierte.

»So wie es aussieht, wird Jule das Chalet nehmen, wenn ich den nachehelichen Unterhalt etwas hochsetze.«

Er faltete die Zeitung zusammen und erhob sich. Väterlich klopfte er seinem Sohn auf die Schulter. »Das sind erfreuliche Nachrichten. Bestimmt wird sie endlich Ruhe geben.«

»Ja, das hoffe ich auch. Mir wäre es zwar lieber, wenn sie ganz aus meinem Leben verschwände, nur wird das nicht möglich sein, allein wegen der Kinder.« Außerdem würde es Jule sicher nicht gefallen, wenn sie herausfand, dass er in einer neuen Beziehung steckte. Sie war stets ohne Grund eifersüchtig gewesen und hatte ihm das auch gezeigt. Allein deswegen würde er ihr aus dem Weg gehen.

»Wenn sie alt genug sind, entscheiden sie selbst, ob und wie viel Kontakt sie zu ihrer Mutter möchten. Bis dahin musst du dich mit Jule arrangieren.« Carl schürzte die Lippen. »Es tut mir leid, wie sich alles entwickelt hat. Aber manchmal sind Umwege dafür gedacht, wahre Gefühle von den falschen unterscheiden zu können.«

»Danke, Papa.«

»Ich wünsche dir von Herzen, dass deine Liebe erwidert wird.« Carl drückte noch einmal Olivers Arm, als die Tür aufgeschoben wurde.

Liv kam zuerst herein. Sie trug eine weit ausgestellte Hose, dazu ein figurbetontes helles Top und einen lässigen Blazer. Anni hatte ihr Schneeflockenkostüm aus weißem und hellblauem Tüll angezogen, dessen Rock buschig abstand und im sanften Licht funkelte. Oliver musste schmunzeln, denn ihre schwarzen groben Schuhe passten so gar nicht zu dem restlichen Outfit. Doch bald würden die Boots den niedlichen Ballerinas weichen.

Als Emily eintrat, durchzog ihn ein Kribbeln vom kleinen Zeh bis hin zu seinen Haarspitzen. Sie trug den Jumpsuit und dazu die Stiefeletten. Den Mantel hatte sie über den Arm gelegt. Ihr Haar lockte sich seidig glänzend über die Schultern. Obwohl Liv ihr ein Makeup aufgetragen hatte, wirkte sie natürlich, mit einem Hauch von Eleganz.

»Wir können dann«, sagte Anni und scheuchte die Anwesenden aus dem Wohnzimmer, was ihn wiederum aus seiner Faszination riss.

»Nein, das glaube ich nicht.« Lächelnd trat Emily vor Oliver und nahm die zwei Enden der Krawatte in die Hand. Er war so hingerissen von ihr, dass er nur sie und ihr Parfüm wahrnahm.

»Geht's dir gut?«, erkundigte sie sich sorgenvoll, während sie den Stoff von der einen zur anderen Seite warf, an ihm zog, um ihn dann durch den Knoten zu fädeln. Mit einem Lächeln nahm sie Abstand, legte den Kopf schief und wirkte sehr zufrieden mit sich. »So nehme ich dich mit.«

***

Anni wurde direkt von der Tanzlehrerin in Empfang genommen, während er und Emily sowie Liv und ihre Großeltern in der vierten Reihe vor der Bühne Platz nahmen. Oliver wusste aus Erfahrung, dass er von hier aus am besten sehen konnte, und dass Emily wegen des zusätzlichen Stuhls dicht neben ihm saß, kam ihm gelegen. So spürte er ihre Wärme.

Er sah sich um, während sich der Saal füllte. Das in die Jahre gekommene Theater war recht klein und gemütlich und natürlich nicht mit der Semperoper vergleichbar. Die roten Bezüge sahen auf den ersten Blick samtweich aus, doch bei genauerem Hinsehen zeigte sich, wie abgenutzt sie tatsächlich waren. Die Mängel zogen sich durch den gesamten Raum. Glühbirnen an den holzvertäfelten Wänden blieben dunkel, was nicht sein sollte. Der dunkelrote Vorhang war an einigen Stellen löchrig und Fäden hingen am Saum herab.

Eines war Oliver klar: Mit der kleinen Finanzspritze, die er dem Theater zugesichert hatte, würden die Betreiber nicht weit kommen, wenn es überhaupt genug wäre, um die Beleuchtung auf den neusten Stand zu bringen. Je länger er sich umsah, desto mehr Schäden entdeckte er. Es war ein Jammer, wie wenig Geld in die Kultur gesteckt wurde. Nach dem Auftritt würde er mit den Betreibern in Kontakt treten, um einen Sanierungsplan zu erstellen. Es wäre doch nett, wenn er sein Geld hier, an dem Ort, wo er lebte, investieren würde.

Emily riss ihn aus seinen Gedanken. Sie nahm seine Hand und verschränkte ihre Finger mit seinen. Lächelnd erwiderte er die Geste, die ihre Zusammengehörigkeit zeigte. Ihm fiel auf, dass einige Frauen sowie Männer erst in ihre Richtung sahen, bevor sie die Köpfe zusammensteckten und tuschelten. Ihm war diese Reaktion nicht fremd. Wer in der Öffentlichkeit stand, musste damit leben. Das hatte er früh lernen müssen. Er hoffte inständig, dass Emily dies auch irgendwann schaffte. Momentan schien sie sich nicht daran zu stören.

Dann ertönte der Gong. Die Ballettlehrerin, Frau Chevalier, trat vor und bedankte sich bei den Schülerinnen und den Bühnenbildnern. Oliver hatte es versäumt, ihr zu sagen, dass sie ihn und die kleine Spende, wenn überhaupt, nur in einem Nebensatz erwähnen sollte. Nun war es zu spät. Sein Name war in aller Munde. Möglicherweise musste er sich später mit den anerkennenden Worten der Zuschauer auseinandersetzen. Im tosenden Applaus fuhr Emilys Kopf verwundert in seine Richtung.

»Das ist sehr großzügig von dir«, sagte sie zu ihm hinübergebeugt, während der Beifall abebbte.

»Hätte ich gewusst, wie dringend das Theater das Geld benötigt, hätte ich das Doppelte, vielleicht sogar das Dreifache gegeben«, entgegnete er leise.

Sie zog die Augenbrauen zusammen. »Ist es denn in Schwierigkeiten?«

Olivers Mundwinkel zuckte. »Ein bisschen Glanz könnte es gebrauchen, meinst du nicht?«

Sie ließ ihren Blick kurz durch den Saal gleiten. »Ich finde seinen morbiden Charme ganz entzückend.«

Sein Lächeln wurde breiter, aber auch sanfter. Emily war wirklich keine Person, die auf Äußerlichkeiten achtete. Mit jedem Moment wuchs seine Gewissheit, dass sie diejenige war, die er immer gesucht hatte.

Endlich öffnete sich der Vorhang, hinter der sich eine riesengroße Tanne, geschmückt mit roten und goldenen Kugeln und unzähligen Lichtern, versteckte. Nussknacker aus Pappmaschee, die kaum größer als die Kinder waren, standen dekorativ am Rand der Bühne. Die Musik ertönte, und die Ballerinen kamen in ihren niedlichen Kostümen hineingetänzelt. Olivers Herz schwoll an, als er seine kleine Anni entdeckte. Er war so stolz auf sie, dass er es kaum in Worte fassen konnte. Etwas fester drückte er Emilys Hand, was sie mit einem sanften Lächeln erwiderte.

Stumm und voller Anspannung folgte er dem Schauspiel, wie das Mädchen Klara einen Nussknacker geschenkt bekam, der mitten in der Nacht zum Leben erwachte, gegen den Mäusekönig kämpfte und ihn besiegte. Im winterlichen Tannenwald durchquerten sie das Schneegestöber, in dem Anni ihr Bestes als Schneeflocke gab. Nach dem Tanz der Zuckerfee kehrte die Handlung zurück in das wohlhabende Haus der Familie Silberhaus, wo Klara herausfand, dass alles nur ein Traum war.

Nach einer Dreiviertelstunde und einer kleinen Pause von zwanzig Minuten, in der Oliver mit Liv, seinen Eltern und Emily gesprochen hatte, war die Show zu Ende. Die Gruppe verbeugte sich mehrmals, bis der Vorhang geschlossen blieb und sich nicht mehr öffnete. Der tosende Applaus ebbte allmählich ab, während sich der Saal leerte.

»Noch zehn Minuten länger und ich wäre eingepennt«, jammerte Liv, doch Oliver sah den Stolz in ihren Augen funkeln.

»Anni war atemberaubend. Wo ist sie? Ich will ihr gratulieren.«

»Sie zieht sich noch um«, beantwortete er Emilys Frage.

»Herr von Hohenlich. Vielen Dank noch mal für Ihre Spende. Sie kommt uns wie gerufen.« Ein großgewachsener Mann in Anzug und Kragen, doch ohne Schlips, trat an Oliver heran und reichte ihm die Hand. Während er mit dem Besitzer über das marode Theater sprach, beobachtete Oliver, wie Gäste auf seine Eltern zugingen und ihre Hände schüttelten. Cecilia stellte Emily vor, die ebenfalls aufgeschlossen reagierte und höfliche Floskeln tauschte. Sein Herz machte einen Freudentanz. Obwohl Emily sich anfangs geziert hatte mitzukommen, verhielt sie sich, als würde sie sich schon immer in den Kreisen bewegen.

Kapitel 21

Emily

»Warum nicht?«, fragte Oliver nun schon zum dritten Mal. Er lehnte an der Fensterbank und fuhr sich immer wieder durch das Haar, das strubbelig nach allen Seiten abstand. »Ist es wegen des Kleides? Gefällt es dir nicht? Wenn wir uns beeilen, schaffen wir es, dir rasch ein neues zu kaufen.«

Emily rollte mit den Augen, fassungslos angesichts seiner Annahme, dass sie sofort ins nächste Geschäft rennen würde. Sie war dankbar für die Schuhe, den Jumpsuit und den Mantel, aber länger wollte sie sich nicht von ihm aushalten lassen. Wenn sie ihren Lohn bekommen würde, dann würde sie sich ein neues Outfit gönnen, vorher nicht.

»Nein. Das ist es nicht.« Sie sah an sich und an ihrem hellblauen Designerkleid, das mit zartem floralem Muster und aufwendigen Stickereien versehen war, hinunter. Liv hatte es ihr geliehen, damit Emily nicht zweimal im gleichen Dress herumlaufen musste, was in Livs Augen unangemessen wäre.

»Dann erklär mir bitte, warum meine Freundin am Geburtstag meiner Mutter nicht neben mir sitzen möchte.«

Emily entglitt jegliche Mimik. »Cecilia hat Geburtstag? Ich habe gar kein Geschenk.« Wieso wusste sie nichts davon? Es war immer nur von einer Familienfeier die Rede gewesen. Jetzt stand sie mit leeren Händen da. »Warum hast du mir dieses Detail vorenthalten?« Heute Morgen, als sie zum Frühstück erschienen war, war ihr nichts aufgefallen, sonst hätte sie ihr gratuliert.

Oliver stieß sich ab und zog Emily versöhnlich an sich. Ein angenehmer Schauer jagte ihr den Rücken hinunter. Sie genoss seine Küsse, und es fiel ihr zunehmend schwerer, standhaft zu bleiben.

»Du musst ihr nichts schenken. Sie hat alles, was sie sich wünscht. Ihre Familie und Gesundheit. Und wenn du über deinen Schatten springst, dann ist ihr das Geschenk genug.«

Emily löste sich sanft von ihm, obwohl es ihr nicht leichtfiel. »Ich würde mich lieber um die Kinder kümmern und Janine unterstützen«, gab sie schließlich mit hängenden Schultern zu. »Das ist doch mein Job.«

Oliver lächelte. »Was hältst du davon, wenn du mir beim Essen Gesellschaft leistet? Die Kinder werden ohnehin bei ihren Familien sitzen. Sobald abgeräumt ist und sich die Tafel auflöst, hast du alle Freiheiten. Aber erst, nachdem ich dir Theodor vorgestellt habe.«

Emilys Mundwinkel zuckten. »Den lustigen alten Mann?«

»Genau den.«

Ihm schien viel daran zu liegen, dass sie seine Begleitung war. Wahrscheinlich würde er ohnehin so lange
auf sie einreden, bis sie endlich zustimmte. »Okay.
Überredet.«

Oliver atmete erleichtert aus. »Du machst mich zum
glücklichsten Mann auf Erden.« Er gab ihr einen sanften Kuss auf den Mundwinkel, ehe er sie mit einem liebevollen Blick bedachte.

»Da habe ich leichtes Spiel bei dir.« Lächelnd strich sie
ihm eine störrische Strähne aus der Stirn. Oliver nahm
ihre zärtliche Geste zum Anlass, sie so dicht an sich zu
ziehen, dass sie sein Herz schlagen hörte.

Es klopfte, und Emilys Kopf fuhr herum.

Brummelnd löste sich Oliver von ihr und richtete
seine Krawatte. »Ja, bitte«, forderte er den Besucher auf.

Die Tür wurde aufgeschoben und ein großgewachsener Mann, ein bisschen kleiner als Oliver, trat in den
Raum. Er trug sein dunkelblondes Deckhaar länger als
die kürzer geschnittenen Seitenpartien. Ein Dreitagebart zierte seine Wangen und das Kinn. Emily würde
ihn als attraktiv bezeichnen.

»Wusste ich doch, dass du dich hier versteckst.«

»Chris!«, rief Oliver überrascht, schloss ihn sogleich in
den Arm und klopfte ihm freundschaftlich auf den Rücken. »Schön, dich zu sehen. Ich möchte dir Emily vorstellen.«

Chris ließ seinen Blick über sie gleiten, ehe er ihr
freundlich die Hand entgegenstreckte. »Freut mich. Eigentlich heiße ich Christoph, aber meine Freunde nennen mich Chris.«

»Emily.« Sie spürte eine leichte Röte ihre Wangen hinaufsteigen, als ihr Gegenüber sie voller Neugier musterte und ihre Hand länger als nötig festhielt.

Mit einem Räuspern entzog sie sich ihm und klemmte sich eine Locke hinter das Ohr.

»Das ist wirklich ein bezauberndes Kleid«, lobte Chris und ließ seinen Blick abermals über Emily gleiten.

»Danke schön. Liv hat es mir zur Verfügung gestellt.«

Verwundert schnellten seine Augenbrauen in die Höhe. »Was denn, bist du unter die Geizhälse gegangen?«, erkundigte er sich bei Oliver, ohne Emily aus den Augen zu lassen.

»O nein. Ich finde es bloß unnötig, sich wegen ein paar Stunden neu einzukleiden«, rechtfertigte sie sich lächelnd.

»Für den Ballettauftritt hat Oliver dich doch auch neu ausgestattet.«

Emily runzelte die Stirn. Ihr war überhaupt nicht klar gewesen, dass Oliver jedes kleinste Detail mit ihm besprach. Für einen Moment stellte sie das Atmen ein und fragte sich, was er wohl noch alles über sie wusste.

Oliver warf einen Blick auf die Uhr. »Hey, wie sieht's aus? Die Party kann beginnen.«

***

Emily war überwältigt, als sie den prachtvollen Ballsaal betrat. Die Tafel war mit blütenweißem Leinen bedeckt, auf dem die Regenbogenfarben des Kronleuchters tanzten. Geschliffene Kristallgläser funkelten im Lichterglanz. Die Blumenarrangements stachen ins Auge, waren jedoch so zurückhaltend platziert, dass sie die Unterhaltung der Gäste nicht beeinträchtigten. Genauso, wie Cecilia es gewünscht hatte. Majestätische Tannenbäume, die mit Strohsternen und roten Schleifen geschmückt waren, standen in den Ecken und verliehen dem Raum eine festliche Atmosphäre. Mit aufgeklapptem Mund folgte sie Oliver zu ihrem Platz.

Gäste saßen an der langen Tafel und unterhielten sich angeregt. Andere standen und begrüßten sich, als hätten sie sich Jahre nicht gesehen. Ein jeder von ihnen strahlte eine gewisse Aristokratie aus, die Emily einerseits bewunderte und andererseits einschüchterte. Von Jung bis Alt war jede Altersgruppe vertreten. Sie meinte sogar, Theodor unter den Gästen entdeckt zu haben. Er trug einen beigefarbenen Tweedanzug mit dunkelbraunen Einnähern an den Ellenbogen. Seine Frisur wirkte etwas zerzaust, wobei Emily vermutete, dass es sich um eine schlecht sitzende Perücke handelte.

Mit einer unauffälligen Geste deutete sie in die Richtung des Seniors. »Ist das Theodor?«, flüsterte sie in Olivers Ohr.

Sein Blick fiel auf ihn, und ein Lächeln entstand auf seinen Lippen. »Ja, später werde ich ihn dir vorstellen.«

Mit einem Nicken setzte sie die Erkundungstour fort. Ihr fiel auf, dass Cecilia und Carl fehlten. Vermutlich waren sie noch dabei, die Gäste zu begrüßen.

Sie reckte weiterhin den Hals und entdeckte Anni. Sie stand bei einer kleinen Gruppe Kinder unterschiedlichen Alters und unterhielt die Jungen und Mädchen. Ihr Herz tanzte. Anni sah bezaubernd aus in ihrem niedlichen Kleidchen. Der Stoff war aus pfirsichfarbenem Chiffon und funkelte, als wären winzige Kristalle darin verborgen. Ein Samtgürtel, auf dem ein Perlenensemble gestickt war, rundete das Gesamtbild ab. Liv hingegen zeigte sich schlicht in ihrem schwarzen Einteiler. Durch ihre High Heels überragte sie sogar einige männliche Gäste. Wieder wanderte ihr Blick weiter. Emily hatte es noch nicht geschafft, mit Janine zu sprechen, obwohl sie sie hier ganz in der Nähe vermutete. Gerade als sie sich bei Oliver entschuldigen wollte, um sie aufzuspüren, erschien Cecilia.

Wie eine Königin schritt sie in ihrem Zweiteiler, bestehend aus einem violetten Blazer und einem knielangen Rock, zu ihrem Platz. Der Hingucker war das Collier, das Emily aus der Glasvitrine kannte.

Sie beugte sich etwas zu Oliver. »Die Kette ist wunderschön.« Obwohl sie geflüstert hatte, hatte Chris, der vor ihr saß, sie gehört.

Belustigt lachte er auf. »Kette. Das Collier ist ein Vermögen wert.«

Emily hob die Augenbrauen. »Nur weil ich einen anderen Begriff benutzt habe, ist es doch deswegen nicht weniger wertvoll.« Sie verstand nicht, warum er ihren Satz auf die Goldwaage legte und es ihm so wichtig schien.

»Cecilia trägt das Schmuckstück nur einmal im Jahr, an ihrem Geburtstag. Nur dann nimmt sie es aus der Vitrine«, klärte Chris sie auf. Er drehte den Stiel des leeren Weinglases, während sein Blick fest auf Emily gerichtet blieb.

»Das ist eine schöne Tradition«, erwiderte sie und neigte sich zu Oliver, um der Dame in dem schwarzen Servierkleid Platz zu machen. Sie schenkte ihr Wasser ein.

Oliver legte seine Hand auf ihr Bein und erläuterte: »Das Collier symbolisiert für meine Mutter den Familienzusammenhalt. Es ist ein Zeichen der Liebe und der Verbundenheit, das über Generationen hinweg weitergeführt wird und die Geschichte unserer Vorfahren in sich trägt.«

»Das hast du schön gesagt.« Emily schmolz bei seinen Worten regelrecht dahin. Die feinen Härchen stellten sich auf, als Oliver sie eindringlich ansah.

Im nächsten Moment erfüllte ein leises Klirren den Raum, sodass alle Köpfe neugierig herumschnellten. Cecilia bat um Aufmerksamkeit, indem sie aufstand und lächelnd über die Tafelrunde blickte, bis auch das letzte Gespräch verstummte.

Sie bedankte sich bei den zahlreich erschienenen Gästen und entschuldigte diejenigen, die es nicht geschafft hatten. Sie lobte ihren Ehemann Carl, der sie treu über Jahre hinweg begleitete und immer an ihrer Seite stand, auch in turbulenten Zeiten. Danach würdigte sie ihren Sohn, der mit seiner Lebensfreude und seinem unerschütterlichen Optimismus das Herz der Familie bildete und sie mit Rat und Tat bei schwierigen Entscheidungen unterstützte. Die Laudatio abschließend erwähnte sie ihre beiden Enkelinnen Liv und Anni, auf die sie besonders stolz war.

Während sich die Gäste im überschwänglichen Applaus verloren, bildete sich in Emilys Kehle ein dicker Kloß. Die Rede hatte sie derart berührt, dass sich Tränen hinter ihren Lidern sammelten. Ihr Blick verschwamm, als die erschütternde Erkenntnis in ihr aufstieg, dass niemand aus ihrer Familie solche Worte über sie verlieren würde. Sie hatte keine.

»Alles okay?«, erkundigte sich Oliver bei ihr.

»Ja. Entschuldige mich bitte, bin gleich wieder da.« Obwohl es Emily nie peinlich gewesen war, ihre Tränen zu zeigen, wollte sie das vor so vielen Fremden lieber vermeiden.

Auf dem Weg zur Toilette tupfte sie heimlich ihre Augenwinkel trocken. Als sie die goldene Klinke der Tür hinunterdrückte, traf sie auf Janine.

»Emily!«, rief sie freudig überrascht.

»Janine!« Ihr fiel ein Stein vom Herzen, endlich ihre Freundin in den Arm schließen zu können. »Wow, du siehst umwerfend aus«, sagte sie bewundernd, nachdem sie sich von ihr gelöst und einen kleinen Abstand eingeräumt hatte.

»Danke«, murmelte sie und zupfte verlegen an einer Locke. »Du auch.«

Mit einer Geste winkte sie ab. »Der Klassiker. Schwarze Hose, weiße Bluse, schicke Schuhe. Bloß nicht auffallen.«

»Wie läuft es denn? Die Tafel ist der Hammer. Ich bin so froh, wie sich alles entwickelt hat. Ohne dich wäre die Feier ein Desaster geworden.«

»Läuft wie geschmiert. Es gab zwar bei dem Catering ein paar Missverständnisse, aber das Problem war schnell gelöst. Nichts Bewegendes. Statt gedünstetem Fisch gibt's nun gebratenen. Das erzähle ich dir in aller Ruhe.« Sie warf einen Blick auf die Uhr. »Okay, gleich wird das Essen serviert. Wir sehen uns.«

Emily sah ihrer Freundin nach, wie sie davoneilte, ehe sie sich auf der Toilette die Hände wusch und ihr Spiegelbild checkte. Nachdem sie einen winzigen Krümel Mascara unter ihrem Lid weggetupft hatte, lief sie wieder in Richtung des Ballsaals. Diesmal traf sie auf Cecilia. Was für ein Glück, dann konnte sie die verpasste Gratulation gleich nachholen.

»Cecilia. Es tut mir so leid. Ich hatte keine Ahnung, dass es sich um Ihre Geburtstagsparty handelt. Herzlichen Glückwunsch und alles Liebe.« Hitze stieg ihr in die Wangen. Möglicherweise hatte sie die Hand einen Tick zu überschwänglich geschüttelt.

Auf Cecilias Gesicht erschien ein entwaffnendes Lächeln. »Vielen Dank, Emily. Ab einem bestimmten Alter macht man sich nichts mehr aus Geburtstagen. Ich nehme ihn allerdings gern zum Anlass, die Familie zusammenkommen zu lassen.« Sie zwinkerte und setzte nach: »Ich finde, wir sollten das förmliche Sie beiseitelegen. Wenn ich Oliver und dich beobachte, habe ich den Eindruck, wir werden länger miteinander zu tun haben. Ihr wirkt sehr verliebt.«

Cecilias Ehrlichkeit überraschte sie. Es war nicht allein das Du, das sie ihr angeboten hatte, sondern auch, wie offen sie über die Gefühle ihres Sohnes sprach.

»Danke, Cecilia. Das ehrt mich.« Jetzt, da Emily so dicht vor dem Collier stand, war sie umso hingerissener. »So etwas Edles habe ich noch nie gesehen.« Sie widerstand dem Drang, den tiefblauen Saphir mit den Fingern zu berühren, und verschränkte sie sicherheitshalber vor sich. Außerdem erkannte sie aus dem Augenwinkel heraus Chris und Theodor, der sein Sakko über den Arm gelegt hatte. Die beiden blieben vor ihnen stehen.

»Theodor, darf ich dir Emily vorstellen?«

Der Mann lächelte und zeigte seine Dritten. »Ah, endlich jemand, der mich von meiner Garderobe erlöst.«

Als wäre sie eine Angestellte, übergab er ihr seine Jacke und verschwand dann in die Toiletten.

Verdattert ließ er Emily zurück, die in zwei amüsierte Augenpaare blickte.

Cecilia zuckte schmunzelnd mit den Achseln. »Tut mir leid, meine Liebe. Theodor ist, wie er ist.«

»Schon gut. Ich lege das Sakko zu den anderen.« Mit dem Daumen deutete sie über ihre Schulter zur Garderobe.

»Danke, Emily. Das ist sehr lieb von dir. Ich bringe nur rasch das Collier ins Schlafzimmer. Um es den ganzen Abend zu tragen, ist es eindeutig zu schwer. Ich bin gleich wieder bei euch.«

Während Emily sich unter Chris' forschenden Blicken unbehaglich fühlte und nicht wusste, was sie sagen sollte, klingelte sein Handy. Das verschaffte ihr die perfekte Ausrede, sich zu entschuldigen. »Ich entledige mich mal der Jacke.«

Seinen bohrenden Blick spürte sie in ihrem Rücken, bis sie außer Sichtweite war.

Nachdem eine Angestellte ihr das Sakko abgenommen hatte, setzte sie sich wieder neben Oliver, der sie mit einem verliebten Blick empfing.

Kaum hatte Oliver Gelegenheit, sie zu fragen, wo sie all die Zeit gewesen war, da wurde das Essen schon aufgetischt.

Leises Besteckklimpern erfüllte den Raum, während sie sich den Fisch auf der Zunge zergehen ließ. Sie fühlte sich rundum zufrieden, nachdem sie fertig gespeist hatte. Noch größer wäre ihre Freude, wenn sie sich zu der Gruppe der Kinder gesellen würde, was sie dann auch tat.

Ihr kam es gelegen, dass Oliver sie anstandslos gehen ließ. Er war ohnehin in seine Unterhaltung vertieft, die sie als sehr ermüdend empfand und kein Thema war, zu dem sie etwas beitragen könnte.

Auf dem Weg traf sie auf Cecilia, die mit besorgter Miene auf eine ihrer Angestellten einredete. Elisa war für den Haushalt zuständig, machte die Betten, putzte die Bäder und kümmerte sich stets um saubere Wäsche. Sie war die gute Seele im Haus.

»Gehen Sie heim. Nicht, dass sie noch die ganze Gesellschaft anstecken.«

»Das mache ich. Aber vorher bringe ich das Blumengesteck in Ihr Zimmer.«

»Welches denn von den vielen?« Cecilia lachte, gab sich dann jedoch fürsorglich. »Tun Sie, was Sie nicht lassen können, nur legen Sie sich ins Bett und kommen erst wieder, wenn Sie gesund sind.«

Pure Erleichterung spiegelte sich auf Elisas Gesicht. Sie bedankte sich und drehte sich auf dem Absatz um.

Cecilia schmunzelte und schüttelte den Kopf. »Auf mein Hauspersonal ist immer Verlass, nur was bringt es, wenn sie krank zur Arbeit kommen und dadurch ihre Gesundheit aufs Spiel setzen?«

»Das stimmt.« Ehe sie die Unterhaltung fortsetzen konnte, winkte Carl sie zu sich.

»Entschuldige mich, bitte.«

»Natürlich.«

Emily betrat einen Raum, von dem sie wusste, dass sich dort die Kinder aufhielten. Er grenzte direkt an den Ballsaal. Lächelnd hob sie die Hand, als sie bei dem kleinen Pulk aus Mädchen und Jungen ankam. In dem Zimmer befand sich ein dunkler Eichentisch umgeben von Stühlen im Biedermeierstil und mit geflochtener Sitzfläche. Obwohl sie auf Emily altmodisch wirkten, schätzte sie, dass sie einen gewissen Wert hatten. Eine große Standuhr thronte zu ihrer Rechten, daneben ein Regal mit einer Auswahl an Gesellschaftsspielen. Hier schienen die Möbel zusammengewürfelt zu sein.

»Hey, ihr.«

»Hallo«, kam es unisono aus den Mündern, was Emily ein Schmunzeln entlockte.

»Ich bin Emily, verratet ihr mir eure Namen?«

Ein Mädchen, gekleidet in ein ebenso entzückendes Kleid wie Anni es trug, reagierte als Erste. Ihr weiß-blondes Haar lockte sich auf ihre Schultern, während ihre kornblumenblauen Augen wie der Saphir in Cecilias Collier strahlten. »Ich heiße Marie.«

»Ich bin Frederik«, kam es unmittelbar aus dem Mund eines Jungen, den Emily auf circa zehn Jahre schätzte. Eine breite Zahnlücke zeigte sich, sobald er lächelte. Für sein Alter wirkte er etwas streng, aber vielleicht lag es an dem Anzug, in dem er steckte. Die Kinder trugen festliche Kleidung, die geradewegs aus einem Modekatalog für besondere Anlässe entsprungen sein könnte.

Emily meinte, den Namen schon einmal gehört zu haben, aber ehe sie eine Verbindung herstellen konnte, sah sie einen kleinen Jungen, der es auf Zehenspitzen geschafft hatte, die Klinke hinunterzudrücken. Er wollte sich gerade durch den Spalt mogeln.

»Das ist Julius. Auf den müssen wir immer besonders aufpassen.« Anni verdrehte die Augen, als wäre sie es jetzt schon leid.

Ohne zu zögern, ging Emily ihm nach. Seine kurzen Beinchen waren schnell, sodass sie regelrecht hinter ihm her sprinten musste. »Hey, warte mal.« Sie fasste ihn am Arm und hinderte ihn daran, durch die nächste Tür abzuhauen.

»Hallo, kleiner Mann, wo wollen Sie denn hin?«, fragte sie und kniete sich lächelnd zu ihm hinunter.

Julius zuckte mit den Achseln, blieb aber stumm. Seine Augen strahlten eine gewisse Ängstlichkeit gepaart mit Naivität aus. Emily fuhr dem kleinen Burschen über das braune Haar. Seine Pausbäckchen verliehen ihm etwas Babyhaftes, obwohl auch er in einer Bügelfaltenhose und einem weißen Hemd steckte.

»Komm, lass uns zu den anderen gehen, und dann spielen wir etwas, okay? Aber abgehauen wird nicht mehr.«

Julius nickte und folgte Emily brav an der Hand. Dann löste er sich und flitzte los. Er war ein Energiebündel durch und durch, wie Anni es ja schon beteuert hatte.

»Habt ihr euch in der Zwischenzeit etwas ausgedacht?«, erkundigte sie sich, als sie zu den anderen stieß.

»Die Mehrheit ist für Versteckenspielen.«

In einem Haus, das einem Schloss ähnelte, stellten solche Spiele eine besondere Herausforderung dar. Aus Erfahrung wusste sie, dass es klug wäre, Regeln aufzustellen.

»Die Idee finde ich gut. Habt ihr schon den Suchenden ausgewählt?«

Anni schüttelte den Kopf. »Möchtest du es machen?«

Sie zuckte mit den Schultern. »Weiß nicht. Wenn sonst keiner möchte.«

»Hat jemand was dagegen, wenn Emily uns sucht?«, fragte Anni.

Alle verneinten die Frage mit einem Kopfschütteln.

»Okay, abgemacht. Aber vorher möchte ich noch sagen, dass manche Bereiche tabu sind. Wir bewegen uns nur im Erdgeschoss, hier in diesem Raum und im Flur, es werden keine weiteren Türen geöffnet, bei denen wir nicht wissen, wohin sie uns führen. Das Obergeschoss ist strengstens untersagt.« Mit erhobenem Finger unterstrich sie ihre Worte. »Bis wie viel soll ich zählen?«

»Bis zwanzig, aber schön langsam«, sagte Frederik.

Lächelnd stellte Emily sich in eine Ecke, schloss ihre Lider und begann bei eins. Als sie fertig mit Zählen war, öffnete sie die Augen. Maries Beinchen hinter dem Stuhl sah sie sofort, aber da sie keine Spielverderberin sein wollte, ignorierte sie das Versteck. Sie sah in der Standuhr nach und entdeckte das erste Kind. Daraufhin nieste Anni hinter einer menschengroßen Topfpflanze und hatte sich selbst verraten. Mit der Zeit spürte sie die Kinder auf. Nur eins fehlte.

»Hat jemand Julius gesehen?«, fragte Emily, nachdem sie den Flur inspiziert hatte. Selbst im Ballsaal hatte sie nachgeschaut.

Eine Welle der Panik überkam sie. Ihr Herz schlug ihr bis zum Hals. Hoffentlich hatte er sich nicht verlaufen. Es würde ihm doch nichts passiert sein? Er war doch noch so klein. In ihrer Furcht taumelte sie in den Flur, ließ sich von ihren Beinen tragen, bis sie den privaten Bereich erreichte. An der Treppe, die in ihr Zimmer führte, blieb sie stehen. Sie war sich tausendprozentig sicher, dass der Junge auf keinen Fall so weit gelaufen war, also drehte sie sich weg.

Ein Scheppern holte sie aus ihrer Überlegung, wo er sich versteckt haben könnte. Sie wandte sich wieder der Treppe zu, umschloss den Handlauf mit ihren Fingern und sah hinauf. Als sie ein erneutes Poltern hörte, nahm sie gleich zwei Stufen auf einmal. Oben angekommen, blieb sie stehen und versuchte auszumachen, woher das Geräusch gekommen war.

Die Türen waren allesamt verschlossen, eine jedoch stand einen Spaltbreit offen. Behutsam schob sie sie auf und trat hinein. Zu ihrer Linken befand sich ein Ehebett, auf dem Kissen aufgeschüttelt arrangiert und die Bettdecke sorgfältig glattgezogen war. Es musste sich um Cecilias und Carls Schlafzimmer handeln. Zur anderen Seite stand Julius vor einer Kommode, auf der sich zahlreiche Parfümfläschchen, ein Bilderrahmen und eine Schmuckschatulle befanden.

»Julius!«, rief sie einen Tick zu ungehalten.

Der kleine Junge zuckte vor Schreck zusammen, machte einen Schritt und donnerte gegen den Schrank, sodass einige Fläschchen umfielen. Mit schreckgeweiteten Augen sah er sie an. Ehe Emily sich versah, rannte er an ihr vorbei aus dem Zimmer.

»Julius!«, rief sie ihm hinterher, doch er war längst über alle Berge. Resigniert schüttelte sie den Kopf, ließ einen letzten Blick über die heruntergefallenen Flakons schweifen, überlegte, sie wieder ordentlich hinzustellen, entschied sich aber dagegen. Sie folgte ihm lieber. Nicht, dass er noch mehr Schaden anrichtete.

»Emily? Was machst du hier?« Als sie sich umdrehte, stand sie Oliver gegenüber.

Erschrocken machte sie einen Schritt zurück.

Hinter ihm erschienen Cecilia und Chris. Den dreien stand das Fragezeichen regelrecht ins Gesicht geschrieben.

»Oh, hi, ich versuche, den kleinen Julius einzufangen. Habt ihr ihn gesehen? Er muss euch begegnet sein.«

»Nein!«, sagte Oliver, während Chris die Frage seines Freundes wiederholte.

»Was machst du hier?«

Emily runzelte die Stirn. »Das habe ich doch gerade gesagt.« In dem Augenblick, als sie ansetzte, sich noch einmal zu erklären, ging Cecilia leichenblass zu der Kommode und sog schrill die Luft ein.

»Mein Collier! Mein Collier! Es ist weg.« Olivers Mutter stellte mit zittrigen Händen die Fläschchen auf, bevor sie sich ihrem Sohn, Chris und Emily wieder zuwandte. In ihrem Gesicht war nichts als Panik zu erkennen.

»Bist du dir sicher? Hast du es vielleicht ins Bad gelegt?«, hörte Emily Oliver fragen, während sie den stechenden Blick von Chris auf sich spürte.

»Nein, ganz sicher. Ich habe es genau hier hingelegt.«

»Fragen wir doch mal Emily.« Chris sah sie noch immer an.

Beide fuhren zu ihr herum. »Warum sollte Emily das wissen?«, fragte Cecilia verwundert.

»Ich habe es nicht gesehen«, verteidigte sie sich. Emilys Herz schlug aufgeregt in ihrer Brust. Plötzlich wurde ihr speiübel, und Angstschweiß bildete sich entlang ihrer Haarlinie. Eine schreckliche Ahnung beschlich sie.

»Hier seid ihr.« Carl vervollständigte die Runde mit seiner Anwesenheit. »Theodor ist außer Rand und Band. Er sucht sein Portemonnaie. Angeblich hat er es in seinem Sakko, aber da ist es nicht.«

Ein unangenehmes Rauschen brauste in Emilys Ohren, und ihre Kehle fühlte sich staubtrocken an.

»Ach, das ist ja interessant«, entgegnete Chris. »Emily hat es zur Garderobe gebracht. Und jetzt ist das Collier deiner Frau ebenfalls spurlos verschwunden. Das kann doch kein Zufall sein.«

»Moment mal. Beschuldigst du mich etwa, die Sachen gestohlen zu haben?«, brach es ungehalten aus ihr heraus. Das seltsame Gefühl wuchs zu einer tiefen Furcht heran, dass das hier richtig übel für sie enden würde.

»Was?«, empörte sich Carl. »Haben wir hier etwa einen Dieb unter uns?«

»Wie kommst du darauf, dass ich etwas damit zu tun haben könnte?« Der Boden unter ihr drehte sich, und am liebsten hätte sie sich irgendwo festgehalten, aber sie fühlte sich mutterseelenallein in dem Raum, dessen Wände sich gespenstisch auf sie zubewegten und dann wieder zurückwichen. Sie überlegte, ob Chris möglicherweise mehr über sie wusste, als ihr lieb war, und es jetzt gegen sie verwendete.

»Ungeachtet der Tatsache, dass du zuletzt im Besitz des Sakkos gewesen bist und wir dich allein im Schlafzimmer vorgefunden haben, ist es so, dass du vielleicht nicht die Person bist, für die die Familie dich hält.«

Chris wusste Bescheid. Oliver hatte ihm alles haarklein erzählt. Bittere Galle stieg in ihr hinauf.

»Was meinst du damit?«, erkundigte sich Cecilia.

Hatte sich bis eben noch alles gedreht, blieb die Welt plötzlich stehen. Die Lüge, die ihr zu ihrer großen Liebe verholfen hatte und von der sie gedacht hatte, sie würde niemals ans Licht kommen, begann, ihre Schatten auf ihr Leben zu werfen.

»Jetzt wundere ich mich aber. Hat Oliver euch nie etwas von der Kennenlerngeschichte erzählt?«, fragte Chris.

Cecilia schüttelte den Kopf, während Carls Stirn Falten schlug.

Emily war klar, dass sie verloren hatte. Sie hatte doch einfach nur auf Julius aufpassen wollen. Einen Jungen, den sie noch nicht einmal kannte. Sie könnte erklären, wie es zu alldem gekommen war, aber unter diesen Umständen würde ihr ohnehin niemand glauben. Ihr Herz fühlte sich wund an. Und noch ein bisschen mehr, als sie realisierte, dass Oliver keine Partei für sie ergriff. Er sah sie lediglich wie erstarrt an, während Chris für ihn sprach. Der gab sich, als wäre er ein Kriminalbeamter, der für Aufklärung sorgte.

»Obwohl Emilys Firma bankrott ist, hat sie sich als Eventmanagerin in eure Familie geschlichen, ohne jegliche Erfahrung. Mit dem Auftrag wollte sie sich aus der Schuldenspirale holen. Aber anscheinend hat ihr das nicht gereicht.« Chris stoppte kurz in seiner Erklärung, schnaubte und fuhr fort. »Am Flughafen hat Oliver sie dabei erwischt, wie sie sein Portemonnaie klauen wollte.«

»Chris!«, schnitt Oliver ihm das Wort ab. Auf seiner Stirn pochte eine Vene, die mit jedem Herzschlag zu wachsen schien.

Für einen Moment keimte Hoffnung in ihr auf, dass er sie in Schutz nehmen würde, aber die dunklen Schatten unter seinen Augen sprachen vom Gegenteil.

»Stimmt das?«, fragte Cecilia entsetzt.

Oliver ging ein paar Schritte auf Emily zu und musterte sie, als versuchte er herauszufinden, was hier passierte, ob sie wirklich imstande war, so etwas zu tun. Wertvollen Schmuck zu stehlen und einen alten Mann zu berauben.

Sie las so deutlich die Enttäuschung in seinem Gesicht, dass ihr eine Gänsehaut über den Rücken jagte. »Wenn ich es getan hätte, hätte ich das Collier bei mir«, sagte Emily fast schon verzweifelt und zerrte demonstrativ an ihrem Kleid.

»Du hast es selbstverständlich an einen sicheren Ort gebracht, wo es keiner vermutet, oder einfach nur in deinem Zimmer versteckt«, erklärte Chris selbstgefällig.

Emily schnaubte. »Und bin dann wieder an den Tatort zurückgekehrt? Du musst zugeben, dass das keinen Sinn ergibt.«

»Oliver, erklär uns bitte, was das alles zu bedeuten hat.« Die sonst souveräne Cecilia, die sich nicht so schnell aus dem Konzept bringen ließ, wirkte bedrohlich.

»Hast du es gestohlen?«, fragte Oliver so leise, dass Emily es beinahe durch das Rauschen in ihren Ohren überhört hätte. Sie verstand nicht, warum er ihr diese

Frage stellte, warum er sie nicht in Schutz nahm. Warum er ihr die Tat überhaupt zutraute. Die Zufälligkeiten legten sich wie eine Schlinge um ihren Hals und ein jeder zog an ihr. Ihr Blick verschwamm, und die erste Träne rann die Wange hinunter. Sie hörte sich ein raues »Nein« sagen.

»Oliver!«, rief Carl ungehalten, sodass Emily zusammenzuckte.

Weil Oliver es wohl nicht schaffte, seinen Eltern eine Erklärung abzuliefern, übernahm sie diese Aufgabe. Sie straffte ihre Schultern und schluckte mehrmals gegen den brennenden Kloß im Hals an.

»Ja, es stimmt, was Chris gesagt hat. In Wirklichkeit bin ich keine Eventmanagerin und das Geschäft steckt in Schwierigkeiten.« Sie erzählte von der ersten Begegnung, der insolventen Eventfirma, ihrer eigentlichen Tätigkeit als Erzieherin und endete bei dem Deal, den Oliver ihr vorgeschlagen hatte, als alles ans Tageslicht gekommen war. Ihr Kopf wummerte, als hätte ihn jemand mit dem Vorschlaghammer bearbeitet.

»Du hast uns eine Betrügerin ins Haus gebracht?« Cecilia hielt sich die Hand vor den Mund und drehte sich weg, als wäre ihr übel und müsste sie sich übergeben.

Oliver nickte. »Ja, es stimmt, was die Eventagentur und alles andere betrifft, aber das mit dem Collier muss ein Missverständnis sein.«

Ein kleiner Hoffnungsschimmer gab ihr Zuversicht, dass Oliver doch zu ihr stand. Sie wollte gerade zum Sprechen anheben, ihm sagen, wie verdammt recht er hatte, dass das alles bloß ein Irrtum war, da kam Chris ihr zuvor.

»Seht ihr gar nicht, was sie mit euch macht? Sie hat sich durch das Vortäuschen als Nanny euer Vertrauen erschlichen und jetzt drückt sie auf die Tränendrüse.«

Oliver wandte sich ihm zu. »Woher sollte sie überhaupt wissen, dass Mutter das Collier hier abgelegt hat?«

»Weil ich es gesagt habe, als wir uns im Flur getroffen haben.« Cecilias Augen weiteten sich vor Schreck. »Und Theodors Sakko hat Emily auch in ihre Obhut genommen.«

Ja, es passte alles. Emily konnte es drehen und wenden, wie sie wollte, aber es stand schlecht um sie. Selbst die Tatsache, dass sie keinerlei Beute bei sich trug, hielt niemanden davon ab, seine Beschuldigungen auszusprechen. Die Anhaltspunkte sprachen gegen sie, und es schien, als hätte Chris seinen Einfluss als langjähriger Freund genutzt, die Familie gegen Emily aufzubringen.

»Emily«, brachte Oliver mit erstickter Stimme hervor, was ihr bewies, dass er ihr nicht glaubte.

Ihre Tränen tropften auf das teure Kleid. Vielleicht war es an der Zeit, sich umzuziehen und zu gehen. Das alles hinter sich zu lassen und dorthin zurückzukehren, wo sie hingehörte. Oliver hatte ihr gezeigt, wie beeinflussbar man war. »Es tut mir leid, Oliver, dass ich dich in so eine Situation gebracht habe. Das wird nie wieder passieren.« Mehr konnte sie nicht sagen. Sie hatte vor, sich bei Carl und Cecilia zu verabschieden, aber die beiden befanden sich in einer hitzigen Diskussion. Emily war sich sicher, dass das Collier hier noch irgendwo lag, doch selbst wenn es in diesem Augenblick auftauchen würde, war es zu spät. Die aufgedeckte Lüge, das Misstrauen und die Beschuldigungen hatten alles verändert. Das kleine, jedoch wichtige Wort Vertrauen war in jede Richtung überstrapaziert worden. Und dass Oliver an ihrer Unschuld zweifelte, ließ ihr Herz in tausend Teile zerbrechen.

Emily taumelte schniefend aus dem Schlafzimmer und lief Anni und Liv direkt in die Arme.

»Wir suchen dich schon überall. Du musst mit uns weiterspielen.« Annis Lächeln verschwand schlagartig. »Was ist denn passiert? Warum weinst du?«

Emily lächelte gequält und legte die Hand auf Annis Schulter. »Ach, Liebes«, schniefte sie.

»Dad, was hast du gemacht?«, fragte Liv ihren Vater, als er aus dem Schlafzimmer trat, als würde sie bereits ahnen, dass er einen Anteil zu ihrer Traurigkeit beigetragen hatte.

»Das Collier ist verschwunden. Es wird vermutet, dass ich es habe«, erklärte Emily die nackte Tatsache.

»Du?«, fragte Liv entsetzt. Ihr Kopf fuhr zu Oliver. »Das glaubst du doch wohl selbst nicht.«

»Das stimmt nicht. Emily würde so etwas niemals tun«, sagte Anni fast schon verzweifelt.

»Danke, dass du an mich glaubst.« Sie kniete sich zu ihr hinunter und zog sie fest an sie heran. »Mach's gut. Ich werde dich vermissen.«

»Was hast du denn jetzt vor? Du willst doch nicht etwa gehen.« Annis Stimme zitterte.

»Erst mal verlässt hier niemand das Haus, solange die Polizei nicht jeden befragt hat«, mischte sich Chris ein und gab sich wieder als Initiator.

Emilys Tränen liefen ohne Unterlass. Nachdem sie sie mit der bloßen Hand weggewischt hatte, nahm sie Liv in den Arm. »Du bist großartig, vergiss das nicht, und wenn England nichts für dich ist, dann lass dich zu nichts zwingen.«

»Papa!«, rief Anni herzzerreißend, als Emily in ihr Zimmer ging, ohne Oliver eines Blickes zu würdigen.

Kapitel 22

Oliver

Seine Hände in den Taschen der Jeans sah Oliver aus dem Wohnzimmerfenster. Pünktlich an Heiligabend hatte Tauwetter eingesetzt. Olaf, der Schneemann, hatte seine Nase verloren und war zur Hälfte seiner ursprünglichen Größe geschrumpft, fast so wie Oliver nur noch ein Schatten seiner selbst war.

Seit dem Vorfall war eine Woche vergangen. Trotz aller Bemühungen hatten weder die Polizei noch die Familie das Collier gefunden. Es war wie vom Erdboden verschluckt. Von Theodors Portemonnaie hatte er nie wieder ein Wort gehört.

Es hatte ihm das Herz gebrochen, als sich die Hinweise auf Emily verdichtet hatten. Er hatte nicht glauben wollen, dass eine derart liebenswerte Person eine Verbrecherin sein sollte. Aber bekannterweise konnte man den Menschen ja nur vor den Kopf schauen. Emilys Augen waren so voller Angst und Schrecken gewesen, dass er fast schon Mitleid mit ihr bekommen hatte. Er fühlte sich verletzt und hintergangen. Die ganze Zeit hatte sie ihm nur etwas vorgespielt. Mit seinen Gefühlen gespielt.

Das jedenfalls nahm er an. Obwohl das Verschwinden des Colliers bis heute ungeklärt war und alle Angeklagten als unschuldig galten, würde es für ihn den Tod bedeuten, wenn sie überführt werden würde. Der Funke Hoffnung, dass es sich um einen Irrtum handelte, wollte einfach nicht erlöschen.

Oliver sah auf die Uhr und wandte sich seiner Tochter zu. »Anni, Schatz, würdest du bitte deine Schwester holen? Gleich gibt es Essen, und danach wollen wir bescheren.«

Schweigend rutschte sie von der Couch und folgte seiner Bitte. Seit Emilys Abreise war die Stimmung getrübt. Während sich Anni bemühte mit ihm zu reden, sprach Liv kaum. Beide waren wütend auf ihn, weil er Emily ohne ein Wort hatte gehen lassen.

Oliver nahm eine Weihnachtskugel von einem Ast und hängte sie an eine andere Stelle. Er bemühte sich, alles perfekt aussehen zu lassen. Es war eine Art Ablenkung von dem Durcheinander in seinem Kopf, aber so recht wollte es nicht funktionieren. Er wusste, dass er den starken, unerschütterlichen Mann mimte. Bisher nahm ihm das jeder ab, obwohl es in ihm ganz anders aussah. Das war wahrscheinlich auch der Grund, warum er von seinen Töchtern gemieden wurde, als wäre er ein emotionsloses Arschloch.

Seufzend betrachtete er den Weihnachtsbaum, den er dieses Jahr ohne Liv und Anni geschmückt hatte. Er fand ihn lieblos, herz- und seelenlos. Obwohl er nichts anders gemacht hatte wie die Jahre zuvor. Dieselben Kugeln, dieselbe Lichterkette. Er lachte bitter auf. Hatte er nicht vor ein paar Wochen, bevor er auf Emily gestoßen war, den Gedanken gehabt, altbewährte Traditionen wiederzubeleben? Er hatte sich vorgestellt, wie seine kleine Familie am Tisch sitzen, über Belangloses plaudern und ein Spiel spielen würde. Vielleicht hätte er sogar gesungen oder die Blockflöte hervorgeholt, aber dass es so endete … Schnaubend ließ er die Kugel los, in deren goldglänzendem Glas die Flammen des Feuers reflektierten.

»Liv sagt, sie hat keinen Bock auf so einen Kinderkram.« Anni, die wieder auf die Couch kletterte, lehnte sich zurück und legte ihre Arme ab. »Wann kommen Oma und Opa aus der Kirche? Mir ist langweilig.«

»Dauert nicht mehr lange. Warum bist du nicht mitgegangen? Oma hat dich doch gefragt.« Es wäre ihm sogar recht gewesen, dann hätte er in der Zeit stumm vor dem Feuer sitzen und hineinstarren können. Er hätte Tränen vergossen, für die er sich nicht rechtfertigen oder schämen müsste. Aber so blieb er eisern und ignorierte jede aufkeimende Emotion, die etwas mit Emily zu tun hatte.

»Ich habe meinen Wunschzettel neu geschrieben«, antwortete sie.

»Meinst du nicht, dass es jetzt ein bisschen zu spät dafür ist?«

Anni schüttelte entschieden den Kopf.

Oliver schmunzelte und setzte sich neben seine Tochter. Wozu brauchte er Einsamkeit, um ins Feuer zu starren. Er konnte es auch gemeinsam mit Anni machen, nur hielt er seine Tränen zurück.

Nach einer Weile brach sie das seltsame Schweigen. »Papa?«

»Hm?«

»Emily kann das Collier nicht gestohlen haben, sonst hätte die Polizei es längst bei ihr entdeckt. Sie wissen, wo sie wohnt.«

»Die Polizei darf ohne Beschluss keine Wohnung durchsuchen. Dafür benötigt man eine richterliche Anordnung.« Er fand es großartig, wie sich Anni bemühte Emily in Schutz zu nehmen und alles daransetzte, sie für unschuldig zu erklären. Im Herzen dachte er genauso. Aber, was, wenn Emily doch eine Diebin, eine Kriminelle war. Er fragte sich, ob es so weit gekommen wäre, wenn er Chis, seinem besten Freund, die Details ihrer Kennenlerngeschichte vorenthalten hätte. Schließlich war er es gewesen, der die Tatsachen ans Tageslicht gebracht hatte.

»Ich bin mir sicher, dass sich bald alles aufklären wird«, sagte er zuversichtlich. Was würde er tun, wenn jemand anderes dahintersteckte und Emily unschuldig war? Würde sie ihm jemals verzeihen? Würde er überhaupt so viel Mut aufbringen, ihr unter die Augen zu treten? Er wusste es nicht. Wahrscheinlich nicht. Allmählich sollte er sich mit seiner Situation abfinden, für immer alleinerziehender Vater und Single zu sein.

Oliver seufzte laut und erhob sich. »Ich gehe mal Liv holen.« Bevor er sich eine Etage höher begab, sah er aus dem Fenster in den Garten. In dem Moment plumpste der Kopf des Schneemanns in die geschmolzene Matsche daneben. Als wäre es sein Kopf gewesen, schlurfte er vor Livs Tür und klopfte.

»Wer ist da?«, drang es ungehalten an sein Ohr.

»Ich bin es, dein Vater.« Oliver biss sich auf die Zunge, den Zusatz hätte er sich sparen können. Mit Sicherheit fand Liv wieder nur einen Grund, ihn auf seinen Fauxpas anzusprechen.

»Ich hab keinen Hunger.«

Sachte schob er die Tür auf und blieb erst mal im Rahmen stehen. Seine Tochter saß auf dem Bett, mit ausgebeulter grauer Jogginghose und langem Hoodie, den er vorher noch nie gesehen hatte und eher nach einer Männergröße aussah. Festlichkeit sprühte das Outfit jedenfalls nicht aus.

»Ich bitte dich. Es ist Weihnachten. Familienzeit. Ich habe dich schon beim Schmücken vermisst.«

Liv zog überrascht die Augenbrauen hoch. »So? Es scheint mir ja nicht so, als würdest du irgendjemandem nachtrauern.«

Er wusste, wohin das Gespräch führen würde. Vielleicht war jetzt endlich die Gelegenheit gekommen, über Emily zu sprechen und ihr zu verdeutlichen, wie sehr es ihm wehtat, sie gehen gelassen zu haben. »Ich weiß, dass du Emily gemocht hast ...«

»Magst«, fiel sie ihm ins Wort.

»Ja, okay, magst. Ich ... ähm ...« Er unterbrach sich, weil er nicht so richtig wusste, wie er seine Gefühle wiedergeben sollte, ohne das wertvolle Wort Liebe zu benutzen. Dieser Ausdruck tiefer und inniger Verbundenheit schien ihm momentan fehl am Platz.

Er nahm all seinen Mut zusammen und setzte sich neben sie auf das Bett. Entgegen seiner Vermutung, Liv würde ihn auf Abstand halten, ließ sie ihn gewähren. »Mir tut es auch verdammt weh hier drinnen.« Oliver tippte sich an die Stelle, unter der sonst sein Herz pochte. »Ich wünschte, sie wäre hier und es wäre alles anders verlaufen, aber das ist es nicht.«

»Ja, weil du dir keine Mühe gegeben hast«, brauste sie auf.

Oliver runzelte die Stirn. »Wie meinst du das?«

»Du predigst uns immer, wie wichtig es ist, zu reden. Keine Geheimnisse voreinander zu haben. Und was machst du? Du verschweigst uns, was mit Emily wirklich los ist, und lässt sie einfach gehen, ohne mit ihr gesprochen zu haben. Sie hatte keine Gelegenheit, sich zu erklären, weil jeder nur das gesehen hat, was er sehen wollte. Chris hat sich alle Mühe gegeben, sie auflaufen zu lassen. Dabei kennt er sie gar nicht. Einen tollen Freund hast du. Und du hast einfach zugesehen. Emily war total verängstigt und hat sich nicht getraut, weil sie wusste, dass sie gegen euch chancenlos ist.«

Oliver blinzelte über Livs schonungslose Meinung. In vielerlei Hinsicht gab er ihr sogar recht, vor allem, was Chris anbelangte. Er hatte eindeutig über die Stränge geschlagen, sich in Dinge eingemischt, die ihn nichts angingen. Bis heute verstand er nicht, warum er seinem besten Freund nicht den Mund verboten hatte, aber in dem Moment war er wie vom Donner gerührt gewesen. Seitdem herrschte auch zwischen ihnen Funkstille, obwohl Chris mehrfach versucht hatte, ihn anzurufen. Aber Oliver ignorierte seine Bemühungen, weil er ihm sicher wieder nur aufs Butterbrot schmieren würde, was für ein verkorkstes Leben oder besser gesagt Liebesleben er führte. Und darauf hatte er keine Lust. Er brauchte Abstand zu seinem besten Freund.

»Was macht dich so sicher, dass sie unschuldig ist?«, fragte er seine Tochter.

Liv sah ihn an, als hätte er nicht mehr alle Tassen im Schrank, als wäre diese Frage unmoralisch. »Weil ich bei ihr gewesen bin, während sie gepackt und auf die Fragen der Polizei geantwortet hat. Sie hat erzählt, wie es dazu gekommen ist. Sie hat mit den Kindern Verstecken gespielt. Jeder hat sich an die Regeln gehalten, sich nur im Ballsaal, im Flur und im Spielzimmer aufzuhalten, nur Julius nicht. Sie hat ihn gesucht und ihn im Schlafzimmer gefunden. Vor lauter Schreck ist er gegen die Kommode gelaufen, sodass die Parfümfläschchen umgefallen sind. Julius ist einfach wieder abgehauen.«

»Und dann sind wir gekommen«, vervollständigte er.

»Genau.«

Oliver kaute gedankenverloren auf seiner Wangeninnenseite. Von diesem Detail wusste er nichts. Ja, Emily hatte von Julius gesprochen und gefragt, ob sie ihn gesehen hatten. Hatte er, gelähmt vor Fassungslosigkeit, den Fehler begangen, sich von den Worten anderer beeinflussen zu lassen, statt auf sein Herz zu hören? Vor seinem inneren Auge hatte er erneut gesehen, wie Emily sein Portemonnaie vor dem Bäcker in der Hand gehalten hatte. Und dann, wie sie heimlich Theodors Geldbörse aus der Tasche seines Sakkos genommen hatte. Diese Bilder waren einerseits echt und andererseits seiner Fantasie entsprungen. Sie hatten seinen Verstand vernebelt, sodass sein Vertrauen gegenüber dem Zweifel unterlegen gewesen war. Jetzt ärgerte er sich umso mehr, dass er sich in bitterer Enttäuschung in sein Schneckenhaus zurückgezogen hatte.

Oliver seufzte. »Ich weiß, ich habe Fehler gemacht. Ich hätte eindringlicher nachfragen und mit ihr sprechen sollen, allein, ohne die empörten Blicke der anderen«, gab er zu. Aber er konnte die Zeit nicht zurückdrehen. Die nüchterne Realität war schmerzhaft. Ein paarmal schluckte er trocken, ehe er wieder Livs Blick einfing. »Du bist dir ganz sicher, dass sie die Wahrheit gesagt hat?«

Liv nickte. Dann senkte sie den Kopf und knibbelte an ihrer Nagelhaut, bevor sie ihm fest in die Augen sah. »Sie ist die erste Frau, die mir aufmerksam zuhört. Die mit mir lernt, weil ihr mein Erfolg wichtig ist, und nicht damit sie bei dir punkten kann. Ich bedeute ihr etwas. Mehr als Mama es mir je gezeigt hat. Ich würde meine Hand für sie ins Feuer legen.«

In Olivers Hals bildete sich ein schmerzhafter Kloß, der sich hartnäckig hielt. »Okay. Ich verstehe, dass du wütend bist. Aber deswegen brauchst du das Weihnachtsfest nicht allein verbringen. Deine Großeltern werden gleich aus der Kirche kommen und würden sich freuen, wenn du ihnen Gesellschaft leistest. Ich natürlich auch.« Er erhob sich und ließ seinen Blick über Livs Zimmer gleiten. Er blieb bei ihrem Sideboard hängen, auf dem Bilderrahmen und eine Menge anderer Dinge standen, die Oliver eher als wertloses Zeug oder als Klüngel betrachten würde. Andenken, bestehend aus leeren, unbrauchbaren Schachteln und Dosen. Er runzelte die Stirn. »Du hast gesagt, dass Julius gegen die Kommode gelaufen ist.«

Liv nickte.

»Hat Oma dahinter nachgeschaut?«

Sie zuckte mit den Achseln. »Bestimmt.«

Eine Gänsehaut bildete sich auf Olivers Körper. »Sicher bist du dir nicht?« An jenem Tag waren die Gemüter erhitzt und alle außer sich gewesen. Auch die folgenden Tage hatten keine Besserung gebracht. Könnte dies bedeuten, dass die Suche zu früh abgebrochen worden war? In seinem Kopf fuhren die Emotionen Achterbahn. Sein Herz schlug unnatürlich schnell.

Leise Stimmen drangen durch die Tür. Er sah auf die Uhr. Sehr wahrscheinlich waren seine Eltern gerade aus der Kirche gekommen.

Ohne ein weiteres Wort machte er auf dem Absatz kehrt und joggte die Treppe hinunter. So schnell wie möglich wollte er Sicherheit haben. Im Wohnzimmer traf er auf sie, und ehe er sie überhaupt begrüßen konnte, lag er schon in Cecilias Armen.

»Frohe Weihnachten, mein Junge.«

Carl tat es seiner Frau gleich, nur klopfte er ihm väterlich auf die Schulter.

»Frohe Weihnachten«, murmelte er und rang sich ein Lächeln ab. »Ist alles in Ordnung mit dir? Du siehst gehetzt aus.«

»Ja, ich …« Er wollte nicht lange um den heißen Brei herumreden. Die letzten Tage waren anstrengend genug gewesen, die stummen Blicke kaum zu ertragen, die ihm signalisierten, dass er eine Betrügerin ins Haus gebracht hatte. Auch wenn seine Eltern es ihm nie direkt gesagt hatten, spürte er den Vorwurf dennoch. »Habt ihr hinter der Kommode nachgeschaut?«, fragte er mit klopfendem Herzen.

Auf Carls ohnehin faltiger Stirn erschienen zahlreiche neue. »Wenn du vom Collier sprichst, dann ja.«

»Selbstverständlich haben wir das. Was denkst du denn?« Cecilia wirkte fast schon empört über die Frage.

Tiefe Enttäuschung machte sich in ihm breit. Wie dumm er sich gerade vorkam. Ächzend fuhr er sich über den Nacken und schüttelte den Kopf. War es wirklich zwecklos? Es fühlte sich zu früh an, um aufzugeben. »Bitte, lasst mich nur einmal nachschauen. Möglicherweise habt ihr etwas übersehen.« Dies war sein einziger Strohhalm, sein Rettungsboot. Er brauchte die Gewissheit, sonst würde er keine ruhige Minute haben.

»Was ist denn in der Zwischenzeit passiert, dass du ausgerechnet heute an Heiligabend damit anfängst?«, fragte seine Mutter.

»Ich habe Papa klar gemacht, wie arschig ihr euch gegenüber Emily benommen habt.« Liv kam mit ihrer unnachahmlichen pubertären Art ins Wohnzimmer geschneit und fläzte sich auf die Couch neben Anni.

»Liv, Schatz, das ist keine Art, mit uns zu sprechen.« Cecilia hob mahnend den Zeigefinger.

Olivers Geduld hing am seidenen Faden. »Okay. Ich gucke jetzt mal nach. Was soll schon groß passieren? Entweder ist nichts oder wir haben Emily zu Unrecht beschuldigt.«

Während er mit langen Schritten vorauseilte, hörte er das Handy seiner Mutter klingeln. Liv und Anni flitzten an ihm vorbei und hielten wie zwei Wächterinnen die Tür auf. Dem Anschein nach waren sie genauso gespannt und hofften, dass es beim ersten Überprüfen übersehen worden war.

Oliver schob die Kommode vorsichtig ein ganzes Stück von der Wand weg.

Sein Herz blieb stehen.

Nichts.

Das konnte doch nicht wahr sein. Entschieden verrückte er den Schrank noch einmal.

Außer Wollmäusen und einer Haarnadel war nichts zu sehen.

Liv ging auf die Knie und tastete trotz der hauchzarten Spinnennetze an der Rückwand jeden Winkel ab. Irgendwann erhob sie sich und schüttelte resigniert den Kopf.

Ächzend vergrub Oliver das Gesicht in den Händen.

»Suchen Sie etwas?«, erkundigte sich Elisa, die ein Blumengesteck vor sich trug.

»Elisa. Mit Ihnen habe ich heute gar nicht gerechnet. Wir vermissen das Collier meiner Mutter. Ich hatte es hinter der Kommode vermutet.«

»Das Collier?« Ihr Gesicht wurde blass.

»Elisa, meine Güte, was machen Sie hier? Es ist Heiligabend. Gehen Sie zu Ihrer Familie«, sagte Cecilia aufgebracht, als sie mit Carl den Raum betrat. Dann wandte sie sich an Oliver. »Theodor hat angerufen. Er hat das Portemonnaie gar nicht verloren. Er hat es nur in das falsche Sakko gesteckt. Auf der Feier hat er ein anderes getragen. Es lag die ganze Zeit bei ihm zu Hause.«

»Was?«, kam es aus Livs und Annis Mund.

Während Oliver versuchte, die Informationen zu verarbeiten, ging Elisa schnurstracks ins Bad. Kurz darauf kam sie mit einer großen schwarzen Schatulle zurück. Sie klappte den Deckel auf.

Der Inhalt zwang Oliver, sich an der Kommode festzuhalten. Seine Knie wurden weich, und das Blut rauschte in den Ohren. »Das Collier«, sagte er tonlos. Es war nie geklaut worden, genauso wenig wie Theodors

Portemonnaie. In seinem Kopf herrschte das reinste Durcheinander.

»Du meine Güte, wo haben Sie es her?«, erkundigte sich Cecilia geschockt. Sie nahm es heraus und prüfte es, als könnte es sich um eine Imitation handeln.

»Als ich das verwelkte Blumengesteck gegen ein frisches getauscht habe, ist mir das Collier aufgefallen. Es lag ungesichert auf der Kommode. Aus Sorge, es könnte abhandenkommen, habe ich es kurzerhand in eine Schachtel getan, die ich im Schrank verstaut habe.« Elisas Teint wurde noch ein bisschen blasser. »Habe ich Ihnen gar nicht Bescheid gegeben?«

Cecilia schüttelte den Kopf.

Sie hielt sich erschrocken die Hand vor den Mund. »An dem Tag ging es mir von Minute zu Minute schlechter. Ich muss in einer Art Fieberzustand gewesen sein, als ich es weggetan habe. Auch jetzt noch sind die Erinnerungen wie verschwommen. Ich weiß, dass ich von meinem Sohn abgeholt worden bin und er sich große Sorgen gemacht hat. Zu Hause war mein Fieber schon auf neununddreißig Grad gestiegen. Eine Woche habe ich das Bett hüten müssen. Seit gestern geht es mir besser, sodass ich aufstehen kann.« Elisa stoppte in ihrer Erklärung und blickte in empörte und erleichterte Gesichter.

»Hat die Polizei gar keinen Kontakt zu Ihnen aufgenommen?«, fragte Carl, der sich bisher zurückgehalten hatte.

Elisa schüttelte den Kopf und brach in herzzerreißendes Schluchzen aus.

Oliver vermutete, dass seine Mutter vergessen hatte, den Beamten auf Elisa aufmerksam zu machen, weshalb sie nicht befragt worden war.

»Tut mir schrecklich leid. Es ist meine Schuld, wenn ich jemanden in Schwierigkeiten gebracht habe.«

»Nicht weinen, es ist alles gut«, versuchte Cecilia etwas hilflos, sie zu beschwichtigen.

War es das? Nein, natürlich nicht. Weil er nicht auf sein Herz gehört hatte. Eigentlich hätte er Elisa an den Schultern schütteln und ihr sagen müssen, was sie ihm mit dieser Aktion angetan hatte, aber er blieb stumm. Es brachte nichts, ihr Vorhaltungen zu machen, zumal sie in Tränen aufgelöst war und wie ein Häufchen Elend den Kopf hängen ließ. Letztendlich hätte er eine Zurechtweisung genauso verdient. Er hätte Emily vertrauen müssen. Jetzt war er an dem Punkt angelangt, vor dem er sich schon die ganze Zeit über gefürchtet hatte. Er musste sich bei ihr entschuldigen, ihr klar machen, was für ein Hornochse er war, dass er seine Fehler eingestand. Doch er hatte keine Ahnung, ob sie seine Entschuldigung akzeptieren würde. Das war seine größte Angst.

»Papa, du musst zu Emily«, hörte er Anni sagen.

»Ruf sie an.« Cecilia hielt ihrem Sohn das Handy hin.

»Wenn du dich beeilst, schaffst du noch den nächsten Flieger«, sagte Liv mit Blick auf ihr Smartphone.

»Fliegen?« Oliver wurde heiß und kalt zugleich.

»Wenn du mit dem nächsten Zug fährst, brauchst du fast sieben Stunden. Ein ICE fährt gerade nicht. Mit dem Auto bist du nicht schneller. Nur mit dem Flugzeug bist du in zwei Stunden da.«

Elisa wischte sie die Tränen von den Wangen und schniefte. »Darf ich jetzt nach Hause? Ich wollte nur die Blumen gegen frische austauschen«, fragte sie, während sie sich die Augenwinkel mit einem Taschentuch trocken tupfte.

»Natürlich. Gehen Sie bitte und feiern Sie Weihnachten. Und machen Sie sich keine Vorwürfe, Sie haben uns das Weihnachtsfest mehr als versüßt.«

»Danke.«

»Was ist jetzt, Oliver? Der Flieger wartet nicht auf dich.« Carl zog seine Autoschlüssel aus der Hosentasche und schwenkte sie in der Luft. »Ich fahre dich zum Flughafen.«

Kapitel 23

Emily

Emilys Herz fühlte sich schwer und inhaltslos an, als wäre es von einer dichten grauen Wolke umhüllt. Die Einsamkeit nagte an ihr, und die fast menschenleere Straße unter ihr spiegelte ihr Inneres wider. Mit Sicherheit saßen die Leute in der Kirche oder unter dem Tannenbaum und feierten das Fest der Liebe mit zahlreichen Geschenken, die sie an ihre Liebsten verteilten. Bei der Vorstellung verkrampfte sich ihr ganzer Körper. Mit jeder Minute, die sie allein verbrachte, verstärkte sich ihre Einsamkeit. Sie war noch immer verletzt, dass alle annahmen, sie hätte das Collier gestohlen. Aber was brachte es, sich Gedanken darüber zu machen? Eine Woche war seitdem vergangen. Sie hatte keine Ahnung, ob die Polizei die Suche eingestellt hatte oder ob es mittlerweile aufgetaucht war. Niemand hatte ihr Bescheid gegeben. Emily seufzte. Sie musste mit dem Thema abschließen, Oliver vergessen. Die nächste Tür, die es zu öffnen galt, wartete ganz bestimmt auf sie.

Nachdem die Polizei sie an jenem Tag hatte abreisen lassen, war sie in den Zug gestiegen. Zu Hause hatte sie sofort Insolvenz angemeldet und hoffte nun auf die Bestätigung.

Seufzend wandte sie sich vom Fenster weg und kuschelte sich wieder unter die Decke, die ihr Wärme spendete. Es war keine tröstende Umarmung, dennoch fühlte sie sich eigentümlich geborgen. Ein bisschen wenigstens. Eine echte Schulter wäre ihr lieber. Wenigstens war Janine ihr in der schweren Zeit eine große Stütze, spendete Zuversicht und gab ihr immer wieder Kraft und Mut. Sie war eine wahre Freundin.

Emily sah sich um. Dieses Jahr hatte sie auf Weihnachtsdekoration verzichtet. Nicht mal einen Baum hatte sie sich geleistet. Wozu auch? Weihnachtsgefühle waren nur etwas für Romantikerinnen. Und sie hatte gelernt, dass Gefühle und die Entscheidungen, die sie wegen dieser traf, nur zu Enttäuschungen führten. Ihre romantischen Fantasien hatten nichts mit der Realität zu tun. Die sah nämlich ganz anders aus.

Emily presste die Lippen zusammen und ignorierte die aufsteigenden Tränen. Wie jedes Jahr vermisste sie ihre Eltern. Sie erinnerte sich an den Moment, wenn ihre Mutter sie zur Bescherung gerufen hatte und sie aufgeregt die knarrende Holztreppe heruntergekommen war, um mit leuchtenden Augen die liebevollen Päckchen unter dem Baum zu bewundern. Das war schon sehr lange her.

Mit schwerem Herzen ging Emily in die Küche. Dort bereitete sie sich einen Tassenkuchen vor, dessen süßer Duft ihr über die schweren Stunden helfen sollte.

Frohlockend brach sie sich ein kleines Stückchen ab, nachdem sie den Nachtisch aus der Mikrowelle geholt hatte. Sie führte den Löffel an die Lippen, als es an der

Tür klingelte. In der Bewegung verharrte sie, wartete einen Moment, bis es erneut läutete. Wer wollte an Heiligabend zu solch später Stunde etwas von ihr?

Ihre Neugier siegte über den verführerischen Duft des Kuchens, je öfter die Klingel betätigt wurde. Entrüstet über den aufdringlichen Ruhestifter drückte sie den Knopf der Gegensprechanlage. »Ja, bitte«, sagte sie einen Tick zu unfreundlich. Doch auf eine Antwort wartete sie vergeblich. »Hallo?«, fragte sie abermals.

»Emily?«

Hatte ihr Herz bis eben noch lethargisch in ihrer Brust geschlagen, schien es nun vor Aufregung zu zerspringen. Sie musste sich verhört haben. Oder irgendjemand erlaubte sich einen schlechten Scherz mit ihr. Einen richtig schlechten. Ja, so musste es sein.

»Lässt du mich bitte rein?«

Oder etwa nicht? Diese Stimme. Wer wäre in der Lage, eine solche Stimme zu imitieren? Nur Olivers schaffte es, sich so unter ihre Haut zu graben.

Ihr Finger zitterte, als sie den Knopf der Sprechanlage betätigte. »Was willst du?«, fragte sie rau.

»Dir etwas sagen.«

Ihr etwas sagen? Was in aller Welt war so wichtig, an Heiligabend vor der Tür zu stehen und sich nass regnen zu lassen? Hatte er etwa vor, ihre Wohnung zu durchsuchen?

»Okay, ich bin ganz Ohr.« Emily vernahm ein leises Seufzen durch den Lautsprecher.

»Ich möchte es dir persönlich sagen.«

Sie schloss die Lider, atmete tief ein, haderte mit sich. Nur würde es ihre Erziehung niemals zulassen, jemanden draußen im Regen stehen zu lassen. Sie drückte den Knopf, und sofort erscholl ein lautes Surren. »Dritte Etage«, sagte sie knapp.

Ihr Herz wummerte bis in den Hals, ihre Hände waren schweißnass. Die Decke, die ihr eben noch Wärme gespendet hatte, faltete sie ordentlich zusammen und legte sie neben die Kissen.

Daraufhin klopfte es.

Ein letztes Mal straffte sie die Schultern, dann drückte sie die Klinke hinunter.

Im nächsten Moment rutschte ihr Herz in die Hose. Oliver war von oben bis unten durchnässt und sah blass, gar mitgenommen aus. Tiefe Schatten lagen unter seinen Augen. Besorgt zog sie ihn in die Wohnung und wünschte sich, sie hätte wenigstens heute die Heizung hochgedreht.

»Oliver! Du meine Güte. Du siehst aus, als wärst du die Strecke hierher gejoggt.« Kurzerhand verschwand sie im Bad und kam mit einem Handtuch zurück.

Dankend nahm er es ihr ab. »So ähnlich. Ich komme direkt aus dem Flieger.«

Ihr erster Impuls war es, nach seiner Hand zu greifen, ihm seine Angst, die ihm offensichtlich noch in den Knochen steckte, zu nehmen. Doch nach allem, was passiert war, hielt sie sich zurück. Warum war er trotz seiner ausgeprägten Angst in das Flugzeug gestiegen, und was wollte er damit bezwecken? Er suchte doch nicht etwa nach dem Collier? »Warum hast du nicht den Zug genommen? Die Strecke ist wieder frei.«

»Weil ich keine Zeit verlieren wollte. Ich bin ein Idiot. Das Collier war nie weg. Elisa hat es weggepackt und vergessen, Bescheid zu geben.«

Ein Kribbeln überzog Emilys Körper, gleichzeitig fiel eine so große Last von ihr. Die Enttäuschung blieb. »Du bist den ganzen weiten Weg hierhergekommen, um mir zu sagen, dass ich das Collier nicht genommen habe? Das wusste ich schon.« Eine stumme Träne schillerte in ihrem Augenwinkel.

»Emily, es tut mir leid. Ich könnte mich selbst ohrfeigen.«

In seinen Augen spiegelte sich nichts als Hoffnung mit einer großen Portion Angst wider. Es tat ihr in der Seele weh, wie er vor ihr stand und verzweifelt versuchte, seinen Fehler wiedergutzumachen. Aber war sie in der Lage, das Geschehene einfach zu vergessen?

»Und was ist mit Theodors Geldbörse?«

Oliver schüttelte vage den Kopf. »Sein Portemonnaie hat die ganze Zeit zu Hause in seinem Sakko gesteckt. Auf der Party hat er ein anderes angehabt.«

Emily schnaubte. Es war verrückt, wie das Handeln einer einzigen Person das Leben einer anderen völlig auf den Kopf stellen konnte.

In ihr herrschte das reinste Chaos. Sie rechnete es Oliver hoch an, dass er den weiten Weg auf sich genommen, sogar seine Flugangst überwunden hatte, um sich bei ihr zu entschuldigen. Aber er hätte es von Anfang an leicht haben können, hätte er ihr Vertrauen entgegengebracht. Ein bitterer Nachgeschmack blieb zurück.

»Ich setze mal Teewasser auf«, sagte sie, um Zeit zu gewinnen. Sie musste sich darüber klar werden, wie sie mit den Informationen umgehen sollte.

In der Küche schaltete sie den Wasserkocher an und legte zwei Teebeutel in die Tassen.

»Nett hast du es hier.« Oliver war ihr gefolgt und nahm die winzige Küche mit seiner ganzen Gestalt ein, wofür sie sich plötzlich schämte.

Ihr war bewusst, dass es sich bloß um eine Floskel handelte. Wahrscheinlich hatte er es noch nicht einmal ernst gemeint. »Die Miete ist okay«, entgegnete sie nüchtern. Während sie heißes Wasser über die Beutel goss, verströmten diese einen angenehmen, würzigen Duft nach Fenchel und Anis, der Olivers Parfüm für den Moment überdeckte.

Als sie ihm die Tasse reichte, berührten sich ihre Finger und ihre Blicken verfingen sich. Verlegen vergrub Emily die Nase im Becher und ärgerte sich über ihren verräterischen Körper und wie er auf Oliver reagierte.

»Komm bitte wieder nach Hause. Du fehlst uns«, sagte er so unvermittelt, dass ihr der Tee viel zu heiß die Kehle hinunterrann.

»Und dann? Was ist, wenn ich erneut in eine ähnliche Situation gerate? Den Stempel hat man mir aufgedrückt, der lässt sich nicht so einfach entfernen.«

»Anni und Liv standen von Anfang an auf deiner Seite. Keine Sekunde haben sie an deiner Unschuld gezweifelt. Das haben sie mich deutlich spüren lassen.«

»Das trifft auf dich ja nicht zu«, kam es rau aus ihrer Kehle. Sie kappte den Blickkontakt und spielte mit ihrer Nagelhaut. »Wie geht es den beiden?«

»Sie vermissen dich.«

Das erste Mal, seit Oliver hier war, erlaubte sie sich ein zartes Lächeln. Es war wegen der Kinder, sobald sie ihre Namen hörte, ging ihr das Herz auf.

»Es wäre besser, wenn du jetzt bei ihnen wärst und Geschenke tauschst. Es ist Heiligabend. Das Fest der Liebe.«

Oliver schüttelte entschieden den Kopf. »Wo du nicht bist, kann ich nicht sein.«

Emily biss sich auf die Lippe und sah auf ihre Zehenspitzen.

»Aber dank der modernen Technik sollte das kein Problem sein.« Oliver zückte das Handy und tippte darauf herum. Es dauerte nicht lange, und Liv und Anni erschienen auf dem Display.

»Papi, bist du schon bei Emily?«, fragte Anni, die das Smartphone für sich allein beanspruchte, während Liv versuchte, sich ebenfalls in das Bild zu quetschen.

Oliver lächelte und verdrehte gleichzeitig die Augen. »Ja, und ich bin gut angekommen. Der Flug war ...«

»Gib sie uns«, forderte Anni ihn auf, ohne auf das Ende des Satzes zu warten.

Mit hochgezogener Braue und geschürzten Lippen übergab er ihr das Handy. »Ich bin dann mal uninteressant.«

Emily amüsierte sich über seinen gespielt bekümmerten Gesichtsausdruck, doch als sie Liv und Anni sah, schmolz ihr Herz dahin.

»Hey, ihr zwei«, sagte sie mit erstickter Stimme und hielt eine Träne zurück. »Wie geht es euch? Hattet ihr schon Bescherung?« In diesem Moment wurde ihr klar, wie sehr sie die Kinder vermisst hatte und wie sehr sie sich zu ihnen wünschte.

Anni schüttelte vehement den Kopf. »Die machen wir erst, wenn du zurückkommst.«

»Gib sie mir auch mal«, forderte Liv Anni forsch auf, obwohl beide auf dem Bildschirm zu erkennen waren.

Emily lachte schluchzend, als sie die nicht ernst zu nehmenden Neckereien der Mädchen sah. Am liebsten würde sie sich dazwischensetzen, aber das war unmöglich.

»Emily, du fehlst uns. Ohne dich ist es ganz furchtbar langweilig hier. Du musst Papa verzeihen. Er ist manchmal zu verbohrt in seinen Ansichten. Aber gemeinsam kriegen wir das hin. Wir formen ihn.« Liv zwinkerte und grinste breit, sodass Emily kichern musste.

Oliver schnappte nach Luft. »Also das ist ... ich bin doch nicht verbohrt«, wehrte er sich und stemmte seine Hände in die Hüften.

»Natürlich bist du das! Besonders wenn ich an deine Vorstellungen bezüglich unserer Schullaufbahn denke«, bemerkte Liv.

»Ja, okay. Das ist aber ein anderes Thema. Ich bin aus anderen Gründen hierhergekommen.«

Nun erschienen auch Cecilia und Carl im Bild. Sie setzten sich auf die gestreifte Couch, während Anni das Handy zum Filmen positionierte. Die Szene erinnerte sie an Loriot, wie er auf dem Sofa neben Evelyn Hamann saß und das Spießbürgertum auf die Schippe nahm.

Obwohl Emily lachte, traten ihr vor Rührung die Tränen in die Augen.

»Emily«, fing Cecilia schicksalsschwanger an. »Wir möchten uns aufrichtig bei dir entschuldigen. Es war falsch von uns, dich nicht angehört zu haben. Alles ging so schnell, und du bist Hals über Kopf abgereist. Wahrscheinlich, weil du gekränkt warst – und es vielleicht immer noch bist.«

Dann war Carl an der Reihe. Er räusperte sich und begann zu sprechen. »Wir von Hohenlichs sind einerseits eine moderne Familie, doch halten wir gern an alten Traditionen fest, wie du bestimmt schon mitbekommen hast. Und Weihnachten kann nicht traditioneller sein. Es ist das Fest der Liebe, des Vergebens und der Hoffnung.« Carl unterbrach sich und holte Luft, als Cecilia ihrem Mann die Hand auf das Bein legte und das Wort wieder übernahm.

»Bevor es jetzt zu schnulzig wird und worum es eigentlich geht: Emily! Es ist Zeit, unsere Fehler einzugestehen und dich um Verzeihung zu bitten. Es ist viel, was wir von dir verlangen, das wissen wir. Dennoch wünschen wir uns, Weihnachten mit dir zu verbringen. Fass dir ein Herz und feiere mit uns. Wenn man an Weihnachten nicht vergeben kann, dann nie.«

Dann erschienen wieder Liv und Anni, winkten und stritten sich, wer das Handy bedienen durfte.

Mit einem Schmunzeln nahm Oliver das Smartphone, bedankte sich und versprach seiner Familie, bald wieder zurückzukehren. Nachdem er es eingesteckt hatte, wandte er sich zu Emily und griff nach ihrer Hand. Sanft ließ er seinen Daumen über ihren Handrücken gleiten. »Meine Mutter hat recht. Wenn man zu Weihnachten nicht verzeihen kann, dann nie.«

Als Emily ihm in die Augen sah, durchströmt sie eine Welle des Glücks. Warme, elektrisierende Gefühle durchfluteten ihren Körper vom kleinen Zeh bis zu den Haarspitzen. »Oliver«, raunte sie. Sie stellte sich auf die

Zehenspitzen, umschlang seinen Nacken und zog sich an ihm hoch. Ein Lächeln umspielte seine Lippen, die so verführerisch vor ihr langen, dass sie nicht umhinkam, sie endlich auf ihren zu spüren. Der Kuss begann harmlos und endete stürmisch, bis sie sich lächelnd voneinander lösten.

Oliver legte seine Stirn gegen Emilys und umschloss mit seinen Händen ihr Gesicht. »Du bist mein allerbestes Weihnachtsgeschenk, und am liebsten würde ich dich hier und jetzt auspacken. Aber bitte sei mir nicht böse, wenn ich das auf später verschiebe. Ich will so schnell wie möglich zu Liv und Anni zurückkehren, damit unsere Familie wieder komplett ist.«

Er verschränkte seine Finger mit ihren und lächelte. Dann senkte er seine Lippen erneut auf ihre. Der Kuss war tief und intensiv, ein Moment bedeutender Zuneigung. In diesem Augenblick wusste sie genau, wo sie hingehörte.

Kapitel 24

Oliver & Emily

»Das sind tolle Neuigkeiten. Ich gratuliere dir.« Oliver hatte sich in sein Büro zurückgezogen, als Jule das Gespräch mit ihm gesucht hatte. Zuerst hatte sie ihm auf nüchternem Weg mitgeteilt, dass sie weder das Herrenhaus noch das Chalet haben wollte. Ihr war in der Zwischenzeit klar geworden, dass ein Haus eine Menge an Unterhaltung und Instandhaltung kostete und sie aufgrund dessen lieber verzichtete. Freiheit und Sorglosigkeit waren ihr schon immer wichtiger gewesen. Nur dass sie sich neu verliebt hatte, damit hatte er nicht gerechnet.

Mit dem Handy am Ohr stand er vor dem Fenster und sah raus in den weitläufigen Garten. Seit gestern sanken die Temperaturen knapp unter den Gefrierpunkt, und der Wetterbericht hatte für heute, am zweiten Weihnachtsfeiertag, Schnee gemeldet. Die Wiese war bereits mit einer feinen Schicht bedeckt. Sein Blick glitt hoch in den Himmel, in dem daumendicke Flocken tanzten und eine Flut an Neuschnee ankündigten.

»Es fühlt sich richtig an. Angelo und ich wollen uns eine kleine Auszeit nehmen und verreisen. Dem kalten

Winterwetter entkommen. Er will mir sein Land und seine Familie vorstellen.«

»Das hört sich fantastisch an.«

Oliver fragte sich manchmal, wie ihre Beziehung überhaupt so lange gehalten hatte. Unterschieden sich ihre Vorlieben doch grundlegend voneinander. Während er es liebte, nach einem langen Tag im Schnee gemütlich vor dem Kamin zu entspannen, bevorzugte Jule es, sich am Strand zu sonnen. Oft hieß es, Gegensätze ziehen sich an, aber in diesem Fall hatte es nicht funktioniert.

»Es tut mir leid, wenn ich manchmal schwierig rüberkomme und dass ich dich nicht mit den Kindern unterstützen kann.«

»Mach dir keine Vorwürfe. Es ist, wie es ist. Jeder hat das Recht auf ein glückliches Leben. Man muss sich nicht auf Teufel komm raus verbiegen. Schon gar nicht für andere.«

»Emily muss eine tolle Frau sein. Liv und Anni schwärmen regelrecht von ihr.«

»Ja, das ist sie.« Er war froh, dass Emily ihm verziehen hatte und noch am gleichen Tag mit ihm heimgekehrt war. Weil sie es nicht erwarten konnte, die Kinder in die Arme zu schließen, hatte er sich überreden lassen, das Flugzeug zu nehmen. Während sie in der Luft waren, hatte sie alles darangesetzt ihn abzulenken. Seine Hände hatten dennoch verkrampft auf den Stützen gelegen, und obwohl Emily ihre auf seine gelegt hatte, hatte er die Angst nicht vollständig abschütteln können.

Sie hatten lange geredet, über die Zukunft und wie sie sie gestalten würden und ob es nicht zu früh sei, wenn

Emily ihr altes Leben hinter sich lassen würde. Außerdem müsste sie ihren Job kündigen, den sie in wenigen Wochen antreten sollte, und einen neuen hatte sie nicht in Aussicht. Dann war da noch Marina, die bald wieder ihre Arbeit aufnahm. Oliver hatte ihr von einer Einrichtung erzählt, die dringend Erzieherinnen suchte. Ihr Gesicht hatte sich sofort erhellt. Und so waren sie am späten Abend völlig abgekämpft, aber glücklich zu Hause angekommen.

»Vielleicht lerne ich sie ja mal kennen.«

»Ja, vielleicht.«

Nach einer kurzen Pause, in der niemand so recht wusste, wie das Gespräch fortgesetzt werden sollte, ergriff Jule das Wort. »Tschüss, ich muss jetzt auflegen. Sachen packen. Morgen geht es schon los.«

»Okay, dann auf Wiedersehen, gute Reise und frohe Weihnachten.«

»Frohe Weihnachten.«

Oliver drückte das Gespräch weg. Eine derart entspannte Unterhaltung hatte er seit Ewigkeiten nicht mit ihr geführt. Es fühlte sich gut an. Er hoffte, es würde länger anhalten. Bevor er das Handy wegpackte, behielt er es in der Hand und starrte es an. Er fragte sich, was Chris wohl machte. Ob er seine Familie besuchte. Oder ob er allein auf der Couch saß und Löcher in die Luft starrte? Der Kontakt war seit der Geschichte mit dem Collier eingefroren. Es machte ihm zu schaffen, wie Chris versucht hatte, Emily alles in die Schuhe zu schieben. Er gab Liv recht. Ein Freund machte so etwas nicht. Die Lippen schürzend steckte er das Handy in die Hosentasche, ehe Oliver beschloss, nach unten zu gehen. Auch wenn er gerade mal zehn Minuten von Emily getrennt gewesen war, kam es ihm wie eine Ewigkeit vor.

Als er im Wohnzimmer ankam, saßen seine Eltern auf der Couch. Anni kniete auf dem Boden neben dem Weihnachtsbaum und studierte die Anleitung ihres Lego-Spielsets. Liv tippte mit erröteten Wangen und flinken Fingern eine Nachricht in ihr Handy, während seine Mutter in dem Roman *Jane Eyre* schmökerte und ihn mit einem erleichterten Seufzer zuklappte.

»Hach, und am Ende haben sie sich dann doch noch gefunden.« Cecilia legte das Buch beiseite und zwinkerte Emily und Oliver zu. Carl tätschelte das Knie seiner Frau, ohne den Blick von der Zeitung zu nehmen.

Und Emily? Emily trat zu ihm, schmiegte sich an ihn und legte den Kopf auf seine Schulter. Endlich fühlte sich die Familie komplett an.

***

Wenn Emily ihre Gefühle beschreiben sollte, fände sie keine Worte. Sie war glücklich, über beide Ohren verliebt und doch völlig durchgeknallt. Hatte sie tatsächlich alles hinter sich gelassen für eine Familie, die es nur im Bilderbuch gab? Sie wusste nicht, ob ihre neue Beziehung für die Ewigkeit bestimmt war oder ob sie nur ein weiteres Kapitel in ihrem Leben sein würde, das es nach nur kurzer Zeit abzuhaken galt. Doch Oliver gab ihr Sicherheit, und genau aus diesem Grund musste sie es versuchen. Der richtige Zeitpunkt, auf sein Herz zu hören, war immer jetzt und sollte nie aufgeschoben werden.

»Es schneit«, jubelte Anni und sprang zum Fenster. In ihrer Freude verteilten sich die rosafarbenen und hellblauen Legosteine auf dem Boden. Emily lachte. Mit leuchtenden Augen drückte Anni ihre Nase fest an die Scheibe, sodass sich ihr Atem darauf abzeichnete.

»Das tut es schon länger, du warst nur so in dein Bauwerk vertieft, dass du es nicht mitbekommen hast«, sagte Liv und verdrehte die Augen.

Anni streckte ihr frech die Zunge entgegen und wandte sich wieder dem Garten zu. »Ich gehe raus.«

»Ich komme mit«, entgegnete Liv.

Die beiden warfen sich einen verschwörerischen Blick zu, ehe sie das Zimmer verließen.

Emily nahm an, dass sie sich eine Schneeballschlacht liefern würden. »Denkt an die Mützen«, rief sie den Mädchen hinterher, ehe sie sich von Oliver löste.

Seitdem er von dem Telefonat gekommen war, wirkte er gelöst und gleichzeitig bekümmert. Auch wenn sie wusste, wie heikel es war, ihn auf seine Ex-Frau anzusprechen, fasste sie sich ein Herz. »Stimmt was nicht? Du wirkst bedrückt.«

»O nein. Es ist alles wunderbar. Jule hat ihre Ansprüche fallen gelassen. Außerdem hat sie sich verliebt und scheint glücklich zu sein.«

Emily fiel ein Stein vom Herzen, und sie strahlte über beide Ohren. »Das ist ja toll. Aber warum freust du dich nicht?«

»Tue ich doch.«

Sie hob eine Augenbraue.

Oliver setzte bereits zum Sprechen an, da meldete sich sein Handy. Die innere Zerrissenheit, ob er das Telefonat annehmen sollte oder nicht, stand ihm regelrecht ins Gesicht geschrieben. Emily erhaschte einen Blick auf den Anrufer. Es war Chris.

Sie war sich bewusst, wie sehr Oliver seinen Freund vermisste, doch auch, dass er noch wütend auf ihn war.

»Geh ran. Er will sich bestimmt entschuldigen und macht sich sicher Vorwürfe. Es wäre nur fair, ihm zumindest zuzuhören. Wir würden jetzt nicht hier stehen, wenn ich dir nicht auch eine Chance gegeben hätte.«

Ein tiefer Ausdruck der Dankbarkeit funkelte in seinen Augen. Es schien, als hätten ihn Emilys wenige Worte zur Vernunft gebracht. Doch als Oliver das Gespräch annehmen wollte, verstummte das Handy.

»Dann ruf ihn zurück.«

Ein großer Schneeball prallte gegen die Fensterscheibe, und kurz darauf klopfte Anni mit roten Wangen und einem breiten Grinsen daran.

»Später. Jetzt lass uns zu den Kindern gehen.«

Trotz der Behaglichkeit im Raum und dem verlockenden Anblick des flackernden Kamins hatte sie nichts gegen ein bisschen frische Luft einzuwenden.

»Cecilia, Carl. Mögt ihr mitkommen?«, erkundigte sich Oliver bei seinen Eltern.

»Geht ihr mal. Wir brauchen es nicht so kalt«, winkte Carl ab, was seine Frau mit einem Nicken bestätigte.

Nachdem sie sich wetterfest angezogen hatten und Emily ihre Mütze geradegerückt hatte, stiefelten sie raus in den verschneiten Garten. Der Schnee knirschte unter ihren Stiefeln, während dicke Flocken tänzelnd vom Himmel fielen und die Landschaft in ein weißes Meer verwandelten. Es dauerte nicht lange, und ein

Ball traf Emily am Rücken. Sie drehte sich in alle Richtungen, um den Übeltäter auszumachen. Liv stand mit Anni einige Meter entfernt, und die beiden grinsten von einer Wange zur anderen.

Emily bückte sich und formte bereits einen Ball zur Gegenwehr, als ein Wagen in die Einfahrt rollte.

»Das ist Chris«, flüsterte Oliver entgeistert. Obwohl er einen kurzen Moment mit sich haderte, lief er dann doch mit langen Schritten zu dem Auto.

Emily hatte den Angriff der Kinder längst vergessen. Statt sich zu wehren, beobachtete sie, wie die beiden sich unterhielten. Chris fuhr sich mehrmals über den Nacken, während Oliver nickte. Beide wirkten bedrückt, bis sich Oliver schließlich ein Herz fasste, die klaffende Lücke schloss und seinen Freund an seine Brust zog.

Emily atmete erleichtert aus. Eine so lange Freundschaft konnte nicht von einem Tag auf den anderen enden, dafür brauchte es mehr als nur eine Auseinandersetzung.

»Schau mal, Schatz. Wir haben Besuch.«

»Hallo, Chris. Frohe Weihnachten.«

»Frohe Weihnachten, Emily.«

»Schön, dass du uns besuchst. Magst du später mit uns Kaffee trinken? Du bist herzlich eingeladen.«

Chris kratzte sich die Stirn. »Gern, aber vorher wollte ich mich bei dir entschuldigen.«

Emily legte beschwichtigend die Hand auf seinen Arm. »Schon gut. Du warst vorsichtig, das spricht für dich. Weißt du, ich habe einmal den Fehler gemacht, jemandem zu vertrauen. Hätte mich damals meine beste

Freundin vor dieser Person gewarnt, wäre vieles in meinem Leben einfacher gewesen.«

»Ich weiß. Oliver hat mir von deiner Geschichte erzählt.« Abermals kratzte Chris sich an der Stirn. »Falls du Hilfe oder einen Rat benötigst, ich stehe dir jederzeit zur Verfügung.«

»Danke. Ich komme gern auf dich zurück.«

»Papa, Emily! Jetzt kommt!«

Anni zog aufgeregt an Emilys Arm, und Liv hakte sich bei ihrem Vater unter. Zusammen brachten die beiden sie dorthin, wo einst Olaf gestanden hatte. Nun thronten dort ein Schneemann und eine Schneefrau, die sich an der Hand hielten. Wer könnte in diesem Moment mehr Liebe, Zuversicht und Zusammenhalt verkörpern als die beiden Schneefiguren, die Wind und Wetter trotzten? Sie waren wie sie, einst einsam und verloren, doch nun endlich vereint.